동백꽃 핀 자리

2

동백꽃 핀 자리 2

ⓒ서은수 2024

1판 1쇄 인쇄	2024년 4월 12일
1판 1쇄 발행	2024년 4월 23일

지은이	서은수

펴낸이	박대일
교정	김미영
편집	이문영 · 임유리 · 이지영 · 김하랑 · 임지원
마케팅	임유미 · 윤수양

디자인	이매진
조판	송새연

펴낸곳	파란미디어
출판등록	2004년 9월 14일 제313-2004-00214호

주소	03992 서울시 마포구 동교로23길 14 국제빌딩 6층
전화	02.3141.5589 영업부 070.4616.2012 편집부
팩스	02.3141.5590
전자우편	paranbook@gmail.com
카페	http://cafe.naver.com/paranmedia
인스타그램	@paranmedia

ISBN	979-11-93185-87-2(04810)
	979-11-93185-85-8(전3권)

동백꽃 핀 자리

2

서은수 장편소설

파란

목차

전전반측

  뒤숭숭했던 감우당이 생동감 넘치는 본연의 모습을 되찾았다. 중단되었던 자수 모임이 재개되는가 하면 건강을 회복한 재헌도 눈코 뜰 새 없이 바빠졌다.

  일상으로 돌아간 그는 병가로 미루어진 일을 한꺼번에 처리하고, 저로 인해 바빴던 동관(同官)의 업무도 나누어 해결했다. 미원(사간원)의 다른 잡무도 자진하여 떠맡았다. 새벽부터 밤늦게까지 관청에 매여 일하느라 감우당에 내려갈 틈이 없었다. 보다 못한 서리가 걱정의 소리를 높였다.

  “너무 무리하시는 거 아닙니까? 이러다가 다시 병나시겠습니다.”

  “걱정하지 말게. 돌아오는 공일엔 쉬려고 이러는 것이니.”

  “무슨 특별한 일이라도 있으십니까?”

  “내 나들이를 가 볼까 하여.”

"예에?"

어울리지도 않게 웬 해괴한 소리냐는 듯 서리가 눈을 동그랗게 뜨고 쳐다보았다. 재헌이 피식 웃어넘기자 서리는 그제야 표정을 풀고 허허거렸다.

"희언이시군요. 하마터면 믿을 뻔하였습니다."

완전히 빗나간 그의 추측을 재헌은 굳이 정정해 주지 않았다. 경치 좋은 그곳에 꼭 가 보고 싶다는 그녀의 말을 되새기며 한시도 시간을 허투루 보내지 않았다.

오늘도 경연 준비로 오전을 보낸 그는 주강을 마치고 미원의 서고에 틀어박혔다. 양사(兩司, 사헌부와 사간원을 아울러 이르는 말)에서 조사와 검토를 끝낸 내용으로 상소의 초고를 완성한 뒤 상관의 조언을 받아 정식으로 문서를 작성했다.

한 글자 한 글자 마지막까지 정성 들여 글을 완성하니 모두가 떠나고 홀로 남은 서고가 조용했다. 고개를 좌우로 꺾어 뭉친 근육을 풀던 재헌은 불현듯 머릿속을 스치는 어떤 기억이 있어 입가에 엷은 미소가 번졌다. 나쁜 짓이라도 저지를 듯 서고에 아무도 없음을 재차 확인하고 새하얀 백지를 펼쳤다.

붓촉에 묵즙을 충분히 적시고 순백의 바탕에 자유로이 손을 움직였다. 붓이 지날 때마다 설중동백이 청수하게 피어났다. 크고 탐스러운 꽃잎은 화려하면서도 기품이 흘렀다. 씩씩하고도 포근했으며 강한 듯 부드러웠다. 마치 그녀를 닮은 모습이었다.

재헌은 점점 더 그림에 도취되었다. 처연했던 달빛 아래, 향기로웠던 그 여인을 떠올리며 물이 흐르듯 붓놀림을 이어 갔다. 필압을 다스리고 먹의 농도를 조절해 손끝과 가슴속에 그녀라는 존재를 각인하는데 끼익, 문 열리는 소리가 몰입을 깨트렸다.

손을 멈춘 그가 재빠르게 그림을 숨겼다. 자세를 고치고 막 문서 작성을 끝낸 듯 가장하고 있자니 익선관에 곤룡포를 두른 왕이 나타났다.

"전하!"

재헌이 자리에서 벌떡 일어나 예를 갖췄다.

"놀랐느냐?"

"망극하옵니다. 누추한 예까지 어찌 친림하셨사옵니까?"

"근처를 지나다 네가 여기 있다기에 와 보았다."

대전과의 거리를 고려하였을 때 성상께서 근처를 지날 일이 없음을 모르지 않았다. 내관과 궁인을 바깥에 떼어 놓고 혼자서 서고에 드신 것도 따로 하실 말씀이 있음을 알리는 신호였다.

왕이 상석에 자리하자 재헌도 가까이 착석했다.

"문서를 작성 중이었구나. 무엇이냐?"

"명일에 올라갈 상서이옵니다."

"내용은?"

"부사직 최덕윤이 탐오와 불법을 일삼아 시급히 찬배해야 하고, 수군절도사 한수조는 형장을 남용해 수많은 인명을 해쳤으니 삭출해야 한다는 계청이옵니다."

"흠…… 확실히 가볍게 넘길 사안이 아니군."

왕은 정갈히 요약된 내용을 꼼꼼히 읽은 뒤 양사의 판단에 수긍했다.

"최덕윤을 사판(仕版, 벼슬아치의 명부)에서 삭제하고, 한수조는 그대로 시행하면 되겠어. 내일 오전 중에 올리도록 해라."

"예, 전하."

상소에서 시선을 뗀 왕이 다음으로 재헌의 안색을 살폈다.

"요 며칠 얼굴이 많이 상하였다. 과중한 업무가 독의 후유증보다 훨씬 지독한가 보구나."

"밀린 직무를 완수하느라 무리하였을 뿐, 소신 건강하옵니다. 심려 마시옵소서."

"말로만 그러는 게 아니어야 할 것이다. 본가로 보약 몇 첩 보냈으니 때에 맞춰 챙기도록 하고."

"성은이 망극하옵니다."

재헌이 고개 숙여 예를 올리자 왕은 친근하게 웃으며 근황을 물었다.

"감우당은 요즘 어떠하냐?"

"두루 평안하옵니다."

"보통 보름 정도 머무르곤 했었지. 이번에는 길게 잡았다고 하던데, 언제까지 있을 계획이냐?"

"신은 그저 집안 어른들의 결정에 따를 뿐이옵니다."

"그렇군."

왕은 고개를 끄덕이며 옥안에 뜻 모를 불편함을 드리웠다.

사담은 충분히 나눴으니 이쯤에서 본론으로 들어가고 싶다는
예고였다. 재헌은 왕의 의중을 기꺼이 따라 주었다.

"용안에 그늘이 지어 뵙자옵기 황망하옵니다. 근자에 무슨
근심이라도 있으시옵니까?"

"……명원 대군을 향한 대비전의 기우가 과하다는 것을 너도
알고 있겠지."

왕은 잠시 시간을 끌더니 순순히 고민을 털어놓았다. 지금의
이 자리가 즉흥적으로 마련된 것이 아님을 확인해 주는 하답이
기도 했다.

"그보다 더 큰 문제는, 주위에서 자전을 욕되게 하는 자들이
다."

"대비마마께서 대군을 의심토록 옆에서 부추기는 자들이 있
다는 말씀이시옵니까?"

새삼스러운 일은 아니었다. 그들이 누구인지 알고 있으며,
즉석에서 그 명단을 줄줄이 읊을 수도 있었다. 그러나 상감께
서 누구나 아는 이야기를 하실 요량으로 납신 것이 아님을 알
기에 그저 차분하게 응수했다.

"의심이라……. 글쎄, 대비전에 아부하기 위해, 혹은 본인이
원하는 걸 쟁취하기 위해 세 치 혀로 위기를 조장하고 과잉 행
동하는 이가 있다는 말이 더 맞겠지."

"과잉 행동이라 하심은, 누군가 이미 움직이고 있다는 뜻이
온지요?"

본능적으로 느껴지는 감이라는 것이 있었다. 평온했던 일상

속, 듣지 말아야 할 이름을 듣게 될 것 같다는 섬뜩한 예감 같은 것 말이다. 그리고 이러한 감은 거의 빗나간 적이 없었다.

"윤가 도경은 잘 지내고 있느냐?"

서늘하다 못해 찬기가 도는 옥음으로 왕은 친숙한 이름 하나를 구중에 올렸다. 감히 마주친 상의 안정(眼精, 눈동자)엔 뚜렷한 암시가 떠올라 있었다. 그녀와 대비전 사이에 모종의 관계가 있으며, 윤도경은 불순한 의도를 감추고 감우당에 들어간 거라고.

재헌은 천천히 시선을 내리깔았다. 왕의 폭로에 놀라서가 아닌, 그와 관련해 어느 정도 짐작하고 있었음을 들키지 않기 위해서였다.

지난 며칠 가회방으로 퇴청했던 재헌이 오늘은 감우당으로 돌아왔다. 어른들께 귀서를 알리고 작은 사랑에서 환복을 마치니 옆에서 대기하고 있던 석이가 탕제를 내밀었다. 그는 재헌이 탕약을 빠르게 들이켜는 것을 지켜보며 걱정스러워했다.

"시장하시지요? 요깃거리라도 준비하라 이르겠습니다."

"아니다. 지금은 생각이 없어."

사발을 내려놓은 재헌이 건포로 입가의 물기를 정결히 닦았다.

"석반 때까지 시간이 남았는데 괜찮으시겠습니까?"

"밖에서 거닐다 오마. 넌 네 볼일 보거라."

재헌은 돌아오는 대답도 듣지 않고 작은 사랑채를 나섰다. 후원을 향해 성큼성큼 걸으며 꽁꽁 싸매 두었던 상념을 해제했다. 왕의 옥음이 머릿속을 온통 헤집고 있었다.

'윤 대감의 여식이 너희 가족과 대군의 행적을 몰래 살피고 있다. 조금이라도 이상한 낌새가 있다면 대비전에 고변하겠다고 했다는군. 그에 대한 대가로 따로 원하는 바가 있었다고 하던데, 그것이 무엇인지는 나도 알아내지 못했다. 간택을 앞두고 내정자를 결정하기 위해 부른 자리였다니 곤위가 탐이 났을 수도, 혹은 다른 뜻을 가졌을 수도 있겠지.'

왕은 그녀가 제 아비를 닮아 욕심이 많다고 조소했다.

'문제는, 영의정의 면을 보아 자전께서 윤도경의 맹랑함을 받아 주셨다는 거야. 무료함을 떨칠 겸 재미 삼아 호응하신 듯한데, 나는 입장이 다르지. 그따위 못돼 먹은 편 가르기로 왕실과 너희 가문, 그리고 대군과의 사이에 오해가 생기는 걸 방관할 수 없어. 하니 윤도경을 쫓아내든 집안에 알려 망신을 주든, 다시는 그런 짓을 못 하게 네가 알아서 처리해 주었으면 해. 혹시 몰라 하는 말이지만, 이번 일은 전적으로 그녀 혼자만의 돌발 행동이니까 자전께 섭섭해하지는 말고.'

모든 잘못을 윤도경의 탓으로 몰아간 왕은 마지막까지 모후의 무고함을 강조했다. 이번 일을 주도한 게 자전이긴 했지만, 왕실은 이쯤에서 빠질 테니 오직 그녀에게만 비난의 화살을 돌리라는 무언의 압력이었다.

그리 놀랄 만한 일은 아니었다. 김여은과 친분도 없던 도경을 그쪽에서 굳이 딸려 보내겠다고 했을 때 어느 정도 짐작한 부분이었다. 그런데도 재헌은 망각과 외면 사이를 오가며 지금껏 현실에서 한 발짝 떨어져 있었다. 예성 채문의 종부 자리를 미끼로 도경의 주의를 저에게 돌리는 일에만 몰두했다.

좋은 시간이었다.

마음만 먹으면 언제라도 가까이서 그녀를 지켜볼 수 있는 공간에 함께 머문다는 게 만족감을 주었다. 얼마 전부터는 이대로도 괜찮다고 생각했다. 윤도경이 속내만 들키지 않는다면 그역시 눈뜬장님 되어 지금의 평화를 지속하고 싶다고.

그런데 다른 이도 아닌 왕이 그녀와 대비전의 비밀스러운 연계를 누설했다. 이는 중간 지대에 서서 보고 싶은 것만 골라 보던 꿈같은 시간이 강제적으로 종료되었음을 의미했다. 모후께서 엮인 일임에도 왕이 직접 나서 이런 식으로 경고했다는 건, 윤도경이 예성 채문과 가까워질 일말의 가능성도 용납지 않겠다는 암시이기도 했기에.

"나만 믿으래도!"

"안 됩니다. 제발 쇤네의 입장도 헤아려 주십시오."

생각에 잠겨 길을 걷던 재헌은 친숙한 목소리에 정신이 들어 주위를 둘러보았다. 후원으로 향했던 발길이 제멋대로 목적지를 바꾸어 별채로 걸음 하고 있었다. 저만치, 바깥채로 이어진 중문 앞에서 도경이 석이와 실랑이를 벌이는 중이었다.

재헌은 속속들이 알고 싶었으나 어느 것 하나 알지 못하는 여인을 응시했다. 편파적이었던 왕의 귀띔을 곧이곧대로 믿을 순 없지만, 그녀가 다른 의도를 가지고 감우당에 왔다는 점만은 사실일 것이다. 하지만 재헌은 장담할 수 있었다. 윤도경이 이곳에 온 진짜 이유는 이 일을 주도한 대비마마께서도 모르실 거라고.

"설마 내가 아무거나 가져왔을까."

돌아서고 싶었으나 그러지 못했다. 재헌은 복잡한 심경으로 도경을 지켜보았다.

"이건 쉬이 구할 수 없는 귀한 약차다. 나리께서 어떤 약재를 복용 중이시든 도움이 되면 되었지, 나쁠 것이 하나도 없어!"

"송구합니다. 도련님께서 취하시는 모든 먹거리는 의원의 허락을 받아야 합니다. 찻잎은 쇤네가 가져가 의원에게 보인 뒤 전해 드릴 것이나, 이미 우린 찻물은 받기가 곤란합니다."

"고집은……. 알았다. 정 그러하다면 어쩔 수 없지. 찻상은 도로 가져갈 테니 이 찻잎은……."

"그냥 주시오."

웬만해선 끼어들고 싶지 않았지만, 입이 먼저 떨어졌다.

"도련님!"

"나리!"

옥신각신하다가 일시에 돌아본 그들이 우렁차게 재헌을 불렀다. 특히 며칠 만에 얼굴을 본 도경이 활짝 웃으며, 가까이 다가간 그를 반겨 주었다.

"산보를 가셨다고 하더니 여긴 어쩐 일이십니까?"

"깜박 잊은 게 있어 돌아가던 길이었소."

입에서 나오는 대로 둘러댄 재헌은 열비가 들고 있는 찻상을 힐끔 보았다.

"나한테 보내는 거요?"

"저희 외숙께서 직접 캐 오신 산약초를 말린 겁니다. 피를 정화하고 기력을 보충해 주는 약차이지요. 다른 것과 상충하는 성질이 없으니 우려서 수시로 드시면 건강을 회복하시는 데 도움이 될 겁니다."

도경은 눈을 반짝이며 적극적으로 설명했다.

걸핏하면 말을 돌리고, 대답을 회피하고, 속마음을 숨기기에 급급한 여인. 하지만 저리 웃으며 다가올 때마다 그녀가 진실만을 말하고 있다고 믿고 싶어진다. 아마도 전하께선 이런 점을 경계해 대비전의 일을 흘리셨을 것이다. 자신의 분노를 유발해 두 집안의 갈등이 깊어지길 바라는 마음으로.

그러나 그분께서 모르시는 게 있었다. 당신과 가문을 위해 버려야 했던 이 목숨을 바로 저 여인이 구해 주었다. 흐릿했던 계곡에서의 기억은 하루하루 명확해져 이제는 머릿속이 아닌 가슴속에 선명하게 박혀 있었다. 그녀는 기억을 잃은 재헌이 스스로 금기시했던 어머니를 떠올리고 싶게 한 최초의 사람이자, 이쪽에서 상처 받을지언정 미워하거나 경멸할 수 없는 대상이었다.

"어찌 그리 빤히 보고만 계십니까? 약차가 마음에 안 드십니까? 제가 마셔 봤는데, 풍미가 깊고 향기로웠습니다."

"그런 게 아니오. 받기만 하는 게 미안해서."

무거운 번뇌를 가슴속에 품은 채 재헌이 미소했다.

16

"그런 말씀 마십시오. 진즉 알았다면 더 빨리 준비했을 겁니다."

"고맙소. 내 거르지 않고 챙기겠소. ……석아, 찻상을 받아라."

"하지만 도련님……!"

강력히 반발했던 석이는 재헌의 엄한 눈길을 마주하고 힘없이 꼬리를 내렸다.

"사랑에 가져다 놓거라."

"예, 알겠습니다."

두말하지 않고 찻상을 받아 명에 따라 바깥채로 넘어갔다. 빈손이 된 열비가 저 뒤로 물러나자 도경은 조심스레 확인했다.

"나리, 혹 쉬시는 날이 언제입니까?"

기대에 부푼 저 눈빛, 아마도 나들이를 염두에 둔 질문일 것이다. 원래대로라면 오늘쯤 날짜를 상의하려고 했지만 일이 이렇게 된 이상 그가 줄 수 있는 대답은 하나밖에 없었다.

"밀린 일이 많아 당분간 어려울 것이오."

"그렇군요."

도경은 시무룩해져 수긍하더니 곧 화제를 바꾸었다.

"아, 또 여쭙고 싶은 게 있습니다."

"무엇이오?"

"그때 그러셨잖아요. 특별해진 풍경이 눈에 익기 전까지 답을 가져오라고."

도경은 눈이 시리도록 초록으로 우거진 감우당의 녹음을 둘러보았다.

"그것이 참 애매합니다. 저는 날이 갈수록 주위의 풍경이 각별해져서요. 나리께선 어떠십니까? 설마 그 특별했던 풍경이 벌써 식상해진 것은 아니겠지요?"

"글쎄……."

재헌은 문득 궁금했다.

"어쩐지 싫증이 나려 하는 것도 같고."

저 역시 그녀에게 상처 줄 수 있는 사람이 되었는지. 불순한 의도를 담아 답해 보지만 도경은 그 함의를 읽지 못하고 엉뚱한 걱정만 하였다.

"기한이 다 되었다는 말씀입니까?"

말의 의미를 글자 그대로 해석해 오로지 정해진 시간이 언제까지인지에만 연연했다.

하기야, 특별한 풍경이 본인을 빗댄 말임을 그녀가 어찌 알 수 있을까.

전의를 상실한 재헌은 도경을 자극해 보겠다는 의지를 버리고 쓸쓸히 얼버무렸다.

"그런 게 아니오. 기한은 따로 없으니 시간에 쫓기지 말고 천천히 생각해 보시오."

"정말 그리해도 되겠습니까?"

재헌은 말없이 고개만 끄덕였다.

"해야 할 일이 있어 이만 가 봐야 하오. 오늘은 여기서 실례하겠소."

눈인사를 건네고 빠르게 돌아섰다.

"곧 뵙겠습니다, 나리!"

여인의 씩씩한 인사에도 반응하지 않았다.

우스운 일이었다. 그녀가 순수한 의도로 감우당에 오지 않았다는 것을 알고 있었으면서, 막상 그렇다는 확인을 받으니 마음을 다스리기 어려웠다.

궁금해서 조바심이 일었다. 당신은 무슨 의도를 숨기고 여기에 와 있는 것일까. 단 한 번이라도 예성 채문의 종부가 되고 싶어 한 적이 있었을까.

여태껏 그 자리를 바라는 이유 하나 똑바로 대지 못하는 걸보면 도경의 최종 목표는 다른 것일 가능성이 높았다.

그녀의 관심에 실은 제가 없었다는 가정만으로도 피가 거꾸로 솟구쳐 올랐다. 어린 시절, 전하께서 헤집어도 끄떡없던 그의 내면이 한낱 혜명 윤문의 핏줄로 인해 송두리째 흔들리고 있는 것이다. 그 누구도 믿지 못할 전개였지만 재헌은 가슴을 치는 이 거대한 동요를 부정하지 않았다.

그녀는 특별했다.

생명의 은인이라는 단순한 이유 때문만은 아니었다. 그에게 있어 도경은 떨림으로 존재하는 처음이자 유일한 이성이었다. 이러한 감정은 아무도 모르게 여물고 여물어 글자로만 가능한 줄 알았던, 아마도 훗날 저에게 첫정이었다고 회상될 그런 사람이 되었다. 장차 백발이 되어 이 계절의 추억이 흐릿해진다고 해도, 빗물이 땅을 적셔 공기 중에 물 내음이 가득한 날이면 어렴풋하게나마 말간 얼굴을 떠올릴 것이다.

현재의 이 파동은 바로 그런 미래를 향한 한 발짝 정도가 아닐까.

제 마음이 어떠하든 세상의 질서는 변하지 않는다. 그녀는 앞으로도 윤이환의 독녀일 것이고, 자신은 그들과 대적하는 예성 채씨 가문의 종손일 것이다. 그러므로 재헌은 그녀가 주는 상처를 기꺼이 수용하고 인정해야 한다. 이래서 흔들리고 저래서 치이며 가슴앓이를 하다 보면, 짧은 이 계절, 끓어오르는 강렬한 감정도 빨리 닳아 사라질 테니까.

작은 사랑채에 다다라 노을이 퍼진 하늘을 올려다보았다. 구름 사이로 고즈넉하게 걸린 초어스름의 달이 손에 잡힐 듯 가까이 보였다. 재헌은 열망하는 눈으로 그것을 응시하면서도 달을 향해 손을 뻗는 우를 범하지 않았다. 만물은 각자의 자리를 지킬 때 빛이 난다는 것을 너무나도 잘 알아 숨 막히는 날이었다.

요 며칠, 도경은 잠이 안 올 때마다 안마당을 걷거나 대청에 나가 앉아 있곤 하였다. 재헌이 밤의 한가운데를 거닐다 한 번씩 별채에 들른다는 사실을 알게 된 이후였다.

애석하게도 우연한 만남은 반복되지 않았지만 개의치 않았다. 잠이 안 오는 날이면 억지로 노력하기보다 밖으로 나와 고요한 밤의 정취를 감상했다. 풀 내음이 섞인 맑은 공기와 쏟아질 듯 별이 수 놓아진 밤하늘만으로도 충분한 위로가 되었다.

평온한 나날이었다.

괴로웠던 악몽도 꾸지 않았다. 이곳에 떨어져 주기적으로 밤잠을 설치게 했던 그 흉몽은 정의 얼굴을 보여 준 날을 끝으로 더는 이어지지 않고 있었다. 처음에는 대수롭지 않아 했는데 요즘에는 자꾸 그런 생각이 들었다. 혹 모든 것이 바뀌었기 때문에 꿈조차도 사라진 게 아닐까 하는…….

과거와 달리 채재헌은 살아 있다. 윤이환의 여식인 자신은 정적 가문에 들어와 예성 채문의 어른들과 안면을 익혔다. 자영과는 친분이 생겼고, 정부인은 여전히 어려운 분이나 염색 일과 같은 불상사는 더 이상 일어나지 않았다.

결정적으로, 다른 신분의 사내와 정분날 여지가 전혀 없었다. 과거, 멸문의 도화선이 되었던 위험 요소가 이제 어디에도 존재하지 않는 것이다.

변수만 생기지 않는다면 무사할 수 있겠구나.

내심 안도하면서도 그다음에 펼쳐질 미래가 보이지 않아 도경은 불안했다. 달빛이 처연한 깊은 밤 편안히 잠들지 못하고 혼자서 바깥을 서성이는, 그 누구에게도 말할 수 없는 진짜 이유였다.

"아가씨, 탕약입니다."

수를 놓던 도경이 손놀림을 멈췄다. 문이 열리고 열비가 시탁에 탕약을 올려 들어왔다. 도경의 방엔 다른 세 명의 규수도 옹기종기 앉아 있었다.

오늘 오후, 감우당에서 잔치가 열릴 예정이다. 원래 이 시기가 되면 날을 잡아 감우당을 개방하고 마을 사람들에게 술과 음식을 대접한다고 했다. 손님 맞을 준비로 정부인이 분주한 까닭에 규수들은 오전에 도경의 처소에 모여 과제로 받은 꽃수를 놓고 있었다. 진맥을 받아야 하는 데다 탕약까지 챙겨야 하기에 편의상 그리된 것이다.

"더 쉬었어야 했는데 무리하시는 거 아닙니까?"

도경이 약물을 들이켜고 정과를 입에 물자 자영이 걱정스럽게 바라보았다. 함께 지내면서도 그렇게 새침을 떨더니, 폭행 사건 이후 유달리 상냥해진 그녀다.

"아닙니다. 이제 아픈 데도 없는데 집에서 하도 걱정하시어 그냥 먹는 겁니다. 진맥은 오늘이 마지막이었고요."

"그렇다면 다행이지만요."

"전 아직도 이해가 되지 않습니다."

자영의 대답이 끝나자마자 차분한 목소리가 말꼬리를 붙였다. 모두의 시선이 그쪽으로 쏠리자 수틀에서 손을 뗀 서윤이 여은에게 먼저 양해를 구했다.

"아우분의 이야기를 해도 되겠습니까? 불편하시다면 여기서 멈추겠습니다."

"아니요. 얼마든지."

여은은 제 알 바 아니라는 듯 여유가 넘쳤다. 그러자 서윤은 도경을 향해 나름 합리적인 논리를 펼쳤다.

"호판 댁 장남은 술에 취해 있었고 소저는 차림새가 평소와 달랐습니다. 어느 모로 보나 사람을 불러 정리하는 편이 가장 깔끔했을 텐데 어찌하여 무모하게 참견하시어 그런 일을 당하셨습니까? 전 솔직히 이해가 되지 않습니다."

"위급한 상황이었거든요. 검을 빼 든 호판 댁 도령이 두이를 베어 버릴 기세였지요."

도경의 대답에 서윤은 한층 목소리를 높였다.

"그 검이 소저에게 향할 수도 있었습니다. 무섭지도 않으셨습니까? 아니면, 믿는 구석이라도 있으셨나요?"

"예. 뒷배는 든든하였습니다."

도경은 당시의 속마음을 순순히 인정했다. 여은이 피식 웃었고, 자영은 영웅담이라도 듣는 듯 흥미진진해 보였다. 그 틈에서 서윤은 저건 또 무슨 소리인가 하는 눈빛이었다.

"전 처음부터 제가 누구인지 알고 개입하였습니다. 내가 영상 대감의 딸이다, 쫓아가서 그리 소리친다면 도령을 만류할 수 있겠다고 계산하였지요. 불행히도 그 말을 채 꺼내기도 전에 손이 먼저 내려왔지만, 적어도 대책 없이 끼어든 것만은 아니었습니다."

"이성적인 선택이었다, 이 말씀이시군요."

"제 처지에 맞게 현실적인 선택을 한 거였지요."

도경은 어깨를 으쓱하며 덤덤히 서술했다.

"제가 만약 하급 관리의 딸이었다면 그리 당당하게 간섭할 수 있었을까요? 저는 필시 망설였을 겁니다. 비겁한 행동일 수 있지만, 뭐 어떻습니까. 그게 사람의 본성인데. 하나 혜명 윤문의 핏줄이요, 가친께서 영의정이시니 제가 사용할 수 있는 영향력을 아끼고 싶지 않았습니다. 결과적으로 전, 누울 자리를 보고 다리를 뻗은 셈이었지요."

"……누울 자리를 보고 다리를 뻗는다?"

줄곧 공감하지 못했던 서윤이 유독 마지막 말에 반응을 보였다. 생각에 잠겨, 누구나 흔히 입에 올리는 그 말을 혼잣말처럼 중얼거리는데 여은이 불쑥 물었다.

"말씀 끝났습니까?"

"……예, 대충."

서윤에게서 별다른 반문이 돌아오지 않아 도경은 분위기를 살피며 긍정했다.

"하실 말씀이라도 있으신가요?"

"저건 뭔가 해서요. 구경해도 됩니까?"

여은은 한쪽에 치워 둔 화려한 문양의 자개함을 가리켰다. 그것은 안국방에서 교령을 통해 어제 보내온 것으로, 도경은 당황하여 말을 잇지 못했다. 안 보이는 곳에 치운다는 걸 깜박하고 말았다.

저걸 뭐라고 둘러대야 자연스러울까?

정해진 용도가 따로 있긴 했으나 이 자리에서 절대 밝힐 순 없다.

"패물을 새로 들이신 건가요?"

"아니요. 그게……."

"아, 쇤네가 가져다드리겠습니다!"

막 말을 돌리려고 하는데 약사발을 정리하고 들어오던 열비가 해맑게 웃으며 쪼르르 다가왔다. 도경의 낯빛이 파리해진 것도 모르고 자개함을 가져다 규수들 앞에 자랑스럽게 내놓았다.

"어제 저희 마님께서 보내 주신 겁니다. 아가씨들께 답례로 드리는 작은 정성이라고요."

아…….

돌이킬 수 없게 된 사태에 도경은 할 말을 잃었다.

얼마 전, 여은이 소동을 일으켜 송구하다며 호판 댁 침모가 직접 만든 조각보 보자기를 하나씩 선물했다. 그에 대한 답례로 서윤은 수낭을, 자영은 향낭 노리개를 준비해 각각 돌렸다. 안국방에서 온 저 자개함에도 그런 성격의 답례품이 들어 있었다.

"봐도 됩니까?"

여은이 허락을 구했다. 이제껏 오고 간 선물이 저마다 곱고 유용한지라, 마지막 남은 하나에도 규수들은 기대하는 눈빛이었다. 자포자기한 도경은 스스로 함을 열어 그들에게 내용물을 보여 주었다.

반응은 제각각이었다. 자영은 눈이 등잔만 하게 커졌고, 여은은 한쪽 눈썹을 번쩍 들어 올렸다. 서윤은 인상을 팍 찌푸렸다. 자개함 안에는 그들이 상상했을, 기품과 정성이 가득한 선물 대신 보석이 박힌 장신구가 돈 자랑의 냄새를 풀풀 풍기며 위풍당당한 자태를 과시하고 있었다.

도경은 얼굴이 화끈거렸다. 이곳에 있는 모두가 내로라하는 가문의 여식들이다. 물질보다 가치를 중히 여기고 격식과 체통에 목숨을 거는, 양반 중에서도 진성이라고 할 수 있었다. 그런 저들이 여력이 없어 침모들에게 명해 선물을 직접 만들었을까.

안국방에 보내는 서찰에 선물 받은 목록을 명확히 표기했다. 소박한 것으로 알아서 답례품을 잘 준비할 테니 신경 쓰지 말라는 답신도 받았다. 정경부인이 평소에도 모임을 자주 주재해서 안심하고 있었건만, 이렇게나 다짜고짜 고가의 물품을 보내주실 거라곤 상상도 못 했다.

어색한 침묵이 흘렀다. 무슨 말을 해야 할지 모두가 난감한 눈치인데 자영이 조심스레 말문을 열었다.

"머리꽂이네요?"

"예. 그렇습니다."

"저거 말인데요."

모양은 똑같으나 보석의 색깔만 다른 네 개의 장신구 중 자영은 청록색 계열에 관심을 보였다.

"무슨 보옥인가요? 비취보다 색감이 맑고 깨끗해 꼭 투명한 호수를 축소해서 가져다 놓은 것도 같고……."

"여기 있는 건 전부 황옥입니다."

"황옥이요? 저런 빛깔의 황옥도 있었습니까?"

"일반적으로 알려진 것보다 색이 훨씬 다양하다고 하네요."

도경은 서찰에 쓰여 있던 그대로 대답해 주었다. 처음과 달리 말없이 장신구만 보고 있던 여은이 한마디 거들었다.

"국경을 넘어온 것이겠군요?"

"그렇다고 들었습니다."

"가격도 엄청날 테지요."

여은의 직설에 도경은 무안한 미소만 지었다. 헤픈 씀씀이가 역시 혜명 윤문답다고 말하는 것 같았다.

"이건 좀…… 과하지 않나요?"

마침내 서윤까지 가세했다. 누구보다 검약을 실천하는 그녀이기에 표정에서부터 드러나는 거부감을 숨기지 못했다.

"우리가 그동안 선물을 주고받은 의미가 무엇이었죠?"

"송구합니다."

도경이 고개 숙여 사과했다. 그때, 손 하나가 쓱 내려와 붉은빛의 황옥이 박힌 장신구를 집어 들었다.

"일단 전 이거."

무심한 얼굴의 여은이었다. 서윤이 놀라 그녀를 보는 사이 자영도 본능에 따라 손을 움직였다.

"전 이거!"

잽싸게 내려갔다 올라온 하얀 손에는 그녀가 처음부터 관심을 보였던 청록빛의 보석이 박힌 머리꽂이가 쥐어져 있었다.

이제 서윤은 경악했다. 배신감 어린 눈으로 두 사람을 번갈아 보았다. 그쪽에서 보든지 말든지 여은은 상관하지 않는 태도였고, 자영은 장신구를 두 손에 소중히 쥐고서 딴 데를 보았다. 가운데서 눈치만 살피던 도경도 괜스레 마음이 급해져 남은 것 중 보라색 보석이 박힌 장신구를 선점하였다.

그러고 나니 남은 것은 하나.

이걸 어떡해야 하나 잠시 망설이다가, 노란빛의 보석이 영롱하게 빛나는 장신구를 슬그머니 서윤 쪽으로 밀어 주었다.

얼렁뚱땅 선물 나누기에 성공한 도경은 홀가분한 마음으로 중문까지 규수들을 배웅해 주었다.

아무리 과하다지만 정경부인께서 준비해 준 것이기에 처리 문제를 놓고 혼자 고심이 많았다.

이러지도 저러지도 못해 낙심하고 있던 차, 열비의 눈치 없는 행동으로 행복한 결말을 맞았으니 속이 다 시원했다. 하물며 서윤의 손에도 조신하게 장신구가 들려 있어 더욱 만족스러웠다.

"조심히 돌아가십시오! 오늘 즐거웠습니다!"

기분이 고조돼 멀어지는 규수들의 뒤통수에 대고 크게 손을 흔들었다.

자영이 있었다면 어떤 반응이든 돌아왔을 것이나 그녀는 일각 전 잔치 준비를 위해 먼저 별채를 떠나고 없었다. 남은 이들은 여은과 서윤. 그들답게 누구 하나 돌아서서 같이 인사해 주는 사람이 없었다.

"저 아가씨들은 왜 저렇게 퉁명스러울까요?"

도경은 그래도 마냥 즐거웠지만 열비는 입이 댓 발 튀어나와 불평이었다.

"돌아서서 인사 한번 해 주는 게 뭐가 그리 어렵다고. 그리고 저 두이라는 아이 말입니다, 정말 이상하지 않습니까? 날도 더워지는데 언제까지 목에 저런 거를 칭칭 둘러매고 있을 건지. 볼 때마다 제가 덥고 답답해서 미치겠습니다."

"목에 큰 상처가 있대. 그걸 가리려고 저걸 항상 매고 다닌다는구나."

"하여튼…… 요 못난 주둥이가 방정입니다."

쫑알쫑알 잘도 구시렁거리던 열비가 금세 잘못을 깨닫고 손바닥으로 입술을 찰싹찰싹 때렸다.

도경은 낮게 웃다가 서윤의 뒤를 따르는 유모를 보았다. 통통한 체격과 수수한 인상의 그녀는 산에서 스치듯 본 적이 있었다. 몸살이 나 앓아누운 사이 평소 서윤의 시중을 들던 여종은 어디 가고 저 유모라는 여인이 곁을 지키고 있었다.

"오덕이라고 했나? 서윤 낭자의 수종 말이다. 이젠 아예 안 돌아오는 건가?"

"저도 얼마 전에 알았는데요, 일이 있었답니다."

"무슨 일?"

"아가씨가 혼절하셨던 날 정언 나리께서도 의식을 잃으셨잖아요. 그때 민 진사 나리께서 서윤 아가씨를 정언 나리 처소에 들여보냈답니다."

도경의 고개가 열비 쪽으로 휙 돌아갔다. 오라비가 시킨다고 외간 사내의 방에 들어갔다니. 그것도 채재헌의 사적 영역에! 누구보다 예법에 철저한 서윤이 본가도 아닌 다른 댁에서 그런 행동을 했을 리 없다.

"네가 잘못 안 거 아니냐?"

"당시 감우당이 비다시피 하지 않았습니까. 발 빠르고 힘 좋은 사내종들의 숫자가 부족하였답니다. 의원을 부르고 어른들한테도 달려가 알려야 하는데, 술에 취해 해롱대는 김 도령에게 여럿이 붙어 있어야 했으니까요. 석이가 우왕좌왕할 때 민 진사 나리가 그랬답니다. 자기가 정언 나리 곁을 지킬 테니 볼일 보라고요. 그래 놓고 본인은 뒤로 빠지고 서윤 아가씨를 정언 나리 방에 들여보냈답니다."

"확실해?"

"그렇다니까요! 모두가 쉬쉬하면서도 한동안 그 이야기만 했습니다. 왜냐하면……."

열비는 주위에 듣는 이가 없는지 확인하더니 도경에게 가까이 다가와 속닥거렸다.

"서윤 아가씨가 들어간 지 일각도 안 돼서 도로 나왔답니다. 그러고는 별말 없이 별채로 돌아가셨는데, 그 소식을 들은 민 진사 나리께서 부리나케 쫓아가 아가씨께 막 성을 내셨답니다."

"왜?"

"거기까진 쇤네도 모르겠습니다. 듣기로 채씨 집안 어른들께서 서윤 아가씨를 정언 나리 짝으로 점찍으신 것 같다고 하던데, 그것과 연관 있지 않았을까요?"

도경은 조용히 들숨을 삼켰다. 뻣뻣이 굳어진 상전의 변화를 알아채지 못하고 열비는 전해 들은 이야기를 남김없이 털어놓았다.

"여하튼, 그날 이후 진사 나리께서 감우당에 들어앉으신 겁니다. 원래는 정부인 마님과 서윤 아가씨를 모셔다드리고 본가로 돌아가실 계획이었다는데, 무슨 까닭인지 당분간 머물겠다며 방 한 칸을 차지하시고 유모까지 부르셨다네요. 그 때문에 찬방에서는 요즘, 조만간 정언 나리와 서윤 아가씨가 정혼을 하네 마네 하면서 아주 시끄럽습니다."

"그랬구나."

도경은 억지로 웃으며 안으로 발길을 돌렸다. 더 이상 그 둘의 이야기는 듣고 싶지 않았다.

이곳에 온 초반부터 어림짐작했던 일이다. 하나 이젠 그 일과 관련한 여파가 초반과는 비교할 수 없을 만큼 커졌다. 채재헌이 민서윤과 정혼할지도 모른다는 소문만으로도 무릎이 후들거렸다.

각월이 아련했던 어느 밤의 만남이 이제는 꿈처럼 아득했다. 어둠 속에서도 생생하게 느껴졌던 다정한 눈빛과 따뜻한 손길. 그 누구도 끼어들 수 없는 교감을 나눈 줄 알았는데 혼자만의 착각이었나. 며칠 전 정을 보러 연무장에 갔다가 들은 말이 아스라이 귓가에 살아났다.

'도련님께선 지나는 말처럼 건넨 말씀이라도 무조건 지키십니다. 빠르게 행할 수 있는 일을 미루고 계신다면, 잊은 것이 아니라 문제가 생겼다는 뜻이지요.'

다른 이야기를 하다가 나온 말이었다. 도경은 순간적으로 그와의 나들이 약속이 떠올랐지만 대수롭지 않게 넘어갔다. 바쁘다는 그의 말을 믿고 있었기 때문인데, 정말 그러할까. 함부로 예단하는 것이 위험하다는 걸 알면서도 도경은 내심 불안했다. 채재헌이 무슨 생각 중인지 그 어느 때보다 알고 싶어졌다.

감우당에 마을 사람으로 보이는 이들이 하나둘 늘어났다. 태호는 그들에게 친절한 미소를 지으며 사람이 없을 만한 곳을 찾아 방향을 꺾었다.

유모에게서 누이의 동태를 보고받다 보니 화가 나서 이대로는 사랑으로 돌아갈 수 없었다. 예성 채문의 어른들과 청학동의 깐깐한 양반들에게 속없이 실실 웃어 주려면 잔치가 본격화되기 전, 어디라도 가서 이 답답한 마음을 풀어 줘야 한다.

"멍청한 것. 집안의 원수네 뭐네 하며 정색하더니, 밸도 없이 그런 것을 받아 와?"

생각하면 할수록 노기가 솟아 정수리에 열이 올랐다.

재헌이 혼절했을 때만 해도 그랬다. 어느 모로 보나 천우신조의 기회였는데 서윤은 본질을 꿰뚫지 못하고 쓸데없는 예법에 얽매어 그를 실망시켰다.

'규방의 처자가 어찌 혈육도 아닌 남정네의 거처에 제 발로 찾아간단 말입니까! 그건 법도에 어긋나는 일입니다.'

'꽉 막힌 소리 좀 하지 마라!'

그날 태호는 역정이 나 소리쳤다.

'그렇게 일일이 재고 따지다가 어느 세월에 채 정언과 마음이 통하겠느냐! 사내들은 이럴 때 곁에 있어 주는 여인에게 마음을 주는 법이다. 만약 윤 규수나 김 규수가 같은 상황에 놓였다면 그들은 너처럼 망설이지 않았을 것이야. 모르겠느냐, 이는 기회란 말이다!'

그리 알아듣게 설명해 주었건만 서윤은 마지못해 작은 사랑으로 들더니 일각도 되지 않아 별채로 돌아갔다. 의식이 돌아온 재헌이 물리쳤다는데, 나가란다고 진짜로 물러간 누이가 한심해 저도 모르게 벌컥 화를 냈다.

예전에는 누이의 그런 반듯함과 정숙함이 자랑스러웠다. 하지만 요즘은 융통성 없고 미련해 보였다. 고리타분함이 지나쳐 채자영의 마음조차 사로잡지 못했다. 채재헌의 감정적 변화를 눈앞에서 직접 목격하고도 어쩜 그리 미적미적 구는지 이해할 수 없었다.

시일이 지나 아무리 좋게 생각해도 김성욱을 향한 재헌의 폭발적인 분노는 선을 넘었다. 누님의 패물이나 훔치러 온 모자란 놈에게 그런 식의 과민 반응을 보일 것이 무엇이란 말인가. 이는 필시 김성욱이 건드려선 안 될 이를 해하였기 때문이었을 것이다. 채재헌, 그 자신에게 있어 의미가 남다르고 중한 인물을 다치게 했기 때문에.

"허, 참!"

태호는 헛웃음을 터트렸다.

"윤도경이라니……."

생각하면 할수록 기가 찰 노릇이었다. 그녀를 향한 재헌의 관심을 처음 들었을 때 서윤에게 조심해야 한다고 주의를 주면서도 실제로는 심각하게 여기지 않았다.

하는 짓이 독특하고 얼굴이 반반하다고 한들 그녀는 탐욕에 굶주린 혜명 윤문의 핏줄이었다. 고매하신 예성 채문의 종손께서 그런 점을 간과할 리 없다고 믿었다. 호기심에 잠시 눈길이 간다고 해도 결국 진동하는 썩은 내에 눈살을 찌푸리며 고개를 돌려 버릴 거라고.

그 상식적인 믿음이 배신으로 돌아왔다. 그도 결국 수컷이요 사내인 것을. 겨우 그 정도 수준인 줄도 모르고 채재헌을 지나치게 높이 평가하고 있었다. 태호는 치를 떨며 씩씩거리다가 걸음을 멈추고 짜증을 부렸다.

"여긴 또 어디야?"

주위를 쭉 둘러보았다. 이곳의 지리를 알 만큼 아는 줄 알았는데 매번 새로운 곳이 발견되어 그를 놀라게 했다.

감우당은 대체 얼마나 넓은 것인지…….

노여움은 어느덧 감탄으로 바뀌었다. 규모가 실로 어마어마했다. 어느 정도냐 하면, 이곳의 작은 사랑채 같은 경우 다른 댁의 큰 사랑채보다 몇 배나 크고 으리으리했다. 가회방의 본가는 말할 것도 없었다. 처음부터 이런 환경에서 과거 공부를 했다면 진즉에 급제하고도 남았을 것을. 빈한한 집안을 돌보느라, 아버님의 병시중을 드느라 낙방을 거듭했던 지난 세월이 이제 와 돌아보니 아깝고 억울했다.

조부께서 그리 돌아가시지 않았다면, 부친께서 삭직당하고 낙향하시지 않았다면 민씨 가문의 장자로서 당연하게 누리고 살았을 윤택한 삶. 그것을 망친 이 중 하나가 윤이환이었다. 용서할 수 없는 강탈이요, 파렴치한 도둑질이었다. 그런데 이젠 그 여식까지 끼어들어 겨우 되찾으려는 민씨 집안의 영광에 재를 뿌리려 한다.

감히…….

제깟 게 무어라고!

태호는 빼앗길지도 모른다는 두려움에 짙은 경멸을 드러냈다. 이제 가난이라면 지긋지긋했다. 다시는 없던 시절로 돌아가고 싶지 않았다.

다행히 아직 그 둘이 정분난 단계까지 도달한 건 아닌 듯했다. 더 늦기 전에 대책을 세워야 한다고 초조해하는데, 어디선가 깊이 한숨 쉬는 소리가 들렸다. 주위를 둘러본 태호는 아는 얼굴을 발견하곤 푸근하게 표정을 바꾸었다.

"석아!"

"어, 진사 나리!"

나무 그늘에 앉아 뚱해 있던 석이가 그를 보고 몸을 발딱 일으켰다.

저를 향해 무한한 신뢰를 보내는 아이였다. 재헌을 살렸다는 이유로 제 목숨을 구한 은인인 양 볼 때마다 감사의 인사를 올렸다. 지금도 안면에 드리웠던 그늘을 모조리 지우고 순박한 웃음을 보내고 있었다.

"여기까지 어쩐 일이십니까?"

"너야말로 이런 곳에서 웬 한숨이냐? 왜, 정언 나리한테 꾸중이라도 들은 게야?"

"아닙니다. 저희 도련님이 얼마나 좋으신데요."

"하면? 무슨 고민이라도 있느냐?"

"아니요."

석이는 두 손을 내저으며 헤헤 웃더니 이내 표정이 흐려져 시선을 떨궜다.

"괜찮으니까 말해 보아라. 혹시 아느냐, 내가 너한테 도움이 될지."

"그런 게 아닙니다. 쇤네는 그냥…… 궁금한 게 조금 있어서요."

"무엇이?"

태호가 재촉하자 그는 슬금슬금 눈치를 살피며 물었다.

"나리, 영상 대감께선 정확히 어떤 분이십니까?"

"그 무슨 뚱딴지같은 소리냐?"

"그게…… 감우당에 혜명 윤문의 아가씨가 와 계시지 않습니까. 그분을 보니 소문으로만 듣던 영상 대감은 실제 어떤 분이신가, 괜히 궁금해졌습니다."

아아 하며 어허허 웃던 태호는 돌연 경직되어 석이를 자세히 들여다보았다. 눈가에 잔뜩 낀 근심이 누군가를 궁금해한다기보다 매우 조마조마해하는 기색이었다.

설마, 아랫것들이 눈치챌 정도로 채재헌과 윤도경의 관계가 깊어진 것일까?

들으나 마나 그럴 공산이 커 심장이 벌렁벌렁, 격하게 뛰었다. 아직은 예방할 시간이 있다고 믿었는데, 이렇게 되면 상당히 골치가 아팠다. 어떡해야 하나, 속으로 갈팡질팡하던 태호는 일단 석이가 알고 있는 내용이 무엇인지 자세히 알아보기로 했다.

"영상 대감이라면 내가 어른들께 들은 이야기가 많다."

"참말이십니까?"

"그래. 그러니까 우리, 여기서 이럴 게 아니라 어디 편한 곳으로 자리를 옮기자꾸나. 아침부터 여기저기 뛰어다녔더니 내 허기가 져서 그런다."

"알겠습니다! 그럼 쇤네가 상을 봐 오겠습니다."

"오냐. 나도 가져올 게 있으니 서문 쪽에 있는 정자에서 만나면 되겠다."

태호는 석이를 따라 움직이며 친절한 미소를 보냈다.

오늘은 잔칫날이었고, 하인들에게도 먹고 마실 자유가 주어졌다. 그리고 그는 사람을 감쪽같이 취하게 할 수 있는 달콤한 술을 가지고 있었다. 음청을 가장한 단주로 술기운을 입히고, 채재헌과 윤도경에 대해 적당히 알은척해 정신을 쏙 빼놓으면 일이 어떻게 돌아가고 있는지 정확하게 알아내는 것은 시간문제였다.

여름의 문턱이다. 활짝 열린 미세기창 너머로 새파란 하늘이 펼쳐지고 서안 앞에 앉은 도경의 두 뺨엔 상쾌한 바람이 불어왔다. 붓글씨 연습에 몰두하다 잠시 한눈을 판 도경은 안뜰에 들어선 열비를 보고 방긋 웃었다.

"다녀왔습니다!"

명랑하게 소리친 열비는 손에 상을 들고 있었다. 다람쥐처럼 날렵하게 들어와 전리품을 내놓듯 푸짐한 한 상을 도경 앞에 내밀었다.

"이게 무엇이냐?"

"오는 길에 찬방에 들렀습니다. 마침 아가씨께 올 상을 차리고 있더라고요. 자영 아가씨께서 꼭 챙기라고 당부하셨답니다. 하여간…… 아닌 척하면서 은근히 잘 챙겨 주신다니까요."

희희 웃으며 보자기를 걷어 내자 석류탕(석류 모양 만둣국)과 가제육(돼지고기 볶음), 전유화(전), 석이병(석이버섯 가루를 넣은 떡) 등 정갈하게 차려진 음식이 맛난 냄새를 풍기며 시선을 사로잡았다.

"식기 전에 얼른 드셔 보십시오. 기다리는 동안 저도 한 상 받았는데, 전부 맛있었습니다."

열비는 부른 배를 두드리며 여유를 부렸다. 오전에 먹은 다과가 얹힌 듯해 도경은 잣을 띄운 화채만 한 모금 마시고 내려놓았다.

"찬방에 가기 전에 두루 둘러보았니?"

"예."

"어떻디?"

"안채와 바깥채, 행랑채까지도 사람들로 북적거렸습니다. 청학동 사람들이 죄다 몰려왔나 봅니다."

"그래?"

도경은 믿기지 않아 귀를 쫑긋 세웠다. 아무런 소리도 들리지 않았다. 이곳에 들어앉아 있으니 소음 없이 조용해 정말 잔치가 열리긴 하는지 혼자 의심하고 있었다.

"감우당이 넓긴 넓은가 봅니다. 여긴 딴 세상 같지 않습니까? 이따 오후엔 사당패들이 와서 흥을 돋우고 인형극도 한다니까, 그땐 시끄러울 수도 있습니다."

"소리가 전해질지 모르겠다."

도경은 옅게 웃으며 호응한 뒤 가장 궁금했던 부분도 에둘러 물어보았다.

"이판 대감과 두 나리는 아침에 등청하셨다고 하던데. 그래도 잔치엔 참석하시겠지?"

"대감마님께선 이미 와 계십니다. 작은 사랑채 나리들도 오늘은 일찍 퇴청하신다고 들었고요."

도경은 고개를 끄덕였다. 재헌과 서윤의 정혼 이야기를 들은 이후 계속 심란했다. 속이 더부룩하고 한 가지 일에 몰입하기 어려웠다. 당연히 그의 참석 여부가 궁금했다. 열비에게 바깥 사정이 어떤지 둘러보고 오라고 한 것도 그 때문이었다.

궁금한 점이 해결되었으니 다른 질문도 연이었다.

"자영 낭자는 많이 바쁘시니?"

"말도 마십시오. 정부인 마님과 함께 안채 손님을 맞이하시느라 앉을 새도 없어 보였습니다."

"다른 낭자들은?"

"여은 아가씨는 별채에서 꼼짝도 안 하신답니다. 혹시라도 마을 사람들이 별채 뜰까지 들어올까 봐 안에서 중문도 잠갔다고 하더라고요. 그리고 서윤 아가씨는 거의 이 댁 며느님 같았습니다."

한순간에 쿵, 가슴이 내려앉았다. 멀쩡히 길을 걷다 된서리를 맞은 사람처럼 몸에 한기가 들었다.

"……왜?"

"정부인 마님께서 옆에 끼고 사람들한테 일일이 소개해 주시더라고요. 정언 나리를 구한 은인에다가 선선대왕 전하께 충성한 전 부제학 영감의 손녀라는 사실이 부각돼 손님들 사이에서도 찬양 일색이었습니다. 어떤 이들은 이 댁 장손과 천생연분 아니냐며 호들갑이었고요. 찬간에서 하인들이 수군대는 소리도 그렇고, 조만간 경사 나겠습니다."

열비는 확신을 담아 다음 말을 덧붙였다.

"감우당에 규수들을 모은 이유에 정언 나리와 서윤 아가씨를 만나게 해 주려는 의도도 포함되지 않았을까요? 혼약하기 전 서로의 얼굴을 익히게 하기에 그만인 방법 같습니다. 안 그렇습니까, 아가씨?"

동조를 바라는 어조였다. 아무 말이라도 건네야 할 차례였지만 심장이 욱신거려 도경은 억지웃음조차 짓지 못했다.

잔치에 초대받지 못한 것은 아니었다. 다만, 청학동에서 혜명 윤문의 평판이 어떤지 알기에 정중히 거절했다. 사정을 뻔히 아는 자영도 재차 권하지 않았다. 도경의 처지를 이해하며 되레 미안해하였다. 이곳에 왔던 초반, 쌀쌀맞았던 자영의 태도를 반추하면 장족의 발전이었다.

해가 낮아질수록 열비의 고개가 밖으로 돌아갔다. 사당패 놀이가 이 시대에 즐길 수 있는 크나큰 유흥이자 위로라는 것을 알기에 도경은 열비를 타일렀다.

"언제까지 그러고 있을래? 가서 실컷 놀다 오라니까."

"아가씨를 여기 두고 저 혼자 어딜 갑니까."

"어차피 할 일도 없는데 둘이 붙어 있으면 답답하기만 하지. 사당패 놀이와 인형극이 궁금하지도 않으냐?"

의리를 지키느라 한사코 안 가겠다는 열비에게 도경은 구경거리를 들먹이며 구미를 돋우었다. 그것이 효과를 발휘했는지 더는 괜찮다는 말이 돌아오지 않았다. 도경은 마지막 쐐기를 박았다.

"나중에 후회하지 말고 다녀오너라."

"아이, 참……. 정말 그리해도 되겠습니까?"

머뭇머뭇하다가 마침내 항복한 열비는 도경이 고개를 끄덕이자 해맑게 웃으며 좋아했다.

"쇤네가 밖에서 보고 들은 모든 일을 돌아와서 전부 이야기해 드리겠습니다!"

깡충 높아진 어조로 소리치곤 물 만난 물고기처럼 팔딱거리며 달려 나갔다.

홀로 남은 도경은 어수선해진 속내를 진정시키고자 다시 붓글씨 연습에 매진했다.

아직 결정된 것은 아무것도 없다. 선남선녀를 두고 동네에서 흔히 건넬 수 있는 덕담에 휘둘려선 안 된다. 도경은 일일이 신경 쓸 필요 없다며 열비에게서 들은 말을 지우려고 애썼다.

시간은 더디게 흘렀다. 점심을 거르고 한참이 지났으나 입맛이 없어 열비가 가져온 음식엔 손도 대지 않았다. 좀처럼 집중이 안 돼 그림도 그리고 자수도 놓다가 급기야 마당으로 나갔다. 해가 낮아져 바람이 시원한 늦은 오후였다. 화단을 따라 걸으며 생각에 잠겼다.

그와 나, 우리는 무슨 사이일까.

단정 지어 말할 순 없지만, 그간의 일들을 비추어 봤을 때 아무 사이도 아니라고 말할 순 없었다. 만약 핸드폰을 사용하는 시대였다면 이럴 때 문자로 불러내 상황을 물어볼 수 있는 정도는 됐을 것이다. 도경은 그에게 묻고 싶었다. 앞으로 우린 어떻게 되는 거냐고.

아무리 고민해도 예성 채문의 종부가 되고 싶은 이유를 답하기 어려웠다. 솔직히 말하자니 정신 이상자로 보일 것이고, 그럴싸한 말을 지어내려니 아무 생각도 나지 않았다.

차라리 기억을 잃었다는, 현재 안국방 식구들이 믿고 있는 그대로 말해 볼까. 사람을 알아볼 수 없어 외가에 가지 못했고, 광증이라는 소문이 돌아 외딴곳에서 홀로 요양했음을 밝히지 못했던 거라고. 그래서 당신을 살리고도 당당히 말하지 못하였다고. 그대의 생명을 구한 은인으로서 부탁하니 제발, 내가 이곳에 머무는 동안만이라도 정혼 같은 건 하지 말아 달라고…….

도경은 습관처럼 손목의 단주를 만지작거렸다. 나무로 제작된 이 염주 팔찌는 어제 새로 만든 듯 여전히 세월의 흐름을 타지 않았다. 이것이 자신을 언제 어떻게 다른 세상으로 데려갈지 몰라 미래에 대한 깊은 고민이 불가했다. 그래서 이 순간, 도경은 서윤이 부러웠다. 안정된 미래를 꿈꿀 수 있고, 선선대왕의 충신이자 채 대감의 벗이었던 조부를 두었으며, 정부인의 전폭적인 지지를 받는 그녀가.

저 멀리서 꽹과리 치는 소리가 불어왔다. 사당패가 드디어 판을 벌인 모양이었다. 멍하니 담장 너머 허공을 응시하던 도경은 방향을 틀어 바깥으로 걸어갔다. 사람들의 관심이 그쪽으로 모인 이때, 잠시라도 원림에 나아가 거닐고 싶어졌다.

"안녕하십니까, 윤 소저!"

별채의 영역을 막 벗어났을 즈음 굵고 낯선 목소리가 발목을 잡았다. 소리를 따라 돌아보니 서윤의 오라비인 민태호가 공손히 허리를 굽혀 인사했다. 저쪽에서 알은척을 해 올 정도로 친분 있는 사이가 아닌지라 도경은 말없이 고개만 숙였다.

"사당패가 놀이를 시작했는데 어디를 가십니까?"

"잠깐 거닐고 싶어서요."

잔치에 참석할 처지가 아님을 그도 모르지 않았다. 그냥 하는 소리임을 알기에 도경도 뭉뚱그려 대답했다.

"그렇다면 제게 잠깐 시간을 내주실 수 있겠습니까? 소생이 윤 소저께 여쭐 말씀이 있습니다."

"저한테요?"

"제 부족한 누이와 관련한 일입니다. 부탁드립니다."

무슨 문제라도 생겼는지 표정이 꽤 심각했다. 마음이 약해진 도경은 고개를 끄덕였다.

두 사람은 타인의 방해를 피해 후원으로 이동했다. 목적지가 원림이었던 도경에게도 나쁠 것 없는 장소였다.

떨어져서 걸을 때는 몰랐는데 마주 보고 서니 그에게서 달달한 단주 향이 전해졌다. 그가 술을 마셔서 그런 건지, 손에 들고 있는 호리병에 단주가 담겨 있어 그런 건지 분간하기 애매했다. 도경의 시선이 호리병으로 내려가자 눈치 빠른 태호가 먼저 사과했다.

"송구합니다. 아는 이의 고민을 들어 주며 과실주 한 잔을 마셨더니 향이 뱄나 봅니다."

"아닙니다."

"저기, 이거……."

태호는 들고 있던 호리병을 내주었다.

"저희 자친께서 작년에 머루로 담근 술입니다."

"저는 괜찮습니다."

"여기저기 나눠 주고 한 병 남은 겁니다. 선약도 없이 갑자기 불러 세워 시간까지 뺏었으니, 이렇게라도 감사한 마음을 전할 수 있게 해 주십시오."

"쓰임이 따로 있어 가지고 계시던 것 아니었습니까?"

도경은 의아해져 반문했다. 저와의 만남은 우연했고, 머루주는 처음부터 의도가 있어서 가지고 나왔을 것인데 이렇게 즉흥적으로 받아도 되는지 확신이 없었다.

"의도는 있었으나 소저를 만나기 전에 사라졌습니다. 아마도 이 머루주는 윤 소저께 갈 운명이었던 게지요. 부디 받아 주십시오."

더는 거절할 수 없었다. 도경은 과실주로 길게 시간을 끌기보다 빨리 받고 본론을 들어 보기로 했다.

"그러시면 감사히 받겠습니다."

"맛과 향이 좋으나 조심해서 드십시오. 조금 전에 어떤 이도 달콤한 음료로 착각하고 연거푸 들이켜다 대취하여 뻗고 말았습니다."

그의 말을 요약해 보면, 어떤 이를 위해 갖고 있던 마지막 두 병을 준비했는데, 상대가 취하는 바람에 나머지 한 병은 개시도 못 하고 도로 가져오던 길이라는 뜻인 듯했다.

도경은 넘겨받은 호리병을 내려다보다 간략히 말했다.

"이제 나리의 용건을 듣고 싶습니다."

"그 전에 부탁드릴 것이 있습니다. 송구하나 지금부터 소저께 드리는 말씀은 꼭 비밀로 하여 주십시오."

"물론입니다. 혹 서윤 낭자께 무슨 문제라도 생긴 겁니까?"

"아니요. 그런 것이 아니라……."

태호는 멋쩍게 웃더니 주위를 두리번거렸다. 근처에 대화를 엿듣는 사람이 없음을 확인하고는 나직하게 속삭였다.

"머지않아 우리 서윤이가 정언 나리와 정혼할 것 같습니다."

윙, 귓속에서 이명이 들렸다. 들고 있던 호리병도 하마터면 바닥으로 떨어뜨릴 뻔했다. 열비가 한 차례 떠들어 갑작스러운 일이 아니었지만, 민태호의 귀띔은 그 파급력이 달랐다.

이 시대의 정혼이란 당사자가 아닌 집안 어른들의 합의에 따라 이루어진다. 한 가문의 며느리를 정할 때도 신랑의 뜻보다 어른들의 마음에 드는 신부가 점지되는 경우가 일반적이다. 그런 면에서 서윤은 집안, 외모, 성정 등 어느 모로 보나 예성 채문 어른들의 기대치에 부합하는 신붓감이었다. 공식적으로 알려지진 않았으나 집안끼리 이미 매파가 오갔고, 자리보전한 부친을 대신해 서윤의 오라비인 태호가 일정 역할을 했을 수도 있었다.

"우리 집안으로서는 경사가 아닐 수 없습니다. 그래도 한 가지, 마음에 걸리는 게 있어서요."

휘청거리는 모습을 보이지 않으려고 몸에 힘을 주고 버티니, 태호가 근심을 띠고 충격적인 말을 연속했다.

"우연히 알게 된 사실인데…… 정언께서 따로 가까이하는 여인이 있다고 하더군요."

"여인……이요?"

"최근까지도 만남을 이어 오고 있다 들었습니다."

뭐가 어떻게 돌아가는 중인지 정신이 하나도 없었다. 채재헌이 헤픈 사내도 아니고, 그간 이어졌던 은근한 접촉과 교류, 여러 정황으로 보았을 때 그 상대가 자신을 가리키고 있음을 모르지 않았다.

설마 그걸 알고 내게 접근한 거였나?

그런 의심이 들자 이쪽을 바라보는 태호의 눈빛이 별안간 차갑게 느껴졌다. 도경은 심리적으로 위축돼 가슴이 죄어들면서도 최대한 침착해지려고 노력했다.

"저한테 왜 그런 말씀을 하시죠?"

"전 서윤이의 오라비로서 누이가 행복해지길 바랍니다. 매제가 될 이가 가정에만 충실하길 바라고요. 그런 의미에서 채 정언이 만난다는 여인이 누구인지, 언제쯤 관계가 정리될지 알아 둘 권리가 있습니다. 하나 이 댁 어르신들께 직접적으로 여쭙기는 어렵습니다. 마침 윤 소저께서 채 정언의 누이와 친분이 있으시니, 혹 그 일과 관련해 들으신 내용이 있는지 궁금했습니다."

"아니요. 전 아무것도 듣지 못했습니다."

도경은 완강히 부인했다.

"그러시군요. 아, 그렇다고 채 정언을 오해하진 마십시오. 함부로 오입질하는 사내들과는 근본적으로 다른 사람이니까요. 사적으로 여인을 가까이한다고 하나, 처음부터 오래갈 사이가 아님을 주위에 명시해 두었다고 하더군요."

"예……?"

명치를 치고 들어온 마지막 문장에 도경은 넋이 빠져 반응했다.

"측근들에게 그런 말을 했답니다. 아무리 수려한 금수강산도 사람의 시선을 빼앗는 건 한순간일 뿐이라고. 시간이 지나 눈에 익으면 특별했던 그 풍경도 식상해지기 마련이라고. 현재 가까이하는 여인을 빗대어 한 말이라더군요."

가슴속에서 둥, 둥, 둥 북소리가 울렸다. 이 이상은 듣고 싶지 않은데 태호는 쉴 새 없이 입을 움직였다.

"처음에는 특별할지 몰라도, 원래 그런 식의 만남이란 누구라도 쉬이 질리는 법입니다. 아마도 채 정언은 그 여인과 즐길 만큼 즐기면서도 책임져야 할 행동은 절대 하지 않았을 겁니다. 기녀는 아니라 하나 가까운 이에게도 신상을 밝히지 못했다니, 상대는 필시 격이 떨어지는 여인이겠지요. 진심으로 연모하고 함께할 생각이었다면 어찌하여 누구인지 당당히 밝히지 못하였겠습니까. 종합적으로 판단해 보건대, 혼약이 성사될 때쯤 채 정언은 싫증 난 그쪽을 정리하고 우리 서윤이에게 정성을 다할 겁니다. 밖에서 즐겨 본 사내가 조강지처한테도 잘한다는 말이 있으니 외려 잘된 일인지도 모르겠습니다."

퍼붓듯이 다다다 말을 쏟아 낸 태호는 달아오른 열을 한 김 식히고 다시 차분해져 말을 맺었다.

"감사합니다, 윤 소저. 사실 제가 걱정이 많았는데, 이리 이야기를 하다 보니 정리가 되는군요. 본의 아니게 시간을 빼앗아 죄송스러우나, 누이를 걱정하는 못난 오라비의 마음을 너그러이 이해해 주시기 바랍니다."

고개 숙여 인사한 태호는 마지막으로 푸근한 미소를 지어 보이고 돌아섰다. 맨몸으로 난타당한 꼴이 되어 버린 도경은 누더기처럼 너덜너덜해져 입도 벙긋하지 못했다.

얼마나 혼을 빼고 있었을까.

살랑, 바람이 불었다. 이런 바람 속에서 언젠가 재헌이 말했다.

'그대는 나에게 특별한 사람이오.'

아마도 그 순간이었을 것이다. 도경의 가슴속에 그를 향한 연모의 씨앗이 본격적으로 자리 잡게 된 것이.

불행했던 유년 시절의 상처가 남아 있던 도경에게 그 말은 온기이자 위로였고, 만년설 같던 슬픔을 녹여 주는 한 줄기 설레는 햇살이었다. 한없이 초라했던 자신이 정말로 특별해진 것 같았다. 그 남자의 표정과 음성에서 진정성을 읽었기에 더욱 그리 믿었다.

하지만 그날, 예성 채문의 종부가 되고 싶은 이유를 언제까지 답해야 하는지 물었을 때 그는 자연의 절경을 감상하듯 자신을 응시했다. 그러고서 건넨 답은 조금 전 민태호가 했던 말과 다르지 않았다.

'이 특별해진 풍경이 눈에 익기 전까지가 가장 좋겠지.'

거창하고, 애매모호했으며, 의미심장했던 그 말.

이상하다고 생각하면서도 흐지부지 넘겼는데, 약간의 해설이 보충되니 무슨 의미로 그리 대답했는지 완벽히 이해됐다. 그러니까 그는 너에 대한 나의 관심이 식기 전에 흥미로운 답변을 준비해 가져오라고 말한 것이었다. 호기심이 사라지고 너라는 존재가 식상해진다면 더는 거래의 필요성을 느끼지 못하게 될 테니.

왈칵 눈물이 솟구쳤다. 그와 나, 아무도 모르게 우리 둘만의 은밀한 교류를 나누고 있는 줄 알았다. 함께하는 동안 흐르는 시간을 잡고 싶을 만큼 설레고 좋았다. 그런데 이제 와 그 모든 감정이 혼자만의 과대망상이었다고 말한다. 그에게 넌, 가볍게 노닥거릴 정도의 유희에 지나지 않을 뿐 혼인까지 하기엔 격이 떨어지는 상대라고.

심지어 얼마 전, 특별하다는 그 풍경이 여전히 그러한지 물었을 때 재헌은 냉담했다.

'글쎄. 어쩐지 싫증이 나려 하는 것도 같고.'

당시 도경은 오로지 기한이라는 단어에 매달려 시간이 연장되었다는 사실에만 기뻐했다. 한때는 특별했으나 서서히 싫증 나고 있는 그 풍경이 바로 저 자신을 뜻하는지도 모르고…….

깊은 배신감에 속에서 쓴물이 벌컥 올라왔다. 눈가와 코끝이 벌게진 도경은 씁쓸함을 견디지 못하고 호리병의 뚜껑을 거칠게 열었다. 냉수를 마시듯 꿀꺽꿀꺽 과실주를 들이켜니 단내가 사방으로 퍼졌다. 빈속으로 빠르게 흘러 들어가는 액체가 달고도 쓰디썼다.

술병을 손에 쥔 채 쌔근거리며 원림을 가로질렀다. 민태호가 했던 말이 하나하나 머리에 꽂힐 때마다 화가 나서 벌컥벌컥 술을 퍼부었다.

'아마도 채 정언은 그 여인과 즐길 만큼 즐기면서도 책임져야 할 행동은 절대 하지 않았을 겁니다.'

그래서 그 밤, 입맞춤을 할 듯 말 듯 끝내 입술을 내리지 않았구나. 도경은 냉소했다.

'진심으로 연모하고 함께할 생각이었다면 어찌하여 누구인지 당당히 밝히지 못하였겠습니까.'

이 무릎을 베고 품으로 파고든 그 순간까지 내가 혜명 윤씨 핏줄임을 잊지 않았겠지. 도경은 자조했다.

'혼약이 성사될 때쯤, 채 정언은 싫증 난 그쪽을 정리하고 우리 서윤이에게 정성을 다할 겁니다.'

나들이를 가자고 해 놓고 바쁘다는 핑계로 여태 소식 한번 없는 이유, 그건 내게 벌써 질리고 있기 때문일지도. 도경은 그를 원망했다.

그렁그렁 맺힌 눈물을 신경질적으로 훔쳤다. 술기운에 무거워진 몸을 이끌고 고목 앞에 도착해 철퍼덕 주저앉았다. 풀린 눈으로 호리병을 빙빙 돌리니 소량 남은 머루주가 찰랑찰랑 흔들렸다. 도경은 마지막 한 방울까지 전부 들이켜고는 빈 병을 아무렇게나 내던졌다. 세상이 뱅글뱅글 돌아 어지러웠다. 슬픈데 웃기고, 눈물이 나면서도 웃음이 터졌다.

"다 필요 없어……."

도경은 키득거리며 주정했다.

따지고 보면 저보다 몇백 살이나 많은 옛날 남자. 갓 쓰고 하오체를 사용하는 고고한 선비를 처음 만나 나름 신선했지만, 더는 아니었다. 풍경 운운하며 뒤에서 그렇게 재고 따지는 중이었다면 이쪽에서야말로 정떨어져 다시는 상종하고 싶지 않았다.

처음부터 닿지 않을 인연이었다. 언제 헤어질지 장담할 수 없는 미래였다. 이젠 위험 요소도 제거되었으니 그와의 혼인에 매달릴 필요도 없었다. 도경은 자꾸 감기는 눈을 억지로 치켜뜨며 다짐했다. 이 여름을 무사히 넘길 때까지만 그의 비위를 맞추다 핸드폰이 터지는 세상으로 돌아가 부유해진 내 진짜 가족과 잘 먹고 잘 살겠다고. 그러니까 제발……! 이쯤에서 그 지긋지긋한 업보 좀 청산해 달라고.

"여기서 뭐 하시오?"

눈물을 참느라 풀을 쥐어뜯던 도경이 게슴츠레 풀어진 눈을 들었다. 취기가 올라 알딸딸한 시야에 낯익은 얼굴이 보였다.

"설마…… 술을 마셨소?"

입을 뻐끔거리고 있으나 소리가 멀리서 늘어지게 들리니 진짜 채재헌은 아닌 듯했다. 아마도 금세 사라질 환영일지도.

그렇다면 잘되었다. 쫓아가서 뺨이나 한 대 때려 줘야지. 해죽 웃으며 몸을 일으킨 도경이 비틀비틀 그에게 걸어갔다.

아니지, 아니야.

도경은 크크 웃으며 계획을 수정했다.

저 입.

풍경이니 뭐니, 뒤에서 자신을 우롱한 저 얄미운 입을 콱 물어뜯어 버려야겠다고 작심했다.

실없이 웃음이 터지는 가운데 눈치 없이 흘러내리는 눈물을 신경질적으로 닦았다. 한 발 한 발 불안한 걸음을 떼다가 발을 헛디디며 몸이 크게 휘청거렸다. 벌러덩, 허리가 반쯤 뒤로 꺾여 넘어간 시야에 하늘이 보이고 그의 얼굴이 연달아 들어왔다.

"음……."

감은 눈을 찌르는 햇살이 성가셨다. 서서히 잠에서 깨어난 도경은 심한 갈증을 느끼며 눈을 떴다. 문창지를 통해 쏟아지는 햇살이 너무 강해 저절로 인상을 찡그렸다.

"깨셨습니까? 잠시만 계십시오."

열비는 머릿병풍을 끌어다 도경을 괴롭히는 볕을 가려 주었다. 여기가 어디고, 제가 왜 이러고 있는지 도무지 알 수가 없었다. 시간이 통째로 잘려 나갔다고 해야 하나. 도경은 비몽사몽으로 몸을 일으키다 상체를 수그리고 신음했다.

"으윽……!"

머리가 깨질 듯 아팠다.

"이렇게 좀 해 보십시오."

두 손으로 머리를 쥐어뜯고 있으니 열비가 상체를 부축해 입에 사발을 갖다 대 주었다. 목으로 넘어오는 달콤한 액체를 도경은 무의식중에 꿀꺽꿀꺽 받아 마셨다.

"술도 못 드시면서 어쩌자고 그리 드신 겁니까. 쇤네 기절할 뻔하였습니다."

"……술?"

꿀물을 들이켠 도경이 멍하니 되뇌었다.

"기억 안 나십니까? 어제요."

"어제라니?"

"아이고, 고주망태가 되도록 드셨나 보네."

열비는 사발을 시탁에 내려놓고 어제 본 상황을 자세히 설명했다.

"인형극이 끝나고 돌아왔을 때 아가씨께선 주무시고 계셨습니다. 몸이 안 좋으신가 싶어 들여다봤더니 술 냄새가 진동하였지요. 쇤네 진짜 깜짝 놀랐습니다. 대체 술을 얼마나 드신 겁니까? 자영 아가씨가 술상까지 보내 주셨습니까? 이부자리는 어찌 이리 고이 깔았고요?"

계속되는 질문에 민태호가 술병을 건넨 것이 언뜻 떠올랐다. 그 후 씩씩거리며 병나발을 불던 저의 모습까지. 딱 거기까지였다면 좋았을 걸 불행히도 그것이 끝이 아니었다.

"입술은 왜 또 이리 퉁퉁 부으셨을까요."

재헌에게 달라붙어 그의 입술을 물고 빠는 제 모습이 번뜩 뇌리를 스쳐 갔다.

……뭐지?

소스라친 도경은 허겁지겁 면경을 찾아 얼굴을 비춰 보았다. 입술만 통통하게 부어올라 있었다. 동시에 경악할 만한 여러 기억이 물꼬가 트인 듯 와르르 쏟아졌다.

몹시 놀라 굳어 버린 재헌과 그의 목에 팔을 휘감은 자신. 뜨겁고도 미끈한 입술의 감촉. 도경은 누구의 것인지 모를 입속에서 할짝할짝 혀를 움직였다. 달달한 과실주와 타액이 뒤섞여 움직임이 무척 매끄러웠다. 몸에서 힘이 빠져 그대로 주저앉으려는데 입술이 떨어지자마자 그가 달려들었다.

언제인지도 모르게 재헌의 흑립이 벗겨져 아무렇게나 내동댕이쳐졌다. 두 사람은 서로를 얼싸안고 엎치락뒤치락, 풀밭을 뒹굴었다. 숨이 뒤얽히고 몸이 하나로 맞붙었다. 정신없이 그의 숨결을 독점했다.

못된 그의 손이 상체 여기저기를 더듬었다. 흐물흐물 몸이 늘어졌다. 부드러운 그의 입술이 목덜미 어딘가를 배회했다. 도경은 그늘을 드리운 고목의 나뭇가지를 올려다보며 나른한 신음을 흘렸다. 그리고 고개를 든 그가 다시 입술을 삼키려 했을 때, 순순히 내주는 대신 앙칼지게 꽉 깨물어 주었다.

"아악!"

충격에 휩싸여 이불 속에 머리를 처박았다. 창피하고 부끄럽고 수치스러웠다. 너울처럼 밀려드는 이 모든 기억이 부디 꿈이기를 바랐다. 유학을 숭상하는 남자에게 술주정도 모자라 추행하고 추태까지 부렸다니! 차라리 한 줌 재가 되어 사라지는 편이 낫겠다는 자괴감에 도경은 이불을 휘어 감고 사지를 버둥거렸다.

왜 그러시냐는 열비의 물음에 답하지 않았다. 도경은 실성한 사람처럼 홀로 끙끙 앓다가 모임 시간에 맞춰 억지로 일어났다. 소세 후 숙취 해결을 위해 오미자 냉차를 두 사발이나 들이켰다.

"조금이라도 조반을 드시는 게 낫지 않을까요?"

"아니야. 속이 부대껴서 안 돼."

빈속에 마셔서 그런가, 처음에는 그저 음료 같았는데 머루주의 후폭풍은 실로 지독했다. 도경은 몸단장을 대충 마치고 반쪽이 된 얼굴을 경대에 비춰 보았다.

"안색 좀 봐. 대체 무슨 일이십니까?"

"별일 아니래도. 숙취 땜에 힘드니까 제발 그만 물어봐."

"그래도 이건 안 되겠습니다."

"이거?"

"아가씨 입술이요. 제 방에 오얏 씨에서 짠 기름으로 만든 약이 있을 겁니다. 그거라도 바르면 부은 입술이 가라앉지 않을까요? 잠시 계십시오. 제가 금방 가서 가져오겠습니다."

열비가 쪼르르 방을 나갔다. 도경은 또다시 갈증이 나 냉차를 꿀꺽꿀꺽 마셨다. 다시는 머루주에 손도 대지 않으리라 치를 떠는데, 열비가 후다닥 뛰어 들어왔다.

"아가씨!"

"소리 좀 지르지 말아 줄래?"

도경은 흔들리는 골을 꾹꾹 누르며 항의했다.

"그게 아니고요, 밖에 정언 나리께서 와 계십니다."

"뭐?"

너무 놀라 머리가 번쩍 들렸다. 질겁한 도경은 음성을 낮춰 속삭였다.

"왜? 왜 오셨대?"

"아가씨요. 잠깐 나와 보시랍니다."

"나? 지금?"

"예. 지금이요."

급격하게 동공이 흔들렸다. 남들은 진탕 마시면 기억도 안 난다고 하던데 도경은 술이 깰수록 그의 숨결과 체향까지 생생히 떠올라 괴로웠다. 게다가 무슨 말을 어떻게 해야 할지 아직 머릿속을 정리하지 못했다.

상태가 이 지경이거늘 지금 당장 얼굴을 맞대야 한다고?

너무도 암담했다. 도경은 소리 내어 펑펑 울고 싶어졌다.

지은 죄가 있어 잠시 허둥거렸으나 점차 냉정을 되찾았다. 죄의 경중을 따지자면 저쪽이 중이라는 반발심에서였다.

시작은 제가 먼저 하였으나 그도 동해 같이 풀밭을 굴렀으니, 어제 있었던 신체 접촉은 서로 없던 일로 퉁치면 그만이었다. 그러나 도경은 그가 혼인하기 전까지 저를 심심풀이 상대로 농락해도 좋다고 허락한 적 없었다. 해명하고 사죄해야 할

쪽은 오히려 저쪽이란 뜻이었다.

민태호가 했던 말을 토씨 하나 빼놓지 않고 읊을 수 있었다. 어떻게 그럴 수 있는지 따져 묻고 싶었고, 행하지 않을 이유가 없었다. 별안간 발끈한 도경은 자리를 박차고 일어섰다.

"모임에 가져갈 준비물을 챙겨 중문 밖에서 기다리고 있거라."

"예, 아가씨."

열비는 지함을 들고 따라나섰다. 밖으로 나와 재헌이 기다리는 위치를 알려 준 뒤 중문 쪽으로 종종 걸어 모습을 감추었다.

시비를 멀리 떨어뜨린 도경은 서릿발을 띠고 돌계단을 내려갔다. 누마루를 빙 돌아가니 화단 앞을 서성이던 재헌이 기척을 듣고 급히 돌아보았다. 눈이 마주치자 그가 싱그럽게 웃었다. 그 별것 아닌 웃음에 도경은 허무하게 흔들렸다.

은은한 기품이 흐르는 남자였다. 음흉하고 꺼림칙한 기운은 조금도 찾아볼 수 없었다. 내가 지금부터 그에게 하려는 행위가 맞나 하는 의구심이 저절로 고개를 쳐들었다.

평소의 정중함과 예를 갖춘 태도를 보았을 때 재헌은 결코 상대를 함부로 취급할 사람이 아니었다. 어제 처음으로 말을 섞은 민태호는 철석같이 믿으면서, 좋아한다는 남자는 대번에 파렴치한으로 여긴다는 점도 모순으로 느껴졌다.

하지만 내가 정말 속고 있는 거라면……

그에게 걸어가는 짧은 시간 동안 오만 가지 생각이 머리를 스쳤다. 따져야 하나 말아야 하나. 정혼하는 게 사실인지만이라도 확인해 볼까. 도경은 줏대 없이 이리저리 흔들리다 결국 아무런 결론도 내리지 못하고 어정쩡하게 그의 앞에 섰다. 오늘따라 유난히 빛이 나는 그와 달리 시선을 피하며 쭈뼛거렸다.

"괜찮소? 어제 술을 많이 마신 거 같던데."

"아니……."

무슨 말을 해야 할지 몰라 어물거렸다. 그가 한쪽 팔을 뒤로 하여 무언가를 살짝 숨기고 있는 것도 알아차리지 못했다.

다정하고도 은근한 그의 시선을 어떻게 해석해야 할까. 겸연쩍기도 하고 자세히 보고 싶기도 했다. 도경은 흘끔 재헌을 올려다보다 피딱지가 내려앉은 그의 아랫입술을 보고 기함하였다. 어제 자신이 물어뜯은 상처가 틀림없었다. 당황하여 입이 제멋대로 움직였다.

"어, 어제 절 데려다주신 분이 나리십니까?"

"아, 그 부분이 기억 안 나시오?"

귓불을 붉힌 그가 괜스레 이마를 긁적이다 우뚝, 동작을 정지했다. 빠르게 손을 내리고 웃음기가 싹 지워진 얼굴로 확인했다.

"그럼 다른 부분은? 정확하게 말해 보시오. 어디서부터 기억이 안 난다는 거지?"

"조용히 걷고 싶어 어제 혼자 원림에 갔었습니다."

얼결에 시작된 시치미가 아예 본격적으로 이어졌다. 그에 관한 판단을 보류한 이상 이 방법이 최선이라는 확신도 들었다.

"도중에 민 진사 나리를 만나 머루주를 받았는데, 맛을 보니 그냥 음청 같았습니다. 찔끔찔끔 마시다가 어느 순간 잠이 쏟아졌고, 나무에 몸을 기대었지요. 한데 눈을 떠 보니 오늘 아침이었습니다."

핏기가 사라진 그의 얼굴이 백지장 같았다. 도경은 최대한 빨리 그에게서 벗어나기로 했다.

"감사합니다. 그리고 본의 아니게 폐를 끼쳐 송구합니다. 지금은 자수 모임이 있어 가 봐야 하니 다음에 다시 인사드리겠습니다. 그럼……."

"무슨 소리요, 그게!"

꾸벅 인사한 도경이 돌아서려 하자 그가 팔을 잡고 정색했다.

"기억이 안 난다?"

"당황스럽지만 그렇습니다."

"그럴 리 없소. 다시 잘 생각해 보시오!"

"생각하고 말고 할 게 무에 있겠습니까. 그래 봤자 술에 취해 잠든 것이 전부겠지요. 그저 부끄럽고 죄송할 따름입니다."

도경은 시선을 피하며 그의 손을 뿌리쳤다.

"시각이 많이 지체되었습니다. 지금은 가 보겠습니다."

눈을 내리깔고 황급히 돌아섰다. 총총거리며 멀어지는 동안

한 번도 재헌을 돌아보지 않았다. 충격으로 일그러진 그의 얼굴도, 내내 숨기고 있다가 힘없이 풀린 손에 들린 한 묶음의 꽃도 도경은 끝끝내 보지 못했다.

일촉즉발

감우당의 작은 사랑채. 어둡고 황량한 기운을 내뿜는 재헌 앞에서 정은 열심히 보고를 올리고 있었다.

"……한 가지 염두에 두셔야 할 것은, 소문의 진상을 파악하는 데까지 예상보다 시일이 걸릴 수 있다는 점입니다. 저번 일로 피해를 본 당사자가 영상 대감 댁의 영애인 데다 대비전에서도 격노하시어 김성욱 도령도 쉽게 움직이지 못하는 듯합니다. 반성하는 모습을 보이기 위해 당분간 처소에 처박혀 계속 두문불출하겠지요. 인내가 필요한 일입니다."

설명을 마친 정은 상전의 지시나 하답이 내려지길 기다렸다. 평소라면 기다리기도 전에 각종 질문과 지시가 떨어졌을 것인데 오늘따라 재헌은 같은 자세, 같은 표정으로 앉아 침묵만 지켰다. 좀처럼 볼 수 없는 모습이었다.

지난번, 별채에서 있었던 폭력 사건은 대비전의 중재와 정치적 보상으로 가문끼리 조용히 덮고 가는 것으로 합의되었다. 그러나 한 사람, 재헌만은 그것을 용납하지 못했다.

'용서? 누구 마음대로…….'

병석에 누워서도 냉소했던 그는 자리를 털고 일어나자마자 김성욱에게 정을 붙여 두었다. 실컷 두들겨 패 준 것으로도 모자라 대가를 톡톡히 치르게 해 주겠다며 벼르고 별렀다.

상전의 감정적 대응이 걱정되면서도 정은 성실히 임무를 수행했다. 그런데 파면 팔수록 김사흔의 아들은 미묘한 구석이 있었다. 아직 정확한 실체를 잡진 못했으나 솔솔 풍기는 낌새가 심상치 않았다. 재헌도 매번 관심을 가지고 이 일을 살폈다. 아무리 바빠도 항상 집중해서 듣곤 했는데, 오늘따라 얼이 빠진 듯했다.

왜 저러셔?

처음부터 이상하였기에 석이에게 무슨 일이냐고 입술을 뻐끔거렸다. 가만히 있으라는 신호가 돌아왔다. 그러면서 턱으로 아무렇게나 내던져진 한 묶음의 꽃을 가리켰다. 찌그러진 형태, 떨어져 나간 꽃잎 등을 보았을 때 누군가 화가 나서 내팽개친 모양새였다.

대충 감이 잡혔다. 그 누군가는 바로 기분이 저조한 상전일 것이요, 꽃이 저 지경이 되었다는 건 윤 규수께 드리려다 실패했다는 뜻일 테지. 하…… 한숨 쉬고 싶은 충동을 지그시 억누르니 재헌이 그 상태 그대로 입을 열었다.

"김성욱이 직접 움직이지 않더라도 경계를 게을리해선 안 될 것이다."

안 듣고 있는 줄 알았는데 용케도 맥은 잘 잡고 있었다.

"나이도 어린 것이 벌써부터 눈빛이 좋지 않아. 죄를 반성하기는커녕 되레 이를 갈고 있을지도 모르지."

"꼼꼼히 살피겠습니다."

"대복에게 말해 두었으니, 혼자 무리하지 말고 조를 짜서 움직이도록 해."

"예, 도련님."

"둘 다 나가 보거라."

무미건조한 하명에 석이가 찻상을 들고 일어섰다. 그를 따라 몸을 일으킨 정은 일손을 돕기 위해 엉망이 된 꽃에 손을 뻗었다. 주위에 흩어진 꽃잎과 나뭇잎을 손으로 착실히 쓸어 모으자 석이가 급히 헛기침했다.

왜 그러나 하여 고개를 드니 재헌이 미간을 좁히고 이쪽을 쏘아보고 있었다. 흠칫하여 재빨리 손을 털고 일어섰다. 후다닥 방을 나가 닫히는 문 사이로 상전을 예의 주시하였다. 엉망이 된 꽃다발에 시선을 고정한 채 조금 전보다 더욱 강한 어둠의 기운을 내뿜고 있었다.

아무리 수려한 금수강산도 시간이 지나면 일상의 풍경 중 하나가 될 거라고?

그 반대가 될 수도 있음을 그리 말씀드렸건만…….

질리기는커녕 상전께서 하루하루 그 풍경에 심취해 중독되고 있으니, 지켜볼 수밖에 없는 심복으로서는 그야말로 첩첩산 중이었다.

밤이 깊었다.

한참을 뒤척이다 잠드는 데 실패한 재헌은 부글거리는 속을 가라앉히기 위해 밖으로 나왔다. 열이 식은 바람 속에 느슨히 걸쳐 입은 창의의 옷자락이 휘날렸다. 숨을 깊이 들이쉬었다가 내쉬며 어둠 속을 걸었다. 어제는 설레어, 오늘은 쓰라린 배신감에 잠이 오지 않았다.

이 흐트러진 감정을 어떻게 수습해야 진정될까.

지난 며칠, 번민의 연속이었다. 전하께서 윤도경의 처분을 주시하고 계실 텐데 어떡해야 조용히 넘길 수 있나, 재헌은 방법을 찾아 고심했다. 잔치도, 사람들의 웃음소리도 듣기 싫었다. 어른들께 인사만 올리고 원림으로 이동했다. 어려서부터 감우당에 올 때마다 습관적으로 찾던 곳이었다. 그중에서도 가장 즐겨 찾는 고목에 도착하니 도경이 있었다. 반가움에 미소를 지은 것도 잠시, 그녀가 이상했다.

'여기서 뭐 하시오?'

혹시나 싶어 흘러나온 그 말에 취기가 올라 알딸딸해 보이는 도경이 방실 웃었다. 근처에 쓰러져 있는 술병을 눈으로 확인하는 동안 그녀가 일어섰다. 비실비실, 걷는 모양새가 불안해 황급히 다가갔다. 도경이 쓰러질 뻔한 순간 팔로 허리를 휘감았다. 안전하게 데려다 눕힐 생각이었는데 가는 팔이 그의 목에 감겼다. 달콤한 과실이 입안 가득 들어왔다.

한순간 멍해졌고, 뒤늦게 그것이 무엇인지 깨달았다. 재헌은 본능적으로 그녀를 밀쳐 냈다.

아직 혼인도 하지 않았기에…… 하다못해 정혼이라도 한 다음에…….

밀어도 밀어도 그녀가 밀리지 않았다. 본래의 의도와 달리 재헌은 힘도 주지 못하고 그저 무기력하게 작은 어깨에 손만 올려놓고 있었다.

몸에서 점점 힘이 빠졌다. 입술을 열어 그녀가 쉽게 제 안을 누빌 수 있도록 허락해 주었다. 다치게 해선 안 된다며 참고 참다가 인내심이 한계에 이를 즈음 그녀가 스르르 빠져나갔다.

놓치고 싶지 않았다. 한참이나 모자랐다.

기다려. 조금만 더!

재헌은 유혹을 떨치지 못하고 달려들었다. 그녀의 입술을, 살결을, 목덜미를 마음껏 입에 머금었다. 정신없이 바닥을 뒹굴며 혀를 뒤얽고, 타액을 나누고, 서로의 숨결을 삼켰다. 흐물흐물 혼이 빠지려던 차, 아랫입술에서 느껴진 강한 통증에 움찔 놀라 상체를 일으켰다. 입술을 더듬은 손가락 끝에 피가 묻어 있었다. 그래 놓고 도경은 잠이 들었다. 기가 막혀 헛웃음이 나왔다.

'잠자리가 거칠겠네.'

머릿속에선 이미 혼사를 치르고 첫날밤을 맞고 있었다. 힘든 미래가 예상되면서도 이런 쪽이 그녀의 취향이라면, 이래야 아내를 만족시킬 수 있다면 기꺼이 응해 줄 준비가 되어 있었다. 상상만으로도 열이 올라 얼굴과 목덜미가 온통 뜨끈뜨

끈해졌다.

재헌은 그녀를 소중히 안고 처소로 돌아와 자리에 눕혔다. 잠에 곯아떨어진 모습마저 애틋했다. 곁에 앉아 잠든 얼굴을 지켜보자니 그간 속 썩였던 문제들이 너무도 쉽게 정리되었다.

혼인.

그대와 나. 우리가 혼인만 하면 된다.

더는 도경에게 예성 채문의 종부가 되고 싶은, 납득할 만한 이유를 가져와 보라고 주문할 필요가 없어졌다. 마음이 하나로 통했으니 과거에 그녀가 무슨 생각이었는지 굳이 알 필요는 없었다.

이대로 부부가 된다면 전하께서 내린 어명도 해결이 가능했다. 윤도경은 대군과 예성 채문을 염탐하러 온 게 아닌, 전부터 몰래 만나 온 정인과 가까이 지내기 위해 그런 핑계를 댄 것으로 마무리하면 될 테니까.

아름다운 결말이었다. 설레고 행복했다. 꼬박 밤을 지새운 그는 새벽같이 일어나 도경에게 가고 싶은 것을 꾹꾹 참았다. 숙취의 고통을 이론적으로 잘 알고 있었다. 화단에 나아가 직접 꽃을 골랐다. 좋아해 주겠지. 그녀의 웃는 얼굴을 상상했다.

해야 할 말도 연습했다. 어른들께 혼인을 허락받기 위해선 저를 살린 은인이 그녀라는 사실을 밝혀야 하기에 도경을 설득해야 했다. 별로 어렵지 않을 거라고 예상했다. 윤도경, 그녀도 분명 나와의 혼인을 원할 테니.

그런데…….

정처 없이 걷던 재헌이 두 발을 멈추었다. 저 멀리, 소쩍새 우는 소리가 아련했다. 어디쯤 와 있는지 주변을 휘휘 둘러보았다.

하!

당혹감에 실소가 어렸다. 적막에 둘러싸인 도경의 거처를 재헌은 정면으로 바라보았다. 무의식을 따라 또 여기까지 온 것인가. 미간에 주름을 잡으면서도 홀린 듯 안으로 발을 들여놓다가 그대로 멈칫했다. 언젠가의 밤처럼 그녀가 달빛 아래 대청에 나와 있었다.

여기서 기척을 낸다면 고개를 들고 바라볼 것이다. 그럼 저번처럼 달려 나와 나를 반겨 줄까. 재헌은 아니라고 확신할 수 있었다. 도리어 피하고 다른 말을 둘러대며 도망치려 하겠지.

이 밤에 또다시 그녀에게 거부당한다면 견디기 어려울 것이다. 그럼 충동적인 일을 저지를지도 모른다. 그것을 예방하기 위해 재헌은 무표정하게 도경을 응시하다가 발길을 돌렸다.

하지만…….

가슴속에서 아프게 솟아나는 가시 하나가 있다. 자르고 잘라도 도로 살아나는 그 뾰족함이 따가워 재헌은 저벅저벅 걷던 걸음을 돌연 멈추었다.

보폭이 큰 걸음으로 밤공기를 빠르게 가로질렀다. 재헌은 분노로 뒤덮여 있었다.

과격한 그 성향까지 전부 품으려고 하였거늘, 이제 와서 시치미를 떼시겠다?

선을 넘은 행동이었다. 있어서도 안 되는 일이었다.

마음을 홀리고, 입술을 빼앗고, 피딱지가 내려앉도록 물어뜯은 부분은 용서할 수 있었다. 하루도 되지 않아 정을 나눈 것을 후회하고 아예 없던 일로 치부하지 않았다면 이리 분노하지도 않았을 것이다. 그것은 상대를 향한 기만이고 모욕이었다.

쏜살같이 걸어 도착한 곳은 귀한 술을 모아 둔 조부님의 보물 창고였다. 거기서 재헌은 아무거나 손에 잡히는 것 하나를 꺼내 쥐었다. 뚜껑을 열고 술을 벌컥벌컥 마시며 그녀가 있는 별채를 향해 성난 걸음을 옮겼다. 아무렇게나 손에 따라 상체 여기저기에 술을 묻히고 남은 것은 병을 거꾸로 해 흙바닥에 콸콸 쏟아부었다. 그의 몸에서 술 냄새가 진동할수록 재헌의 발걸음도 빨라졌다.

치졸하게 똑같은 짓을 한다고 비난받아도 할 수 없다. 군자고 나발이고, 본인이 무슨 짓을 저질렀는지 윤도경은 똑똑히 알아 둘 필요가 있다. 설사 제가 받은 상처만큼 아파하지 않더라도 이번 일을 절대 잊지는 못하겠지. 이 밤, 재헌이 원하는 건 하나였다. 어떤 식으로든 그의 연정이 서로의 머릿속에 기억되는 것.

텅 빈 술병을 아무 데나 내던지고 도경의 처소로 당당하게 발을 내디뎠다. 우두커니 앉아 있던 그녀가 깜짝 놀라 상체를 들썩였다. 재헌은 그 모습을 똑바로 노려보며 돌진했다.

"나리!"

그녀의 작은 외침과 동시에 대청에 무릎을 들이밀었다. 커다

란 손으로 가는 목덜미를 감싸고,

"읍!"

도둑맞은 순정을 도로 되찾았다. 당연한 권리였다.

"입술은 어쩌다가 그리되셨습니까?"

모임이 끝난 한적한 오후, 처소로 함께 온 자영이 다과를 들며 상처의 이유를 궁금해했다. 도경은 찻잔을 쥔 채 어색하게 웃었다.

"아, 이거요?"

"어제저녁까진 분명 멀쩡하셨는데……."

"제가 잠버릇이 안 좋아서요. 어쩌다 보니 이리되었습니다."

도경은 궁색한 변명을 내놓고 차를 마셨다. 입술에 따끔한 통증이 느껴졌다.

어젯밤, 도경은 후회했다. 무턱대고 모르는 척하지 말고 시원하게 터트릴걸. 따질 거 따지고, 오해가 있었다면 들어 주고. 그랬다면 민태호가 했던 말의 진위가 가려졌을 것이고 이토록 혼란스럽지도 않았을 텐데. 괜히 어리바리하게 굴다가 밤늦도록 잠도 이루지 못하고 감정의 찌꺼기만 질질 흘리고 있구나.

내일이라도 대화를 시도할까, 한심한 고민을 계속할 때 어둠 속에서 그가 나타났다. 순식간에 코앞으로 다가온 그에게서 진한 술 냄새가 풍겼다. 힘에 떠밀려 입술을 물린 채 상체가 뒤로 넘어갔다. 그의 손등이 머리를 받쳐 아프지는 않았으나 진퇴양난이었다.

저항하며 그의 어깨를 떠밀다가 거침없는 입속의 움직임을 느끼고는 점차 멍해졌다. 입안 구석구석, 그가 보내는 유혹은 혼이 나갈 듯 자극적이었다. 술기운도 없이 몽롱하게 풀리는 의식이 제 것 같지 않았다.

어느덧 저도 모르게 호응하며 그의 목에 스스로 팔을 감는데 아랫입술에 따끔, 통증이 느껴졌다. 아, 하고 신음을 흘리니 입술을 뗀 그가 도경을 일으켰다. 본래 앉았던 자세 그대로 되돌려 놓고서 한마디 말도 없이 쌩하니 돌아서 별채를 떠났다.

황당하고 기가 막혀 뜬눈으로 밤을 지새웠다. 아침에 일어나 경대에 얼굴을 비춰 보니 그의 입술에 난 것과 똑같은 모양의, 그렇지만 작은 크기의 피딱지가 내려앉아 있었다.

대화가 필요했다. 몸단장을 마치고 별채를 나서니 마침맞게 재헌이 근처를 지나고 있었다. 열비를 들여보내고 그에게 척척 다가가 따져 물었다.

'어제 왜 그러신 겁니까?'

'어제라니?'

무심히 돌아본 그에게서 경악할 만한 소리가 흘러나왔다. 무슨 일이 있었는지 전혀 모르겠다는 표정이었다. 도경은 발끈하여 강조했다.

'어젯밤 일 말입니다.'

'아, 내가 거길 갔었소?'

'설마 기억을 못 하신단 겁니까?'

'잠이 안 와 술을 마셨고, 더위를 느껴 산보를 나섰던 것까진 기억하오.'

태연한 그의 대답에 눈앞이 아찔했다. 처음부터 끝까지 그는 메마른 어조였다. 열불이 솟구친 도경은 그의 옷소매를 붙잡고 다그쳤다.

'그럴 리 없습니다. 다시 한번 잘 생각해 보십시오!'

'생각하고 말고 할 게 무에 있겠소. 그래 봤자 술에 취해 엉뚱한 데를 헤매다 작은 사랑으로 돌아갔겠지. 그 과정에서 혹시라도 그대에게 폐를 끼쳤다면 송구하오.'

'나리!'

'이만 실례하겠소. 등청해야 할 시간이 한참이나 지나서.'

차갑게 손을 뿌리친 그는 뒤도 돌아보지 않고 사라졌다. 도경은 말문이 막히고 눈물이 찔끔 솟아 한동안 제자리서 움직이지 못했다. 자수를 두면서도 집중을 못 해 몇 번이나 바늘에 손가락을 찔렸다. 속 터지고 화가 났지만 그를 원망할 순 없었다. 시간이 지나 차분하게 되새겨 보니 이번 일은 전부 자업자득. 재헌은 자신이 그에게 했던 말과 행동을 고스란히 되돌려 준 것뿐이었다.

소리 없이 긴긴 한숨을 내쉬다 이쪽을 보는 강한 시선이 느껴져 고개를 들었다. 자영이 입술의 상처를 뚫어져라 응시하고 있었다. 약간의 심란한 기운도 어른거렸다. 눈이 마주치자 그녀는 표정을 바꿔 친절하게 말했다.

"제게 괜찮은 약이 있습니다. 따로 보내 드릴 테니 상처 부위에 바르십시오."

"오얏 씨 기름으로 만든 약을 바르긴 했습니다."

"그보다 훨씬 효과가 좋은 약입니다. 저희 큰 오라버니도 입술이 딱 그런 모양으로 부르터 바르는 중이지요."

하마터면 찻물을 뿜을 뻔했다. 아연한 기색을 애써 숨기며 침착하게 대응했다.

"그러시군요. 하면 감사히 받겠습니다."

도경은 깍듯하게 고개 숙여 예를 표했다. 자영도 생긋 웃어 보이고 차를 들었다.

잔잔한 침묵 속에 그윽한 차향이 감돌았다. 자영은 찻잔을 입에 대며 제 눈으로 목격했던 한 토막의 장면과 두 사람의 입술에 난 똑같은 상처에 관해 생각했다.

그러니까 오늘 아침, 도경에게 할 말이 있어 별채로 오다가 초조하게 서성대는 재헌을 보았다. 등청 준비로 분주해야 할 시각에 엉뚱한 곳을 맴돌고 있으니 무슨 일인가 싶었다. 오라버니, 하고 부르려는데 중문이 열리며 도경이 나타났다. 그러자 재헌은 마치 그곳을 지나는 중인 척 행동했다. 직전의 긴장감은 온데간데없이 사라지고 무표정을 가장한 얼굴이었다.

자영은 귀퉁이에 숨어 두 사람을 지켜보았다. 멀어서 무슨 말을 하는지 들리지는 않았지만, 표정이며 분위기가 예사롭지 않았다. 앵화가 눈처럼 휘날리던 어느 봄날, 도경을 응시하던 오라버니의 그 복잡한 눈길이 어슴푸레 떠올랐다.

당시엔 깊이 알면 안 될 것 같았다. 그래서 판단을 보류해 왔는데, 이렇게까지 흘러온 이상 마냥 피할 수만도 없는 문제였다. 서윤과 맺어 주기 위해 온 가족이 감우당에 머물고 있는데 정작 당사자는 다른 여인과 묘한 관계를 형성하고 있으니…….

'정확히 무슨 사이일까?'

자영은 차를 마시며 도경을 훔쳐보았다. 짧은 시간이지만 함께 지내며 서윤과 있을 때보다 훨씬 죽이 잘 맞아 속으로 깜짝깜짝 놀란 적이 여러 번이었다.

'두이를 위해 나서 준 사건은 신선한 충격이기도 했고…….'

아무리 칼날을 세우고 봐도 사람 하나만 놓고 보면 앞으로도 계속 교류하고 싶은, 제법 마음에 드는 규수였다.

하나 혜명 윤문이라는 거대한 이름 앞에서 윤도경의 장점이 무슨 소용이 있단 말인가.

굳이 옆에서 경각심을 일깨우지 않아도 두 사람이 이루어질 가능성은 전혀 없었다. 해서 자영은 염색 일을 사죄할 겸, 처음이자 마지막으로 약간의 도움을 건네 보기로 했다. 어차피 현실의 높은 벽을 깨닫고 각자의 길을 가야 할 터, 둘 사이에 갈등이 생긴 것 같으니 그것만이라도 제대로 풀어 보라는 취지였다.

"참, 저희 또 대대적으로 밭일 나갑니다. 사흘 뒤에요."

"그러기엔 햇볕이 너무 강하지 않습니까?"

"아직은 괜찮습니다. 가족 전체가 나가는 건 이번이 마지막이 될 거고요."

"하긴, 그때 일이 터져 일을 얼마 하지도 못했다고 들었습니다."

자영은 김성욱이 난동을 부렸던 그날의 일이 생각나 풋, 웃음을 지었다.

"예. 그땐 정말 깜짝 놀랐습니다. 전 마시고 있던 물통도 내던지고 달려왔으니까요."

"심려를 끼쳐 송구했습니다."

"아니에요. 밭일이야 늘 하는 일인데요, 뭘. 가족이 함께 나가는 건 그냥 상징성 같은 겁니다. 큰 오라버니도 쾌차하셨으니 이번엔 빠지는 사람 없이 전부 참석할 테지요. 그래서 말인데요……."

자영은 찻잔을 내려놓고 요점을 말했다.

"소저께서도 함께 하시겠습니까?"

"저도요?"

"마지막이잖아요. 사람이 많을수록 좋을 거 같아서요. 아, 일은 흉내만 내셔도 됩니다. 김매기 조금 하다가 그늘에 앉아 사람들 일하는 거 구경하고, 새참도 같이 먹고. 어떠세요?"

대답은 금방 나오지 않았다. 그래도 자영은 여유로웠다. 도경이 거절하지 않으리란 걸 이미 확신하고 있었다.

대화가 필요했다. 어떤 말로 풀어야 할지 알 수 없으나 일단 재헌의 얼굴이라도 봐야 한다. 그런데 연락할 방법이 마땅치 않았다. 그는 본인이 원할 땐 불쑥불쑥 잘만 나타나면서 도경이 봤으면 할 땐 모습을 꼭꼭 감추어 버렸다. 그렇다고 사람을 보내 만나자고 하려니 주위의 시선이 부담스러웠다. 결국 고민 끝에 자영의 제안을 받아들였다.

　새벽같이 일어나 준비를 마치고 모임 장소인 서쪽 문으로 나갔다. 대기 인원으로 북적북적하리라는 예상을 깨고 문 앞에는 자영과 예천댁 그리고 몇몇 여종이 기다리고 있었다.

　"여깁니다!"

　도경을 본 자영이 손을 들어 반갑게 인사했다.

　"일찍 일어나느라 힘드셨지요?"

　"아니요, 괜찮았습니다. 그런데…….”

　도경은 주위를 두리번거렸다.

　"다른 분들은 아직 안 나오신 겁니까?"

　"다들 먼저 내려갔습니다."

　"제가 늦었군요."

　"소저는 제시간에 나오셨습니다."

　자영은 밝게 웃으며 도경을 안심시켰다.

　"할아버님과 대군 자가께서 오늘따라 일찍 나오셨거든요. 두 분을 기다리시게 할 수 없어 아버님이 먼저 모시고 내려가셨습니다."

"자가께서도 종종 밭일을 나가시나요?"

지난번 이곳에서 자영을 훔쳐보던 대군이 떠올라 도경은 슬쩍 물었다.

"아니요. 자주는 아니고, 오늘처럼 가족이 전부 모이는 날만 한 번씩 나오십니다."

고개를 끄덕인 도경은 자영을 따라 문을 나섰다. 예전에 채 대감과 수레를 밀며 올라왔던 길을 일행과 함께 내려갔다. 여기가 밭으로 통하는 지름길이며, 언덕이 가팔라 올라올 땐 다른 길을 이용한다는 이야기가 이어졌다.

도경은 적절히 호응하며 경청하다가 틈을 보아 신경 쓰이는 부분도 물어보았다.

"김 소저와 민 소저는 오늘 어쩌기로 하신 겁니까?"

"여은 낭자는 알아서 보내겠다고 하셨고, 서윤 낭자는 고모할머님의 말벗이 되어 드린다고 하셨습니다. 지난번 사고를 교훈 삼아 방비도 단단히 해 두었고요. 민 진사 나리도 계시니 중간에 뛰어갈 일은 절대 없을 겁니다."

자영의 우스갯소리에 도경은 예의상 미소를 지어 보냈다.

사실 궁금한 사람은 서윤이었다. 그녀도 밭일에 참여해 예성 채문의 종부 대접 받는 모습을 눈앞에서 직접 목격하게 된다면 마음이 편치 못할 것 같아서였다. 차라리 안 보고 싶다는 바람이 강했는데, 서윤은 안채에 남아 정부인을 챙긴다니 어째 그것이야말로 진정한 예비 종부의 역할이 아닌가 싶다. 이래도 저래도 마음이 쓰이기는 마찬가지.

나도 열등감이 대단하구나.

이러는 자신이 못나게 느껴져 도경은 남몰래 씁쓸한 웃음을 삼켰다.

오솔길을 따라 쭉 내려가니 그 끝자락 즈음 마을이 나타났다. 탁 트인 밭이 드넓게 펼쳐지고, 그 너머에 촌락을 이룬 둥근 지붕의 초당과 소박한 와가가 옹기종기 모여 있었다.

채씨 집안 사람들은 이미 고르게 퍼져 밭일하는 중이었다. 모두가 옷차림이 소박해 누가 예성 채문의 직계이고 하인인지 구분되지 않았다. 마침 옆에 있던 자영이 귀가 번쩍 뜨일 만한 호칭을 외쳤다.

"오라버니!"

가슴이 덜컥하여 고개가 돌아갔다. 무명옷을 입고도 훤칠한 외모의 재헌이 빠르게 다가오고 있었다. 지금 보는 눈앞의 이 광경이 믿기지 않는다는 저 표정. 도경과 가까워질수록 황당함이 짙어진 그는,

"그게 말입니다……."

중간에 나서서 설명하려는 누이를 가볍게 지나쳤다. 그의 시선은 한곳에만 고정되어 있었다.

재헌이 뿜어내는 위압감에 도경은 저도 모르게 주춤 물러서는데 팔꿈치에 그의 손이 와 닿았다. 지켜보는 시선이 한둘이 아닌데도 그는 개의치 않았다. 도경은 순식간에 몇 걸음이나 떠밀렸다. 한꺼번에 쏟아지는 시선이 의식돼 재빨리 그의 손을

뿌리쳤다.

"왜 이러십니까!"

"그대야말로 왜 여기 나온 거요? 옷차림은 그게 또 뭐고?"

두 사람만 들을 수 있게 목소리를 낮추긴 했지만, 불청객을 대하는 태도였다. 도경은 무안해져 뻣뻣하게 응수했다.

"밭일을 도우러 왔습니다."

"밭일이 애들 장난인 줄 아시오?"

"방해가 되지는 않을 테니 걱정하지 마십시오."

"당연한 말을 생색내듯 할 필요는 없소."

시리도록 차가운 말투였다. 가뜩이나 서로 틀어진 게 많아 속상했던 차였기에 평소와 다른 그의 신랄함이 아프게 다가왔다. 재헌은 도경을 정시하며 싸늘히 다그쳤다.

"당장에 오늘 밤, 몸살이 나 앓아눕는다고 해도 우리 집안 탓을 해선 아니 되오."

"예. 알겠습니다."

가차 없는 그의 경고를 불퉁하게 받아쳤다. 어떻게든 풀어 보고 싶어 나온 것도 모르고 매정하게 몰아치니 설움이 북받쳤다. 이런 마음을 들킬세라 쌀쌀맞게 돌아서자 재헌이 급하게 팔을 붙잡았다.

"지금이라도 들어가시오. 그런 손으로 어떻게 밭일을 하겠다는 거요?"

"제 손이 어떻다는 겁니까?"

"흙을 만지는 게 어떤 건지 알고나 있소?"

"나리의 누이도 하는 일입니다."

"자영이는 경험이 풍부하오. 우습게 봐선 안 되는 일이란 말이오!"

무엇이 그리 싫어 저렇게나 질색하는지. 그의 극렬한 반대가 감정을 비틀어, 종잇장에 생살이 베인 듯 명치끝이 따끔거렸다.

애초에 반겨 주리란 기대는 하지도 않았다. 그래도 먼발치에서나마 시선을 교환하고, 앙금을 녹이고, 나중에 원림에서 보자는 말 정도는 건넬 수 있을 줄 알았다. 한데 재헌은 처음부터 저토록 노골적인 불쾌감을 드리우고 있었다.

민망함이 밀려와 얼굴이 뜨거워졌다. 차라리 이쯤에서 들어가 그의 화가 풀릴 때까지 기다릴까 하는데, 지나치게 늦은 발상이었다.

"게서 무엇 하고 있는고?"

어떻게 하는 게 나으려나, 고심하기도 전에 둘 사이로 의문이 실린 목소리가 날아들었다.

소리도 없이 언제 다가왔는지 소박한 차림의 채 대감과 이판, 명원 대군에 채재윤까지 다 같이 한데 모여 이쪽을 뚫어지게 주시하고 있었다.

"이것 참……."

이판 채승우가 도경의 고운 자태를 보며 난감해했다.

앞으로 가지런히 모은 손은 하얗고 가늘었다. 옷을 단출하게 걸치고는 있으나 어떻게 보아도 귀티가 줄줄 흘렀다. 혜명 윤문의 가풍은 예성 채문의 그것과 현저히 달랐다. 살면서 손에 물 한 방울 안 묻혔을 것인데 이를 어이해야 한단 말인가.

이러다 큰일 나니 어서 들어가라고 할 수도 없고, 그럼 여기서 흙장난이라도 하라고 자리를 마련해 주기도 이상했다. 매우 곤란해진 이판은 조정의 인사권을 휘두르는 것보다 훨씬 까다로운 이 난제를 존경하는 부친께 떠넘기기로 했다.

"아버님, 이를 어찌하면 좋겠습니까?"

모두의 시선이 채 대감에게로 쏠렸다. 당사자인 채여준 대감은 입술을 딱 붙이고 나란히 선 도경과 재헌을 번갈아 보기만 했다.

연륜 깊은 시선이 유독 입술에 와 꽂힌다고 느낀다면 지나친 망상일까.

도경은 찔리는 게 많아 고개가 아래로 떨어졌다. 조부님 앞에서 보란 듯이 입술을 내보이는 재헌이 신경 쓰여 얼굴이 화끈거렸다. 침묵이 길어질수록 모두의 시선이 입술로 집중돼 의심을 살까 봐 두려운데, 자영이 그것을 차단해 주었다.

"할아버님껜 제가 미리 허락받았습니다."

"뭐?"

재헌의 까칠한 반응이 가장 먼저 튀어나왔다. 이판도 믿기 힘든 표정이었다.

"아버님, 진정이십니까? 윤 규수가 밭일을 도와도 좋다고 허락하신 겁니까?"

채승우의 물음에도 노대감은 꿈쩍하지 않았다. 그저 날카로운 눈길로 재헌과 도경을 응시하기만 했다. 불안해진 도경은 상처가 난 아랫입술을 꽉 깨물었다. 그것을 가만히 주시하던 채 대감은 개운치 못한 낯빛으로 입을 열었다.

"모임을 시작한 이래 내내 별저에만 있었으니 답답할 만도 하지. 이렇게나마 몸을 움직이는 것도 나쁘지는 않다."

툭 던지듯 허락의 말을 내어놓고 쌩하니 돌아섰다. 아무 일도 없었던 듯 일하던 자리로 돌아가 쟁기를 들었다.

조부의 결정에 재헌을 비롯한 다른 식구들 역시 토를 달지 못했다. 이판은 무리하지 말고 쉬엄쉬엄하라는 당부를 끝으로 부친을 따라갔다. 명원 대군과 채재윤도 미소를 띠며 각자의 자리로 돌아갔다. 그런 가운데 재헌은 마지막까지 싸늘한 눈빛을 보내는 것이, 오늘 사고라도 쳤다간 큰일 날 것 같았다.

무언의 경고가 담긴 그의 시선을 무시하고 도경은 자영을 따라 움직였다. 이렇게 된 이상 실력 발휘를 할 수밖에 없었다. 한복 연구소에서 별의별 잡무를 떠맡고도 화단과 텃밭까지 완벽하게 가꾼 이가 자신이었다. 귀하게 나고 자라 하나의 의식처럼 깔짝깔짝 밭일을 행하는 이들과는 차원이 다르다.

보고 놀라지나 마시라.

도경은 팔을 걷어붙이며 의욕을 불살랐다.

"우린 저쪽으로 갈 거예요."

자영이 가리킨 곳은 일찌감치 파종하여 푸른 잎이 무성하게 자라난 청채 밭이었다.

"여기서부터 저기까지가 와거예요. 엄청 많죠?"

"식구가 많으니 규모도 다르네요. 지난번에 먹은 골동반과 와거포가 맛있었습니다."

"계절이 지나기 전에 부지런히 먹어야죠. 별저 사람들 전체가 먹어야 하니까, 저기 겹쳐 놓은 소쿠리마다 채울 수 있을 만큼 채워 주세요. 하다가 힘들면 그늘에 가 쉬시고요."

자영은 친절히 설명하며 한 아낙을 불렀다.

"저이가 도와줄 겁니다."

"소저는 다른 일을 하시나요?"

"전 그 옆에 있는 넓은 밭에 있을 거예요. 김매기도 해야 하고, 농작물도 살펴야 하고. 이것저것 할 일이 많습니다."

"이쪽 일이 끝나는 대로 저도 돕도록 하죠."

"무리하시면 안 됩니다. 이건 염색이랑 완전히 다른 일이거든요."

진심으로 건넨 말에 자영은 깜짝 놀라 진정하라며 팔을 쓸어 주었다.

"와거 따는 게 쉬워 보여도, 쪼그리고 앉아 소쿠리를 채우는 게 보통 일이 아닙니다. 천천히, 쉬엄쉬엄, 꽃을 따듯이요. 알겠죠?"

자영은 밭일에 통달한 농부가 어린아이를 달래듯 토닥토닥해 주고 다른 밭으로 이동했다. 기가 막혀 속웃음을 짓고 있자니 같이 와거를 따기로 한 아낙이 벙실 웃으며 다가왔다. 그녀는 도경을 밭으로 안내하면서 잎을 따는 방법까지 친절하게 시범을 보였다.

"심하게 벌레 먹은 것은 밭골 아래로 버려 주시고, 이렇게 싱싱한 와거 잎만 소쿠리에 넣어 주시면 됩니다."

"알겠네."

반편이가 아닌 이상 모를 수가 없는 내용이었다. 하나 아낙의 설명이 너무나 진지해 그 정도는 나도 안다고 말하지 못했다. 도경은 성의껏 대답한 뒤 혼자서 자리를 잡으며 실소를 흘렸다.

감우당에 오기 전 혹여 식견으로 밀리지 않을까, 그 어려운 경서까지 읽으며 만반의 준비를 다 했다. 이곳에 와서도 틈틈이 서책을 들여다보았고, 중요한 구절은 달달 외우기까지 했다. 그런데 요구되는 능력은 언제나 몸을 쓰는 노동뿐이니 다행이다 싶으면서도 자꾸 헛웃음이 나왔다.

같은 얼굴, 같은 체형이었으나 영상의 딸인 윤도경은 몸이 약했다. 별것 아닌 일에 앓아눕고 몇 번이나 실신하기까지 하더니 밭에서도 손과 몸이 마음의 속도를 따라 주지 못했다.

답답해진 도경은 자리에서 일어나 허리를 세웠다. 잠시 숨을 돌릴 겸 주위를 빙 둘러보는데, 흥미로운 광경을 목격해 시선이 그쪽으로 집중되었다. 저 멀리, 명원 대군이 손에 농기구를 장신구처럼 들고서 어딘가를 하염없이 주시하고 있었다. 그의 시선이 향한 곳은 밭을 누비며 농사일에 여념이 없는 자영이었다.

참으로 희한한 왕자님이 아닐 수 없다.

자영이 바라볼 땐 찬바람을 쌩쌩 날렸으면서 뒤에서는 저토록 아련하게 훔쳐보기나 하고. 암만 봐도 서로를 짝사랑 중인 것 같은데, 왜 굳이 어려운 길을 선택하나 이해할 수 없었다. 두 사람의 결말이 불행했던 이유도 저런 엇갈림에서 비롯되었나, 섣부른 추측만 하게 된다.

이곳에 있는 개개인의 미래를 전부 알진 못한다. 그러나 명원 대군은 왕실의 주요 인물이었고, 그와 밀접하게 엮였던 채여준의 손녀 이야기는 어느 정도 알고 있었다. 채 대감의 손녀 중 대군과 연이 닿은 인물은 자영이 유일하므로, 도경이 알고 있는 서사의 당사자는 그녀가 분명할 것이다.

생각지도 않았던 부분을 깨닫자 가슴 한편이 묵직해졌다. 심각해져 두 사람을 보고 있으니 온화한 음성이 귓등을 두드렸다.

"모르는 척해 주십시오."

채재윤이었다. 도경은 표정이 밝아져 그를 불렀다.

"저작(著作, 홍문관 정8품) 나리!"

"저를 기억하고 계시는군요."

"쉬이 잊힐 분이 아니시지요."

진담이 섞인 아부에 재윤은 유쾌하게 웃었다. 서옥에서 만나 눈인사를 나눈 것이 전부였음에도 자신을 기억해 줘 기분이 좋아 보였다.

"며칠 전 응교 나리께서 윤 소저의 안부를 물으셨습니다."

한쪽 눈썹을 살짝 치켜세웠던 도경은 윤 대감의 셋째가 부응교에서 응교로 승차했다는 사실을 곧 기억해 냈다. 홍문관의 응교와 저작, 그러니까 윤희원은 채재윤의 까마득한 상관이었다.

"저희 오라버니도 건강하시지요?"

"예. 늘 한결같으십니다."

지극히 원론적인 대답이었다. 조정에서 매일 부딪치는 집안의 자제끼리 사적으로 친분을 쌓았을 리 없었다. 멀찍이 떨어져 각자의 일에만 몰두하다가 필요할 때 최소한의 말만 섞는 모습이 어렵지 않게 그려졌다.

도경은 웃음이 나 입안의 속살을 깨물고 그가 말을 붙이게 된 본래의 주제로 돌아갔다.

"저 두 분 말입니다. 나리께서도 알고 계셨습니까?"

"가족 모두가 아는 사실입니다."

"예?"

"아, 우리 자영이는 혼자만의 외사랑이라고 믿고 있지만요. 사실 대군 자가께서 훨씬 먼저 시작하신 것도 모르고 말이죠."

"왜 오해하도록 놔두시는 거죠?"

"자가께서 그러길 바라시니까요."

재윤의 대답에 쌉싸름한 쓴맛이 느껴졌다. 도경은 새삼스러운 눈길로 대군을 바라보았다.

이유.

선선대왕의 유일한 핏줄이자 적통인 그는 태어난 지 백일도 되지 않아 부왕을 잃은 탓에 세자가 되지 못한 비운의 왕자였다. 선왕은 그를 눈엣가시처럼 여기면서도 민심과 예성 채문의 강력한 비호로 인해 함부로 건드리지 못했다. 대신, 현 대비의 친정인 덕양 김문에서 신부를 뽑아 대군과 혼인시킴으로써 본인의 영향력 아래에 두려 했다.

양덕방에 호화로운 사저까지 지어 조카를 아끼는 모습을 과시하였으나 이는 실패로 돌아갔다. 나이가 차 초야를 치르기도 전에 선왕이 직접 뽑은 부부인(府夫人)이 죽으며 구설에 올랐던 것이다. 항간에는 하늘이 분노해 선왕을 벌주기 위해 부부인의 목숨을 앗아 갔다는 설까지 떠다녔다.

어린 나이에 홀아비가 된 대군은 아내의 삼년상을 핑계로 재혼을 피하다가, 선왕의 붕어와 왕실의 각종 부고를 방패 삼아 이날까지 단신을 지키고 있었다. 그것이 왕실의 영향력을 피하기 위한 술책인 줄 알았는데, 실은 마음에 품은 여인이 따로 있기 때문이었다니…….

"안타깝네요."

도경은 저도 모르게 딱한 마음을 내비쳤다.

"이기적인 이유가 아님을 알기에 저희는 그저 지켜볼 수밖에 없습니다. 대군 자가께선 늘 우리 집안에 미안해하시니까요. 당신 때문에 우리가 피해를 본다고 생각하십니다."

남녀의 연정은 아름다우나 저 둘의 결실은 흔하디흔한 애정사로 끝날 수 없는 문제였다. 세간에는 명원 대군과 예성 채문의 결합으로 비칠 것이고, 그것은 왕실과 그 측근들을 자극해 현재 소강상태인 갈등을 부추기는 결과를 가져올 터였다. 선선 대왕의 신하로서 대군을 보호하는 것과 가족이 되어 힘을 실어 주는 것은 엄연히 다른 이야기였으므로.

"그래도……."

도경은 역사적 사실을 기반으로 희망 섞인 발언을 건네 보았다.

"선왕께서 아니 계시니 예전과는 다르지 않을까요?"

"대비마마께선 속을 알 수 없는 분이시고, 금상께선 빼앗기는 것을 유독 싫어하시지요."

"하긴, 그리 단순한 문제가 아니겠네요."

한숨을 내쉬며 수긍하자 재윤에게서 짧은 웃음이 터졌다. 도경은 어리둥절해져 그를 보았다.

"왜 그러십니까?"

"송구합니다. 소저와 제가 이런 대화를 나눈다는 게 재미있어서 그만……."

그제야 웃음의 의미를 이해한 도경이 허탈한 미소를 지었다. 그리고 보니 이 문제로 예민해질 상대엔 부친이신 윤 대감도 포함되어 있었다. 정적 가문에 속한 주제에 정체성도 잊고 여기서 자영을 걱정하고 있으니 재윤으로서는 우스웠을 것이다.

"죄송합니다. 제가 선을 넘었네요."

"안국방으로 돌아가셔도 모르는 척해 주시리라 믿습니다."

"절 의심하지 않으시는 건가요?"

"자영이가 요즘 소저를 종종 찾는다고 들었습니다."

직접적인 대답 대신 재윤은 따뜻한 호의를 드러냈다.

"집에서 오냐오냐해 한 번씩 어리광을 부리지만 천성적으로 맑고 순한 아이입니다. 앞으로도 우리 자영이를 예쁘게 봐 주시면 좋겠습니다."

그의 말이 고마워 도경이 함박웃음을 짓는데 어디선가 찌를 듯한 시선이 느껴졌다. 이게 뭔가 싶어 느낌을 따라가다가, 찬 서리를 휘불리며 이쪽을 쏘아보는 재헌과 눈이 딱 마주쳤다. 화들짝 놀라 재빨리 등을 돌렸다.

"왜 그러십니까?"

재윤의 물음에 답할 새도 없이 황급히 소쿠리를 도로 손에 쥐었다. 들어가라고 했음에도 끝까지 버텼으니 일을 얼마나 하려는지 지켜보고 있는 것이리라. 나중에라도 하라는 일은 안 하고 노닥거렸다는 핀잔은 듣고 싶지 않았다.

"저기…… 전 할 일이 있어서요."

도경은 웃음기를 거두고 다시 일에 복귀했다.

재헌의 성난 시선을 피해 이파리에 열심히 손을 갖다 대지만 옆에 선 재윤이 꼼짝도 안 했다. 이제 가 줬으면 하여 흘끔흘끔 올려다보니, 그는 사색이 된 얼굴로 재헌과 도경을 번갈아 보고 있었다. 이제야 인지한 듯 도경의 입술 상처를 중점적으로 살펴본 그는,

"하아……!"

무거운 탄식을 길게 뱉으며 비틀비틀 발길을 돌렸다.

"모르는 척. 이쪽도 모르는 척……."

충격과 해탈로 점철된 목소리가 희미하게 울려 퍼졌다. 행인지 불행인지, 눈치 보기에 급급한 도경에게까지는 전해지지 않

았다.

어떤 식으로든 꼬투리를 잡히지 않으리라 다짐했다. 혹시라도 버거워한다고 오해를 살까 봐 재윤과의 대화 후 한눈도 팔지 않았다. 되든 안 되든 부지런히 몸을 움직이니 어느덧 일이 손에 익었다. 기세를 탄 도경은 집중력이 높아져 작업 속도가 빨라졌다.

소쿠리마다 와거가 수북이 쌓이자 같이 있던 아낙이 입을 다물지 못했다. 틈틈이 이쪽을 살피던 예성 채문의 직계와 하인들도 한 번씩 눈을 비비고 다시 보았다. 청학동에 사는 처자가 그랬다면 야무지다는 칭찬으로 넘어갔을 일이나 도경은 사치스럽기로 유명한 영상 댁의 귀한 규수였다. 지켜보는 이들로선 매우 보기 드문 광경임이 분명했다.

와거 밭에서 후다닥 일을 마친 도경은 자영이 있는 넓은 밭으로 넘어갔다. 무엇부터 해야 하느냐, 주변에 묻지 않았다. 능숙하게 밭을 전체적으로 훑은 다음 아직 김매기를 시작하지 않은 부분부터 손을 댔다. 장마 때를 대비해 고랑의 잡풀을 일꾼들이 따로 처리하도록 놔두고 숙 주변의 푸새만 제거했다.

그렇게 일하다 보니 머릿속을 떠다니던 온갖 잡념이 지워졌다. 도경은 본의 아니게 무아지경에 빠져 시간이 어떻게 흐르는지도 몰랐다. 땀을 뻘뻘 흘리다 탈진하기 직전이 되어서야 무리하였음을 깨닫고 정신이 들었다.

열중할 땐 몰랐는데 동작을 멈추고 상황을 자각하자 세상이 핑글핑글 돌았다. 해가 중천에 솟도록 쉬지 않고 몸을 혹사해,

사람을 부를 힘도, 일어날 기력도 남아 있지 않았다.

"새참 먹을 시간입니다!"

저 멀리서 자영이 휴식 시간임을 알렸다. 힘겹게 고개를 드니 모두가 그늘로 향하고 있었다. 도경은 목구멍이 말라붙어 도와 달라는 소리조차 내지 못했다. 그저 땅바닥에 털썩 주저앉고 싶은 심정인데, 이성이 흐려지기 전 멀찍이 떨어진 재헌과 눈이 딱 마주쳤다. 움찔 놀라 마지막 힘을 쥐어짜 자리에서 벌떡 일어섰다. 그러게 왜 여기까지 따라와 퍼져 있냐는 면박은 듣고 싶지 않았다.

그늘에 도착해 숨을 쌕쌕거리자 시비 아이가 깨끗한 물이 든 대야를 내밀었다. 거기에 손을 씻으니 이번엔 사발을 대령했다. 쓰러지기 일보 직전이었던 도경은 그것을 받아 정신없이 마셨다. 골이 쩽, 울릴 정도로 차가운 물이 퍼석하게 말라 있던 식도를 흥건하게 적시며 흘러들었다.

"얼음물이구나!"

도경이 감격해서 소리쳤다. 남은 물을 남김없이 마시자 옆에서 대기하고 있던 아이가 배시시 웃으며 평상을 가리켰다.

"저기로 가셔서 앉으시면 됩니다."

넓찍한 그늘에 커다란 평상 두 개를 붙여 놓았는데, 그 경계선을 사이로 한쪽에는 두 어른과 명원 대군이, 다른 쪽엔 채씨 집안의 삼 남매가 자리하고 있었다.

막 평상에 앉은 자영이 이리저리 눈동자를 굴리다 도경을 발견하곤 한쪽 팔을 번쩍 들었다.

"여기요! 여깁니다!"

지친 도경은 걸음을 빨리해 자영의 옆이자 재윤과 마주 보는 끝자리에 앉았다. 재헌의 시선이 따갑도록 와 닿았으나 꿋꿋하게 모르는 체하는데, 이판 채승우 대감이 호기심을 띠고 말을 걸었다.

"도경이는 괜찮으냐? 오늘 예상보다 해가 뜨거웠다."

덕분에 온 가족의 시선이 도경에게로 집중되었다. 도경은 더위로 칼칼해진 목을 가다듬고 차분히 대답했다.

"참을 만하였습니다."

"일하는 속도가 남다르던데."

"원래 손이 빠른 편입니다."

"처음 해 본 솜씨가 아니었다."

"가친께서 화훼 가꾸기를 매우 즐기십니다. 저 역시 소일거리로 화단을 가꾸곤 하였지요."

무슨 답이 나올지 기대하는 눈빛의 이판에게 도경은 그럴듯한 대답을 둘러대었다.

"내 들어 알고는 있다. 영상 대감께서 동백과 소철에 벽(癖, 특정한 것을 치우치게 즐기는 것)이 있으시다지? 밭일이라는 게 쉬운 일이 아니거늘, 광주리마다 와거 잎이 산더미처럼 쌓이는 광경은 실로 처음 보았다."

채승우는 재미있다는 듯 허허 웃음을 지었다. 자영도 덩달아 미소했다. 그 와중에 채여준과 채재윤은 복잡한 눈길로 자신을 보고 있어 도경은 신경이 쓰였다. 게다가 재헌의 시선까지 덧대어져 가시방석이 따로 없었다.

연속된 긴장은 음식이 줄지어 나오며 누그러졌다. 한 사람 앞에 하나씩 독상이 놓였다. 오늘의 새참은 냉면. 시원한 동치미 국물에 교맥(메밀)으로 만든 면을 말고, 그 위에 정갈한 고명을 얹은 별미였다. 수육과 돈저냐(동그랑땡), 맛깔스러운 무김치까지 곁들여져 보기만 해도 군침이 돌았다. 어른들과 명원대군이 수저를 들자 아랫사람들도 뒤이어 식사를 시작했다.

면 요리를 먹으면서도 평상에는 그 흔한 후루룩 소리 한번 나지 않았다. 소리 없이 차분하게 식사를 끝마치자 후식이 나왔다. 도경은 시원한 과일을 먹으며 대군이 잘 먹고 있는지 몰래 살피는 자영을 흘긋거렸다.

저토록 서로를 사모하면서 왜 혼인하여 행복하지 못했을까.

도무지 이해할 수 없는 전개였다. 사료에 의하면 두 사람은 끝내 혼인에 성공하였으되 불행했다. 그 결과 자영은 울증이 깊어져 어린 자식을 남기고 이른 나이에 사망했다.

저리도 웃음 많고 다정한 아기씨가 낭군과 불화하다 우울증으로 생을 일찍 마감했다니. 웬만해선 남의 운명에 개입하지 않으려 했지만, 가슴이 아릿했다. 다른 이도 아닌 자영의 인생이 걸린 만큼 조만간 무슨 대책이라도 세워 보고 싶다.

"이보게, 필재!"

걸걸한 목소리가 주의를 끈 건 가슴이 답답해진 도경이 냉차를 마실 때였다. 소리가 난 쪽을 보니 허연 수염이 덥수룩한 노인이 오고 있었다.

"어, 왔는가! 어찌 이리 빨리 왔어?"

행색은 남루하였으나 채여준이 그를 벗처럼 맞아 주는 걸 보니 예사 인물은 아닌 듯했다. 명원 대군과 다른 이들도 전부 그를 아는 기색이었다.

"오셨습니까, 영감."

"자가께서도 여기 계셨사옵니까!"

풍채가 좋은 노인은 땅바닥에 넙죽 엎드려 젊은 대군에게 큰절을 올렸다. 서로 인사를 나누는 수선스러운 과정을 도경 혼자 멀거니 보고 있으려니 자영이 귀띔해 주었다.

"전 도승지 영감이십니다. 선선대왕 전하의 국상을 마치고 낙향하시어 지금은 재야의 인사가 되셨지요. 한 번씩 도성에 올라와 머물다 가십니다."

그 말을 요약하면 혜명 윤문과는 척을 진 어른이란 뜻이었다. 도경은 존재감을 지우고 최대한 그의 눈에 띄지 않으려 했으나 필연적으로 언급되는 것만은 피할 수 없었다.

"먼 길 오느라 고단했을 터인데 감우당에서 쉬지 않고 왜 여기까지 왔는가? 내 오늘 자네가 올 거라고 미리 일러두었거늘."

"냄새가 역해 갈 수가 있어야지. 마을에 거처를 따로 마련하였으니 신경 쓸 것 없네."

노인은 인상을 쓰며 진저리쳤다. 밑도 끝도 없는 그 말에 대군이 의문을 드러냈다.

"냄새라니요? 영감, 그게 무슨 말씀이십니까?"

"윤가 놈과 김가 놈의 핏줄들이 감우당에 와 있다고 들었사옵니다."

도경은 숙연해져 시선을 떨궜다. 평상의 분위기도 순식간에 얼어붙었다. 고맙게도 이판 대감이 편을 들어 주었다.

"규방의 어린 처자들입니다. 조정과는 상관없는 아이들이거늘 어찌 그리 야박하십니까."

"똥통에서 나고 자랐으니 냄새가 뱄을 것 아닌가."

"영감!"

"특히 혜명 윤문 그것들이 주제도 모르고 대궐 같은 집에서 왕족처럼 산다지? 철마다 남방에서 꽃과 나무를 배로 실어 와 후원을 가꾼다고 들었네. 그 많은 재물이 어디에서 나왔다고 생각하는가? 피는 꽃도 한철이라 하였거늘, 언제까지 그럴 수 있는지 내 두고 볼 것이야!"

"그만하시게."

무안해진 도경이 고개를 들지 못하니 채 대감 또한 늙은 벗을 자중시키려 했다.

"가옥의 규모로 따지자면 나도 할 말 없으이."

"예성 채문이 따르는 건 덕이요, 혜명 윤문이 따르는 건 재물 아닌가. 덕은 근본이고 재물은 말단이라 하였으니, 뿌리부터 다른 두 집안을 비교하는 것은 어불성설일세. 본래부터 지니고 있는 것과 부를 좇아 탐욕을 부리는 게 어찌 같을 수 있어!"

그러나 노인은 만만치 않았다. 꼬장꼬장하게 할 말을 전부 내뱉고 나서야 찬모가 가져온 냉수를 마셨다. 갈증이 심했는데 시원하다며 빈 그릇을 내려놓던 그는 끄트머리, 자영의 옆에서 몸을 반쯤 숨기고 있는 도경을 발견하고 흥미를 나타냈다.

"오, 나 말고도 객이 와 계셨군."

도경은 눈앞이 깜깜해져 마른침을 삼켰다. 괄괄했던 노인이 성미를 죽이고 손녀를 대하듯 다감한 눈길을 보내고 있어 더욱 살이 떨렸다. 그의 기준에서 보자면 이들 사이에 윤이환의 딸이 끼어 앉아 있으리라곤 생각조차 못 하는 게 당연했다.

내 소개를 해야 하나 말아야 하나.

채 대감과 이판을 처음 만나 했던 고민을 도경은 오늘도 반복했다.

"처음 보는 얼굴인데……."

"저희는 먼저 일어나겠습니다."

다행히 길게 고민할 필요는 없었다.

노인이 본격적으로 통성명을 시도하자 줄곧 지켜보기만 했던 재헌이 그것을 차단했다. 들고 있던 찻잔을 내려놓고 상을 살짝 밀어 하인들에게 자리를 정리하라는 신호를 보냈다.

"그늘에서 계속 말씀들 나누시지요. 저희는 볕이 강해지기 전에 하던 일을 마저 끝마치겠습니다."

"아니, 저기……."

노인은 호기심을 놓지 못했다. 창졸간 맞닥트린 파장 분위기를 진정시키려고 했으나, 그를 제외한 평상의 모든 이들이 한마음 한뜻으로 움직였다.

"그러는 게 좋겠다."

"영감, 시장하지 않으십니까? 마침 냉면이 준비되어 있습니다."

"하면 저희는 이만."

줄곧 유지되었던 평상의 질서가 한순간에 흐트러졌다. 눈치 빠른 예천댁이 찬모들을 우르르 몰고 와 상을 치우고 평상을 정리한다며 수선을 피웠다. 대군은 노인의 주의를 다른 데로 돌리기 위해 나름의 노력을 기울였다.

"이쪽으로."

그 틈을 타 자영이 도경을 피신시켰다.

"하인들이 아직 새참을 끝내지 못했으니 우린 저쪽에 가 있어요."

잠시 떨어져 있자는 말에 수긍해 허겁지겁 그녀를 따라가는데, 불쑥 끼어든 큰 손이 손목을 가로챘다. 도경은 강한 힘에 이끌려 숲속으로 진입했다.

순식간에 도경을 빼앗긴 자영은 당황하여 주위의 동정부터 살폈다. 여전히 소란한 평상 쪽을 확인한 뒤 다른 방향으로 발길을 돌려 몸을 숨겼다. 큰 오라버니의 노골적인 행동이 당혹스러웠으나 다리가 먼저 움직였다. 불필요한 의심을 피하려면 저기에서 사라진 사람은 저 둘이 아닌 자신을 포함한 셋이어야 한다는 걸 고려한 처사였다.

재헌의 걸음이 매우 다급했다. 얼결에 끌려온 도경은 그의 보폭을 따르기가 버거워 헐떡거렸다. 참고 참다 도저히 안 되겠어서 그를 말렸다.

"어디까지 가십니까? 이미 멀리 왔습니다."

"그러게 왜 고집을 부린 거요? 가라고 했을 때 돌아갔으면 면전에서 그런 말을 안 들어도 되지 않소!"

"전 괜찮습니다. 아무렇지 않은걸요."

성난 목소리로 답답해하던 재헌이 걸음을 멈추고 휙 돌아보았다. 무슨 말도 안 되는 소리냐는 표정이었다.

"대답 한번 호기롭군. 그게 지금 할 소린가?"

"청학동에서도 그런다면서요. 혜명 윤문이라면 구린내가 진동한다고요. 그런 말을 들을 때마다 일일이 신경 쓰면 피곤해서 어찌 살겠습니까. 전 상처 받지 않았습니다. 금방 잊을 겁니다."

"참으로 편리한 사고방식이오. 그래서 그날 일도 잊은 거요? 신경 쓰기 피곤해서?"

냉기 어린 그의 말에 도경이 머춤하며 입술을 깨물었다. 그에게 깨물렸던 상처가 따끔, 통증을 호소했다. 대화가 끊어지고 무거운 침묵이 감돌았다.

흘긋 그를 올려다보니 재헌은 이쪽의 표정 변화를 주시하고 있었다. 눈이 마주치자 네가 거짓말하고 있음을 전부 안다는 신호를 보냈다. 그러니 이쪽에서 사실대로 말해 보라고.

"정말 기억이 안 나시오?"

"나리께서도 잊지 않으셨습니까."

"그건……!"

재헌은 성급히 무슨 말인가 하려다가 입을 다물었다. 지그시 감정을 억누르더니 금세 말끔해져 도전적으로 제안했다.

"좋소. 그럼 이렇게 하지. 서로에게 무슨 짓을 당했는지 각자 한번 말해 봅시다."

"예?"

"말하기 민망하면 직접 재연해 보는 것은 어떻겠소?"

도경은 기겁하여 주춤 물러났다. 겁을 주거나 그냥 해 보는 소리가 아닌 듯했다. 뿜어져 나오는 기세나 몸가짐이 여차하면 달려들어 입술을 겹쳐 버릴 태세였다.

"먼저 하겠소?"

"아, 아니……."

당혹스러워 한 발 물러서니 재헌은 성큼 거리를 좁히며 쫓아 왔다.

"싫소? 하면 내가 먼저 할까?"

"이, 일단 진정하십시오!"

"내가 뭘 할 줄 알고 진정하라는 거요? 기억 안 난다며?"

"그게 아니라……."

도경은 어쩔 줄을 몰라 뒷걸음질 치다가 나무에 길이 막혀 더는 물러서지 못했다. 반 발짝 앞까지 가까워진 그가 커다란 손을 뻗어 도경의 한쪽 뺨을 덮었다. 서로의 눈과 눈이 마주쳤다.

"그대가 내게 무슨 짓을 하였냐면……."

그가 가까이 내려온다. 어느덧 익숙해진 난향이 도경의 얼굴 위로 쏟아졌다. 눈앞이 아득하고 심장의 박동이 빨라졌다.

몽글몽글했던 입맞춤의 기억에 도경의 경계심도 부지불식간 녹아내렸다. 서로의 입술이 종잇장 두께만큼 가까워졌다. 어느덧 풀려 버린 눈꺼풀이 반쯤 내려앉았는데…….

부스럭.

가까이서 어떤 움직임이 감지되었다. 흠칫하여 떨어진 두 사람이 소리가 난 쪽을 돌아보았다. 산토끼 한 마리가 깡충깡충, 바쁘게 길을 지나는 중이었다.

달아올랐던 분위기는 찬물을 끼얹은 듯 한순간에 엉망이 되었다. 두 뺨에 홍조를 띤 도경이 고개를 숙였고, 재헌도 묵묵히 물러나 거리를 두었다. 풀어야 할 문제가 산적해 있는데 그것을 생략하고 입술부터 나눌 뻔했다. 도경은 잠시 미쳤나보다고 단언하면서도 묘하게 감도는 아쉬움을 부정하지 못했다.

그것이 싫어 질질 흘린 감정부터 갈무리하다가, 귓가를 두드리는 청량한 소리를 인지하고 신경을 곤두세웠다. 어디선가 물 흐르는 소리가 들려오고 있었다.

"물소리가 들립니다."

저도 모르게 그 말을 건네자 반쯤 돌아섰던 재헌이 멈췄던 길을 도로 걸으며 대답했다.

"근처에 계곡이 있소."

나무가 빽곡한 숲을 빠져나와 널찍한 계곡에 당도했다. 차가운 청수가 흐르고, 우렁찬 물소리와 바람 소리가 어우러져 사방으로 청명한 자연음을 뿜어 내는 곳이었다. 눈과 귀가 시원하게 정화되어 도경은 소풍이라도 나온 듯 기분이 좋아졌다.

"목적지가 여기였습니까?"

"물이 있고, 그늘이 있고, 인적이 드문 곳이니까."

조금 전 입술을 맞댈 뻔했던 사람이 맞나 싶을 정도로 그는 무뚝뚝했다. 주변을 휙 둘러보더니 물가로 걸어가 평평한 바위에 깨끗한 손수건을 펼쳤다.

"뭐 하시는 겁니까?"

"여기 앉아 발이라도 담그시오. 오전 내내 쉬지 않고 일했으니 고단할 것 아니오."

"괜찮습니다. 다시 돌아가 봐야 하는데."

"밭일은 끝났소. 날이 더워 하인들이 새참을 먹은 후에 정리할 거요. 어차피 아등바등 농사지을 필요도 없으니까. 우린 나중에 감우당으로 올라가면 되오. 그리고 저기……."

몸을 일으킨 재헌은 큰 물줄기가 아래로 떨어지는 지점을 가리켰다.

"절벽이 높고 물살이 세니 근처엔 가지 마시오."

"이게 폭포 소리였군요. 어쩐지 물소리가 유난히 크다 하였습니다."

"이 자리는 안전하오. 주변을 살피고 올 테니 쉬고 계시오."

재헌은 고개를 까딱 움직이고 도경을 지나쳤다. 이대로는 아쉽고 미안했다. 덥고 힘든 건 그도 마찬가지인데, 쉬지도 못하고 이 더위에 또 어딜 살피러 가나 걱정되었다.

하지만 여기서 같이 발이나 담그자는 말은 할 수 없었다. 규방의 여인이 발을 내보이는 건 법도에 어긋나며, 재헌은 그것을 고려해 자리를 피해 주는 것이었다. 근방을 지켜 줄 테니 마음 편히 버선을 벗고 원하는 만큼 물에 발을 담그라고.

"감사합니다!"

상류로 거슬러 올라가는 그에게 도경은 뒤늦은 인사를 전했다.

저 남자를 겪으면 겪을수록 흠결 없이 고고했던 첫인상의 그 느낌이 맞았다는 확신만 들었다. 민태호의 말에는 필시 오해가 있었을 것이며, 더 늦기 전에 진실이 무엇인지 확인하기로 했다. 꼭 원림이 아니더라도 바람이 시원하고 인적이 드문 이곳이라면 깊은 이야기를 나누기에 적격일 것이다.

싱긋, 미소를 그린 도경은 재헌이 마련해 준 자리에 앉아 혜와 버선을 벗고 발을 드러냈다. 주춤주춤하다가 보드랍고 뽀얀 발을 천천히 아래로 내려뜨렸다. 발끝이 투명한 수면을 통과하자 시린 기운이 종아리를 타고 골수까지 치고 올랐다. 그 짜릿함에 목덜미의 솜털이 일제히 곤두섰다. 충격은 곧 시원함으로 바뀌었고, 도경의 두 발은 맑고 차가운 물 속을 여유롭게 유영했다.

"아······."

차가운 느낌이 좋아 절로 신음이 흘렀다. 짙푸르게 우거진 녹음 사이로 오후 볕이 쏟아지는 풍경을 나른한 눈으로 감상하였다.

그가 돌아오면 무슨 말부터 시작할까.

재헌에게 할 말을 하나하나 준비하며 도경은 천천히 눈을 감았다.

더위를 충분히 식혔다. 이제 물기를 닦고 그가 돌아오기를 기다릴 시간이다. 마지막으로 첨벙첨벙 물장난을 치다가 인기척이 들려 움직임을 정지했다. 콸콸 흐르는 물소리에 잠겨 여태 몰랐지만, 누군가 가까이 다가와 있었다.

커다란 그림자가 정수리를 덮쳐 도경은 공포를 느꼈다. 일부러 자리를 피해 준 재헌이었다면 발을 드러낸 저에게 이토록 가까이 다가왔을 리 없다. 충분한 거리를 두고 자신이 돌아왔음을 알려 주었겠지.

그렇다면?

도경은 창백해져 고개를 돌리다 사지가 경직되어 입술만 간신히 달싹거렸다.

"전하!"

얼음장 같은 왕의 시선이 아래로 향하고 있었다. 종아리를 따라 발까지 내려갔다. 투명한 물 속에 담긴 발을 빼지도 숨기지도 못하고 엉거주춤, 도경은 곤혹스러웠다.

"……정리하고 오너라."

뒤늦게 시선을 비낀 왕이 차갑게 말하고 돌아섰다.

불쾌하고 어이가 없었으나 그는 왕이다. 도경은 화를 삭이며 급히 물기를 닦았다. 버선과 혜를 찾아 신고, 물에 닿지 않게 하기 위해 고이 빼 두었던 단주를 재헌이 깔아 준 손수건에 감싸 따로 챙겼다. 매무새를 다듬으며 주위를 살피니 상선과 두 명의 군관이 주변을 경계하고 있었다.

도대체 어떻게 아시고 여기까지 친림하셨는지 모를 일이었다. 도경은 재헌이 속히 돌아와 주길 바라며 성상께서 기다리는 곳으로 다가갔다. 젊은 왕은 절벽 끄트머리에 서서 아래로 힘차게 떨어지는 폭포수를 내려다보고 있었다.

높이나 규모가 그리 위협적이지는 않았다. 물보라가 튀는 곳엔 무지개가 지어 신비로움마저 자아내는 경관이었다. 하지만 높은 곳을 싫어하는 도경에겐 현기증이 날 만한 폭포였다. 되도록 아래를 보지 않으려고 노력하며 왕 앞에서 고개를 조아렸다.

"전하, 예까지 어인 거둥이시옵니까?"

"금일, 아끼는 벗의 노고를 덜어 주고자 왔다."

왕은 눈길도 주지 않고 냉담하게 하답했다.

"채 정언을 보러 오셨다는 말씀이십니까?"

"내 말하지 않았느냐. 벗의 짐을 덜어 주고자 함이라고."

"벗의 짐이라 하옵시면……."

"그래."

왕은 도경이 상답하기도 전에 말허리를 싹둑 자르며 돌아보았다.

"너 말이다."

군왕의 미움을 받는다는 건 상상 이상으로 괴롭고 무서운 일이었다. 처음부터 제게 호의적이지 않았던 그를 기억하며 도경은 몸을 한껏 낮추었다.

"송구하옵니다. 소인이 주제도 모르고 무슨 잘못이라도 저질렀사옵니까?"

"감히 내 앞에서 모른 척을 하시겠다?"

생사람을 잡아도 유분수지, 어쩌라는 것인가!

이 나라 제일의 권력자가 이유도 알려 주지 않고서 다짜고짜 '네 죄를 알렷다' 식의 트집을 잡으니 미치고 팔짝 뛸 노릇이었다. 성을 낼 수도 없고, 말대답을 할 수도 없고. 어떡해야 할지 판단이 서지 않는데 왕에게서 놀라운 비난이 쏟아졌다.

"네가 대비전에 어떤 대가를 요구하며 여기에 와 있는지 내 알 바 아니다."

전신이 얼어붙어 심장마저 멈춘 듯했다. 감우당에 오게 된 이유를 젊은 왕이 단단히 오해하고 있음이었다.

"하나 그 얄팍하고 어리석은 선택으로 초래할 분란은 전부 나의 소관이 되겠지. 네가 하는 행동이 무엇인지 알고는 있느냐?"

"아닙니다! 그런 것이 아니오라……!"

"닥쳐라!"

왕은 야멸차게 도경을 향해 일갈했다.

"감히 대비전을 기만한 것도 모자라 명원 대군과 예성 채문마저 농락하려고 들어? 네깟 것이 무엇인데 한 나라의 왕자와 명망 높은 가문을 모욕하는 것이냐? 저들을 잠재적 역도로 몰아넣고 어찌 그들 틈에 섞여 웃고 떠들 수 있어!"

"황공하오나 전하, 부디 해명할 기회를 주시옵소서!"

"듣기 싫다! 내 정언에게 이미 모든 것을 알리고 처분을 맡졌다. 너의 정체를 알려 주면 쾌씸해할 줄 알았더니 그는 아주 차분하더구나. 그게 무슨 뜻인 줄 아느냐?"

몸에서 힘이 빠졌다. 눈동자와 목구멍이 따끔거려 도경은 아무 말도 할 수 없었다.

"네가 불순한 목적을 숨기고 감우당에 왔음을 재헌도 알고 있던 것이다. 알면서도 지켜보았겠지. 어디까지 하려는지, 무슨 수작을 부리는지, 손바닥에 올려놓고 훤히 꿰고 있었겠지! 세상이 만만하였더냐? 세상 사람들이 전부 네 아래로 보이더냐?"

"소인은……."

도경은 고개가 힘없이 아래로 푹 꺾였다.

……어떡하지?

갑자기 떨어진 날벼락에 아무 생각도 나지 않았다. 가슴과 머릿속이 새까맣게 타들었다. 대비전의 간자가 된 자신과 그럼에도 친절했던 그 남자. 재헌과 함께했던, 설렘으로 남은 시간들이 졸지에 끔찍했던 순간으로 탈바꿈되었다. 어디까지가 그의 진심이고 어디서부터가 그의 분노인지 구분되지 않았다.

미소로 화를 내고 호의와 친절로 경고를 보내고 있었을까.

그런 게 아닌데, 그런 의도가 아니었는데……!

차갑게 식은 손끝이 잘게 떨렸다. 낙하하는 폭포의 물줄기가 유독 크게 들려 귀를 막고 싶었다. 어디라도 좋으니 아무도 없는 곳에 틀어박혀 생각이라는 것을 하고 싶었다. 그러나 왕은 흔들리는 도경을 끝까지 몰아붙였다.

"재헌이 왜 너를 내쫓지 않고 두고 보는지 의아했다. 알고 보니 네가 자영이와 친분을 쌓았더군. 누이에게 상처 주고 싶지 않았을 거야. 규방의 일에 참견하는 것도 골치 아팠을 테지. 예를 중히 여기는 그이니 간사한 네게도 끝까지 정중하였을 것이다. 하나 그것이 그의 진심이었을까? 아끼는 누이에게 네가 의도적으로 접근했다, 속으로 노여움을 참고 있진 않았을까?"

"전하!"

채재헌이었다. 도경은 떨림이 심해졌다. 조금 전까진 그가 빨리 와 주길 기다렸지만, 잠깐의 사이 모든 것이 바뀌었다.

흘깃, 재헌과의 거리를 확인한 왕은 옥음을 낮춰 이곳에 온 진짜 용무를 빠르게 내뱉었다.

"양심이라는 게 있다면 재헌에게 부담 주지 말고 조용히 감우당을 떠나거라. 이렇게까지 배려해 줬음에도 계속해서 명원 대군과 예성 채문을 능욕한다면 나도 더는 너를 두고 볼 수가 없다. 다시는 세상에 고개 들고 다닐 수 없게 만들어 주지."

"전하, 어찌 예까지 유행하셨사옵니까?"

경고가 끝나자마자 재헌이 가까이 당도했다. 급히 달려와 거칠어진 숨을 다듬고 공손히 예를 올리기 무섭게 왕은 볼일 끝났다는 듯 즉각 발을 뗐다.

"감우당으로 가자."

왕이 그를 지나치자 재헌은 잠깐의 틈을 두고 도경을 보았다.

"무슨 일이오?"

걱정이 담긴 눈빛이었다. 그것이 더욱 도경을 서럽게 하였다. 악의가 있어 이곳에 온 게 아니었다. 대비전의 명을 받들지 않을 수 없었고, 앞으로 일어날지도 모를 갈등을 사전에 차단하겠다는 의지도 있었다. 솔직히 가벼운 마음이었다. 애초에 예성 채문을, 명원 대군을 의심한 적이 없기에 눈치껏 행동하다 돌아가면 그만이라고 생각했다. 작정하고 몰아대면 걷잡을 수 없이 커질 수 있는 정치적이고도 예민한 사안임을 전혀 셈하지 못했다.

도경은 붉어진 눈으로 재헌을 마주 보았다. 인간관계의 기본인 신뢰라는 게 그와 저 사이에 처음부터 형성되어 있지 않았다는 점을 깨달아 절망스러웠다. 이 시대에 완벽히 적응했다고 자신했는데, 실은 흉내만 내었을 뿐 큰 줄기의 흐름을 전혀 읽지 못하고 있었음을 이제야 뼈저리게 느꼈다.

속에서 치받치는 뜨거운 응어리를 꿀꺽 삼키며 도경은 떨리는 목소리를 내었다.

"제가…… 대비전의 명을 받고 온 것을 알고 계셨습니까?"

"……그건 중요치 않소."

일순 흠칫했던 그가 곧 감정적 동요를 지우고 단호히 말했다.

"어찌하여 중요치 않다 하십니까? 그렇게 의심이 짙었다면 제게 물으셨어야지요!"

"뭐라 묻는단 말이오? 무슨 목적을 숨기고 감우당에 온 거냐고?"

칼같이 차가운 반응이었다. 도경은 눈물이 터져 반박했다.

"전……!"

"재헌아!"

하지만 급박하게 들려온 왕의 부름에 사고가 끊어졌다.

반응 속도가 빠른 재헌이 도경에게 몸을 날렸다. 거의 동시에 날카로운 무언가가 무서운 속도로 도경의 옷자락을 스치고 지나갔다. 중심을 잃은 두 사람은 허공으로 떠밀려 순식간에 절벽 아래로 추락했다. 눈 깜짝할 새 벌어진 일이라 비명도 지르지 못했다. 길고 단단한 두 팔이 저를 꽉 끌어안는 느낌에 도경은 눈을 감고 그의 가슴에 얼굴을 묻었다. 두 사람은 계곡물 속으로 무자비하게 처박혔다.

풍덩, 요란한 소리와 함께 코와 입으로 물이 밀려들었다. 떨어질 때의 충격으로 그를 놓친 도경이 두 팔을 허우적거렸다. 숨이 막히고 고통스러웠다. 공포가 밀려와 몸부림치다가 깨질 듯 몰아친, 이상한 느낌의 두통에 몸을 웅크리고 머리를 움켜쥐었다.

낯선 광경이 오래된 영상처럼 띄엄띄엄 뇌리를 스쳤다. 밝은 웃음의 소녀, 지금보다 훨씬 젊은 모습의 정경부인, 곤룡포를 입은 중년의 남자, 그리고…… 슬픈 눈을 한 소년.

기묘한 느낌에 사로잡혀 도경은 무기력하게 아래로 아래로 가라앉았다. 세상의 소음이 침투하지 못한 수중은 아주 고요했다. 몽롱해져 사지가 늘어지는데 덥석, 손목을 잡는 강한 손길이 있었다.

수면 아래였지만 재헌의 얼굴이 선명했다. 그러나 잠시 후, 시린 눈을 살짝 감았다 뜬 사이 다른 모습의 그가 눈앞에 있었다. 그였지만 그가 아닌 듯했다. 단정하면서도 강인하고, 기품이 가득했던 재헌은 온데간데없었다. 그 대신 빛을 잃은 한 남자가, 보호본능을 일으킬 만큼 약해진 모습의 그 남자가 꽃으로 가득한 원림에서 죽은 듯 잠들어 있었다.

꿈인지 환영인지 모를 기이한 환각 현상을 마주하며 도경은 서서히 의식을 잃었다.

유월의 동백

사방에 들꽃이 만발했다. 훈훈한 실바람을 타고 음지에도 햇살이 스며드는 계절이다. 초파일을 맞이해 축제 분위기로 가득한 오늘, 도성의 하늘은 구름 한 점 없이 맑고 깨끗했다. 거리에는 갖가지 모양의 등이 내걸리고, 대궐에는 특별한 손님들의 웃음으로 가득했다.

그중에는 조모나 모친을 따라 궐 구경을 온 한 무리의 아이들도 다수였다. 어른들이 내전에 인사를 올리고 다과를 즐기는 동안 종친과 사족의 자녀들로 구성된 아이들은 그들만의 시간을 보냈다. 간식을 먹고, 궐을 구경하고, 숫자가 적지 않아 떼를 지어 놀기에도 안성맞춤이었다.

다만, 그러한 이유로 누구 하나가 안 보여도 티가 나지 않으니, 결정적인 흠이라고 할 수 있었다. 그렇기에 매년 이맘때가 되어 궐 구경을 온 아이 중 이탈자가 한둘씩 발생했다. 이번에도 예외는 아니었다.

"어머니가 사고 치지 말라고 하셨는데……."

올해 나이 여덟. 평소 길눈이 밝다고 자부했던 어린 도경은 같이 놀던 아이들을 놓치고 외딴곳을 헤매는 중이었다. 아무리 걷고 걸어도 뿌옇게 먼지가 내려앉은 비슷한 풍경의 전각만 이어졌다. 사람은커녕 길을 지나는 생명체 하나 보이지 않았다.

"어떡하지?"

조급한 마음에 짧은 다리를 바삐 움직였다. 어머니가 내전에서 다과를 끝내기 전까지 제자리로 돌아가 있어야 다음에 또 대궐 구경의 기회가 생긴다. 도경은 치맛자락을 들고 팔랑팔랑 뛰어다니다 기척을 듣고 그쪽을 홱 돌아보았다.

사람이다!

너무 넓어 황량하기까지 한 이곳에서 더없이 반가운 소리였다. 청각에 의지해 종종거리다 보니 어느 후미진 곳의 정원까지 도착했다. 그러나 반짝였던 희망도 잠시, 도경은 생전 처음 보는 폭력적인 광경을 지척에서 목도하고 충격에 빠졌다.

정원 못가에 자리한 오래된 정자. 그곳엔 아름다운 외모의 한 소년과 그 아이를 괴롭히는 악귀가 있었다. 붉은 용포에 금실로 수놓은 오조룡보를 번쩍이며 악귀는 소년을 죽일 듯 노려보았다. 저 홀로 흥분해 침을 튀기며 펄펄 뛰다가 급기야 멱살을 잡고 윽박지르더니 아이의 여린 뺨을 사정없이 내려쳤다. 찰싹, 살 부딪히는 소리가 잔인하게 허공을 울렸다.

"윽."

입을 꾹 봉하고 있던 소년에게서 옅은 신음이 터졌다. 그러자 악귀는 더욱더 감정이 격화돼 고래고래 고함치며 발광하였다. 솥뚜껑 같은 손으로 여린 피부를 때리고 악담을 퍼붓다 아이를 사정없이 흔들었다. 저러다 소년을 죽일 것 같았다. 힘은 없지만 당장에라도 도와야 마땅했다.

하지만 어떻게?

도경은 방법을 몰라 동동거리다 무작정 발을 뗐다. 정자를 향해 다급히 다가가다 악귀에게 멱살을 잡혀 컥컥거리던 소년과 눈이 마주쳤다. 도경을 보고 눈이 커진 아이가 필사적으로 눈짓했다.

오지 마!

가!

여기 있으면 안 돼!

봐서는 안 될 광경을 네가 보고 있다는 눈빛이었다. 물정 모르는 아이였지만 상대가 보내는 신호의 의미를 똑똑히 읽을 수 있었다. 설상가상, 악귀가 뒤를 돌아보려고 했다. 눈앞이 캄캄해진 도경은 숨도 내쉬지 못하고 얼어 있는데, 그가 이쪽을 돌아보기 직전 기겁한 소년이 악귀를 자극해 주의를 제 쪽으로 되돌렸다.

또다시 구타가 이어졌다.

나 때문에…….

저로 인해 아이가 더욱 고단해졌음을 깨달은 도경은 발길을 돌려 뒤도 돌아보지 않고 뛰었다. 고통으로 일그러진 소년의 얼굴이 눈앞에 선연해 가슴이 아팠다. 혼자서만 도망친다는 사실이 부끄럽고 괴로웠다. 태어나서 처음으로 알게 된 죄책감이었다.

"여기요, 여기! 도와주세요!"

얼마 못 가 사람을 발견한 도경은 절박하게 그들을 부르며 달려갔다. 그토록 찾을 땐 머리털 하나 안 보이더니, 악귀가 난동을 부리는 근처에 늙은 상궁과 내관이 수문장처럼 서 있었다. 이제라도 소년을 도울 수 있어 다행이라며 죽을힘을 다해 내달렸다.

그들 앞에 도착하고도 숨이 차서 헐떡거렸다. 도경은 허리를 굽히고 숨을 고르느라 말이 나오지 않았다.

"왜 그러십니까?"

"저기요…… 저기 있잖아요……!"

"예, 말씀해 보십시오."

"그러니까 저기서……."

간신히 허리를 편 도경은 방금 본 장면을 말하려다가 마지막에 머리가 차게 식어 마음을 바꾸었다.

"……제가 길을 잃었습니다."

흥건해진 눈물이 또르르 뺨을 타고 흘러내렸다. 두 사람은 그런 도경을 머리부터 발끝까지 훑어보았다. 무표정한 얼굴에 눈매가 날카로워, 사람이지만 사람 같지 않은 분위기였다. 더군다나 이들은 연못으로 이어진 인적 없는 길에서 망을 보듯 서 있었다.

악귀와 한 패거리다!

바로 직전에야 발동한 육감에 도경은 속마음을 숨기고 그들을 올려다보았다.

"길을 잃었다고요?"

"예. 도와주세요."

"그런데 왜 우시는 겁니까? 혹 무엇을 보기라도 하셨습니까?"

상궁이 던지는 음침한 질문에 도경은 오싹해져 거짓말했다.

"홀로 떨어져 한참을 헤맸습니다. 어머니께 돌아가지 못할까 봐 무서웠어요."

"그러셨군요."

상궁은 그제야 인자한 웃음을 보이며 친절해졌다.

"오늘 외명부의 부인들을 따라 입궐한 아기씨인가 봅니다. 길을 안내하지요."

이로써 도경은 혼자서만 지옥에서 빠져나왔다. 이 손에서 저 손으로 넘겨지다가 마지막에 젊은 궁녀의 안내를 받아 다시 아이들 사이에 합류했다. 장소를 옮긴 그들은 새로운 놀이에 열중하고 있었다. 하지만 도경은 더 이상 흥이 나지 않았다. 조용히 한곳에 자리를 잡고 앉아 쿵쾅쿵쾅 뛰는 가슴을 남몰래 진정시켰다.

해 질 녘이 되어서야 일정이 마무리되었다. 궐문까지 손을 잡고 걸어가며 정부인이 다정하게 물어보았다.

"궁에 와 보고 싶다고 그렇게 조르더니, 오늘 재미있었니?"

"예, 어머니."

표정 없는 얼굴로 도경은 또박또박 대답했다.

"중전마마께서 허하시면 내년에 또 놀러 올까?"

"아니요."

"아니라고?"

기대한 대답이 아니었기에 정부인은 의아해하며 도경을 내려다보았다.

"예. 한 번이면 족하여요. 소녀 이제 대궐이 궁금하지 않습니다."

신기하지도 않고 무섭기만 합니다. 여기는 악귀가 득실득실한 곳이어요. 다시는 이 끔찍한 곳에 발도 들이고 싶지 않습니다.

도경은 밖으로 내도 될 만한 말과 그렇지 않은 말을 구분해 혼자만의 비밀을 끝까지 고수했다. 모친의 의심을 피하기 위해 명랑한 어조로 다른 진심을 내보였다.

"어머니, 빨리 집에 가고 싶습니다."

"궐이 낯설어 네가 힘들었나 보구나. 거의 다 왔다."

대궐문 밖에는 수청방의 겸인과 행랑어멈, 그리고 도경의 유모가 두 대의 가마 앞에서 기다리고 있었다. 도경은 가마에 올라 쓰러지듯 몸을 늘어트렸다.

집으로 돌아가는 내내 몹시 우울했다. 저로 인해 힘들어진 소년을 두고 혼자만 도망쳤다는 죄악감이 어린 가슴에 자꾸 생채기를 내었다. 중간에 가마를 멈추고 초파일을 기념하는 볼거리를 구경하면서도 무거운 마음은 가시지 않았다.

정부인은 그런 딸을 걱정스레 내려다보았다.

"영 흥이 나지 않느냐?"

"아닙니다. 대궐보다 여기가 훨씬 좋고 재밌습니다. 소녀는 그저 이리 늦게까지 밖에 나와 있는 것이 처음이라 신기하여서 요."

어린 딸의 또랑또랑한 대답을 귀여워하며 정부인은 미소했다.

"기왕 나들이를 나왔으니 네게 꼭 보여 주고 싶었다."

"무엇을요?"

"저기. 지금부터 하늘을 잘 보거라."

정부인의 당부에 따라 고개를 뒤로 젖혔다. 잠깐의 시차를 두고 화려한 불꽃이 펑펑 터지며 깜깜했던 밤하늘이 빛으로 채워졌다. 찰나의 아름다움이 지나고 한꺼번에 하늘로 솟아오르는 풍등 또한 모두의 감탄을 자아냈다.

흔히 볼 수 없는 진귀한 광경이었으나 정작 도경의 시선을 잡아끈 건 따로 있었다. 이리저리 눈동자를 굴리다 인파 사이에서 우연히 발견한 낯익은 얼굴.

그 아이였다!

구해 주지 못해 가슴 아팠던 소년.

이번에는 누군가에게 쫓기고 있었다. 정신없이 달리며 돌아보는 저 뒤에는 수상한 낌새의 두 건장한 사내가 쫓아오는 중이었다. 와글와글 북새통을 이루는 긴 행렬 덕에 좀처럼 아이를 따라잡지 못하는 것이 그나마 다행이었다.

모친과 일행이 하늘을 올려다보고 있는 사이 몰래 뒤로 빠져 재빨리 달렸다. 이번만큼은 반드시 돕고 싶었다. 무슨 일이 있어도 도와야 한다!

법도도 잊고 마구 뜀박질한 도경은 소년이 갈림길에 이르러 두리번거릴 때 간신히 따라잡았다. 손을 덥석 잡으니 까무러칠 듯 놀라 돌아보았다. 눈이 마주친 아이가 도경을 알아보았다.

"너……!"

"쉬잇! 날 따라와."

도경은 비장하게 말하고 저보다 키가 훌쩍 큰 소년을 잡아끌었다.

소년을 가마에 태우고 도경도 안으로 기어들었다. 주위가 시끌벅적한 데다 가마꾼들이 몇 발짝 떨어진 곳에서 풍등 날리기를 감상하고 있어 가능한 일이었다. 몸이 달달 떨리고 가쁜 숨을 내쉬면서도 소년과 도경은 약속이라도 한 듯 소리를 내지 않았다.

좁고 캄캄한 곳에 붙어 앉아 겨우 숨을 진정시킬 때쯤 밖이 시끄러워졌다. 아기씨, 아기씨, 외치는 소리가 가마 안까지 들려왔다. 긴장한 도경은 소년을 눕혀 웅크리게 한 뒤 풍성한 치마를 활짝 펴서 가렸다. 가마의 창을 반쯤 열고 최대한 졸린 음성으로 모친을 불렀다.

"어머니, 소녀 여기 있습니다!"

"아가!"

놀란 정부인이 한달음에 달려왔다.

"말도 없이 왜 가마에 올라 있느냐?"

"풍등을 보고 있으니 갑자기 잠이 쏟아져서요."

"그럼 집에 가고 싶다, 말을 해야지!"

"모두가 즐거워하기에……. 소녀가 생각이 짧았습니다. 송구합니다, 어머니."

"아니다, 아니야. 오히려 이 어미가 미안하구나. 이것저것 보여 주고 싶은 욕심에 어린 네가 힘들다는 걸 미처 배려하지 못했어. 미안하다, 아가."

도경의 얼굴과 머리를 소중하게 쓰다듬은 정부인은 하인들에게 서둘러 하명했다.

"아기가 힘들어하니 어서 귀가해야겠네."

"예, 마님."

창이 닫히고 가마가 움직여도 도경은 긴장을 풀지 않았다. 소년도 숨소리 한번 내지 않고 죽은 듯 웅크리고 있었다. 무게가 달라져 교꾼들이 의심하지 않을까 걱정이 많았는데, 문제는 자연스럽게 해결되었다.

"가마가 무거워진 걸 보니 아기씨께서 금방 잠드실 듯합니다."

"그런가? 깨시지 않게 조심히 모셔 주게."

가마꾼의 오해와 그것을 곧이곧대로 믿는 유모. 밖에서 들려오는 대화를 들으며 도경은 가만히 숨을 내쉬었다. 아직 한 번의 고비가 더 남아 있었다.

잠든 도경을 배려해 가마가 별당까지 들어왔다.

이것이 마지막 장벽. 도경은 준비 태세를 갖추다 가마를 내리자마자 배가 부글부글 끓는다며 도저히 일어날 수 없으니 야호(夜壺, 요강)를 달라고 요구했다. 작은 단지를 넘겨받은 뒤에는 큰일을 보는 척 끙끙거리다, 신경이 쓰여 볼일을 못 보겠다며 모두를 멀리 떨어뜨렸다. 별당 밖으로 나가 있으라고 야단을 피우자, 아기씨께서 자다 깨시어 예민해지신 것 같다며 순순히 따라 주었다.

몰래 엿보면 안 돼!

문틈으로도 보지 마.

내가 부를 때까지 중문 꼭 닫고 뒤돌아 서 있어.

절박하게 외치는 주문에 유모와 시비들은 쿡쿡 웃으며 천연덕스럽게 맞받았다.

"예, 아기씨. 편안하게 볼일 보십시오!"

잠시 후 묵직하게 중문 닫히는 소리가 들리자마자 소년이 몸을 일으켰다. 어두워서 자세히는 보이지 않으나 움직일 때마다 몸을 흠칫흠칫 떨며 괴로워하는 게 악귀한테 맞은 데가 아픈 듯했다. 도경은 딱한 마음을 누르며 급한 일부터 처리했다.

"대청에 올라 왼쪽 방으로 들어가 있어. 병풍 뒤에 숨어 있으면 내가 곧 꺼내 줄게."

소년을 들여보낸 뒤 유모를 불러들인 도경은 쭈뼛쭈뼛 텅 빈 야호를 돌려주었다.

"미안. 아깐 정말 배가 아팠는데……."

"괜찮습니다. 마음이 편안해지시면 그때 다시 신호가 올 겁니다."

유모는 따뜻하게 웃으며 어린 상전을 위로해 주었다.

"하암, 빨리 자고 싶어."

도경은 부러 크게 기지개를 켜고 졸린 척했다.

씻고 잠자리에 드는 과정이 일사천리로 진행되었다. 모친께 인사를 올리고 자리에 누우니 유모가 옆에 앉아 어깨를 토닥토닥해 주었다. 온종일 긴장하고 피곤했던 도경은 저도 모르는 새 스르르, 진짜 잠이 들었다.

소스라쳐 깼을 땐 주위가 고요했다. 깜짝 놀라 황급히 병풍으로 기어갔다. 끄트머리를 잡고 살짝 젖히니 소년은 구석에 쪼그린 채 잠들어 있었다. 급한 대로 등에 불을 켜고 최소한의 시야를 확보했다.

밝아진 눈으로 소년을 가까이서 보니 입이 다물어지지 않았다. 그의 앞에 똑같이 웅크리고 앉아, 어린아이 주제에 감탄이 나올 만큼 정갈하고도 귀티가 흐르는 이목구비를 관찰했다. 숱 많은 속눈썹을 만져 보고 싶은 충동을 억누르며 도경은 궁금해했다.

이 아이는 누구일까?

시간이 지나 충격이 가시니 악귀처럼 보였던, 붉은 용포를 입은 그분은 대궐의 주인이 틀림없었다. 그런데 소년은 새하얀 저고리와 쪽빛의 전복, 머리에 쓴 복건 등, 어느 모로 보나 사대부가의 자제로 보였다. 견습 내관도 아니고, 대체 무슨 사연이 있는지 안타까운데 소년에게서 여린 신음이 새어 나왔다.

주춤했던 도경은 아이의 몸이 성치 않았던 게 떠올라 이마를 짚어 보았다. 열이 펄펄 끓었다. 부리나케 움직여 아이를 이불에 눕힌 뒤 몰래 나가 물을 떠 왔다. 열이 떨어질 때까지 물수건으로 몸을 닦아 주고 숨소리가 진정되자 몸 곳곳, 멍이 들기 시작하는 부위에 약을 발라 주었다.

멍 자국이 하나씩 새로 발견될 때마다 대궐의 주인이 가증스러웠다. 어쩜 이리 안 보이는 곳만 골라 때려 놨는지. 맵차게 내려친 어린 뺨에는 아무런 자국도 남지 않아 더욱 몸서리가 쳐졌다.

"골병들겠다."

도경은 소년이 불쌍해 눈물을 글썽거렸다.

"어머니……."

하필 그 순간, 소년도 잠결에 이 세상 모든 아이의 안식처인 한 존재를 불렀다.

어머니, 어머니…….

애타게 그 이름을 부르며 감은 눈 사이로 슬픈 눈물을 흘렸다.

보는 것만으로도 코끝이 찡했다. 얼마나 어머니가 보고 싶을까, 집에 가고 싶을까. 두 번 다시 대궐에 가고 싶지 않을 것이다. 도경은 가슴이 아파 작은 손을 뻗었다. 뺨을 적시는 뜨거운 눈물을 소년의 어머니를 대신해 닦아 주었다.

꼭 감겨 있던 두 눈이 살포시 열린 건 바로 그다음이었다. 반쯤 열린 눈으로 도경을 보면서도 소년의 눈물은 하염없이 흘러내렸다. 어딘지 고단하고 함부로 건드릴 수 없는 깊은 슬픔이 느껴졌다. 도경은 저도 모르게 소년의 손을 꽉 잡아 주었다. 저보다 덩치 큰 이 아이가 너무도 아프게 눈과 가슴에 박혔다.

왜 하늘은, 만백성의 어버이라는 임금님은 보살핌을 받아야 할 아이를 괴롭히시는 걸까.

"괜찮아?"

목이 메어 물었다.

"아프지?"

물끄러미 도경을 바라보던 소년은 괜찮다는 듯 미소를 보이려다 힘을 잃었다. 풀어진 제 저고리와 곳곳에 드러난 멍 자국을 이미 들키고 말았음을 자각한 탓이었다. 낭패감에 휩싸여 제 몸과 도경을 번갈아 보더니 소년은 끝내 숨길 수 없는 슬픔을 터트렸다.

"그래……. 아프다. 아파! 너무 아프다……."

처음 배운 말인 듯 열에 달떠 아프다는 말만 반복했다. 어린 가슴이 시큰해 도경도 눈물을 훌쩍였다. 저 때문에 소년이 더 괴로웠다는 걸 알기에 책임감을 느꼈다. 풀어 헤쳐진 저고리의 고름을 예쁘게 묶어 주고 소년의 옆에 누워 어머니가 자신에게 해 주었듯 그의 팔을 토닥토닥 두드려 주었다.

흠뻑 젖은 눈으로 서로를 마주 보다가 소년의 눈꺼풀이 서서히 아래로 가라앉았다. 강한 약 냄새를 뚫고 어디선가 좋은 향기가 스며들었다. 소년에게서 전해지는 그윽한 난향이었다.

소년은 잠이 들어서도 편하지 못했다. 악몽을 꾸는지 몇 번이고 몸을 뒤치며 흐느꼈다. 뒤늦게 숨소리가 편안해졌지만 계속 자게 놔둘 수는 없었다. 뜬눈으로 밤을 지새운 도경은 그를 흔들어 깨웠다. 소년은 칭얼거림도 없이 재깍 눈을 떴다. 언제라도 움직일 준비가 되어 있는 듯 긴장감이 전해졌다.

"나야."

그런 아이가 안쓰러워 부드럽게 말했다.

"조금 있으면 사람들이 일어날 거야. 나가야 하면 지금이고, 갈 곳이 없다면 별당에 몰래 있을 만한 자리를 마련해 줄게."

"여기가 어디지?"

"안국방."

위치를 잘 아는지 소년은 고개를 끄덕이고 상체를 일으켰다. 도경은 초조해져 확인했다.

"갈 곳은 있니?"

"갈 데가 없을까 봐?"

"쫓기는 거 아니었어?"

"하룻밤이 지나고 곧 해가 솟을 테니 이제 괜찮다."

저게 무슨 소리일까?

잠들기 전 유모한테서 듣곤 했던 옛날이야기를 연상케 하는 대답이었다. 왕에게 잡혀 있다 누군가에게 쫓기더니 이제 하룻밤이 지났다고 문제가 해결되다니.

혹 이 아이는 선경에서 떨어진 선동이라도 되는 것일까?

범상치 않은 외모와 분위기로 보았을 때 뜬금없는 상상은 아닐 성싶다. 눈이 둥그레져 그를 보니 소년은 말끄러미 마주 보다 입술을 뗐다.

"꼬마야, 어제 네가 본 건 잊어야 한다."

도경은 토를 달지 않고 고개를 끄덕였다. 왜인지는 모르겠으나 엄청난 것을 보았고, 절대 발설해선 안 된다는 것도 알 것 같았다.

머리에 커다란 손이 내려앉았다. 아늑하고 따뜻한 손길을 가만히 받고 있자니 소년이 옅게 웃으며 칭찬해 주었다.

"착하구나."

정갈한 외모만큼이나 좋은 목소리였다. 도경은 부끄러워 얼굴을 붉혔다.

맑은 물에 쪽빛 안료 몇 방울을 섞은 듯 어둠이 물러간 세상은 신비로운 색깔로 물들어 있었다. 도경은 소년의 손을 잡고 직접 길을 안내했다. 빈번하게 사용되진 않으나 후원으로 가는 길목에 하인들이 드나드는 문이 하나 있었다.

무사히 그곳을 빠져나온 두 아이는 고요한 새벽의 하늘 아래 서로를 마주 보았다.

"자."

도경은 미리 준비한 수주머니를 꺼내 내밀었다. 왕실에서도 쉬이 구하지 못한다는 사탕, 그 달고 맛난 것이 잔뜩 들어 있는 주머니였다. 부친께서 혼자만 몰래 먹으라고 주신 것으로, 아직 한 개밖에 먹지 못했고 언제 다시 맛볼 수 있을지 모르지만 상관없었다. 도경은 자신이 가진 것 중 소년에게 도움 되는 것이라면 그것이 무엇이든 전부 내주고 싶었다.

주머니를 받은 소년은 꽃이 수 놓인 부분을 엄지 끝으로 쓰다듬었다.

"동백?"

"아니. 그건 하백(夏柏)이야."

"춘백도 아니고 하백이라고?"

소년의 맑은 두 눈에 슬픔 대신 호기심이 떠올랐다.

"어느 날 우리 아버님께서 꿈을 꾸셨대. 달빛이 환한 밤, 후원에서 기분 좋은 바람이 불어와 가 보셨더니 여름 꽃들 사이에 붉은 동백이 흐드러지게 피어 있더란다. 이 계절에 신기하다며, 그중에서 가장 붉고 탐스러운 동백 한 송이를 취하시곤 잠에서 깨셨지."

"네 태몽이구나?"

도경은 쑥스럽게 웃으며 고개를 끄덕였다.

"어머니의 수태 소식을 들으시자마자 아버님은 동백처럼 예쁜 딸이 태어날 거라고 확신하셨대. 그리고 다음 해 유월, 달이 환하게 뜬 밤에 내가 태어난 거다."

"유월에 핀 동백이라……. 그러니까 이건 바로 너란 말이지?"

소년은 비단 주머니에 수 놓아진 꽃을 유심히 들여다보았다.

"아쉽게도 살짝 찌그러졌어."

"네가 수놓은 거구나? 그렇다면 제법인데?"

"유모가 도와주었다."

도경은 멋쩍게 웃으며 사실을 고백했다.

"그래도 예쁘기만 하네. 이 귀한 걸 정말 나한테 주는 거니?"

"응. 그거 다 먹어. 입에서 굴리며 녹여 먹어도 되고, 잘게 빻아서 따뜻한 떡에 뿌려 먹어도 맛있어. 슬플 때 단것을 먹으면 기분이 한결 나아지거든."

작별의 시간이었다. 다른 이의 눈에 띄기 전 이만 보내 줘야 한다는 걸 알기에 도경은 마음이 급해져 수주머니를 든 그의 손을 두 손으로 꼭 오므려 주었다.

"아프지 마. 그리고 슬플 땐 참지 말고 울어. 펑펑 울다가 머리가 아프면 사탕 하나씩 꺼내 먹고. 오늘부터 매일매일 하늘에 빌 거야. 네가 아프지 않게 해 달라고. 눈에 고인 눈물은 거두어 가 주고 그만큼 행복해져 아주 많이 웃게 해 달라고. 다음에 우리 꼭 웃으면서 만나자. 건강해야 돼."

이름을 묻고 싶었다. 어디에 사는지, 언제 또 볼 수 있는지, 다시 만나면 동무가 될 수 있는지 도경은 알고 싶었다. 그렇지만 한마디도 꺼내지 못했다. 물어도 대답을 들을 수 없을 게 뻔했고, 만약 듣게 된다면 처연하게 웃고 있는 저 소년이 세상에서 안개처럼 사라져 버릴 것 같았다. 그래도 혹시 먼저 이름을 물어봐 준다면 도경도 용기를 낼 수 있을 듯한데…….

"고맙다. 널 잊지 않으마."

소년은 맑은 미소만 남기고 돌아섰다. 짙은 아쉬움에 도경은 급히 아이를 불렀다.

"……있잖아!"

찬 공기 속에서 벌써 몇 발짝 멀어진 소년이 돌아봐 주었다. 차마 자세한 질문을 하진 못해도 하나만은 꼭 확인하고 싶었다.

"우리 또 볼 수 있을까?"

"……그래. 또 보자."

돌아온 대답이 희망적이었다. 도경은 환한 미소를 지으며 씩씩하게 손을 흔들었다. 점점 멀어진 소년이 모퉁이를 돌아 모습을 완전히 감출 때까지 배웅하는 손짓을 멈추지 않았다.

똑같은 일상, 똑같은 날들이 이어졌다. 주위에는 변한 것이 하나도 없는데 오직 도경 혼자만 특별한 비밀이 생겨 상념에 빠지는 시간이 많아졌다. 특히 선비들에게서 난다는 난향에 유독 관심이 높아졌다.

장성한 오라버니들과 종종 들르는 친척 오라버니 등 깨끗한 옷차림의 사내들만 보이면 쫓아가서 향을 맡아 보았다. 쿵쿵 냄새를 맡다가 샐쭉해져 돌아서면 무뚝뚝한 오라비들은 하나같이 당황하여 제 몸에서 나는 향을 맡아 보았다. 괜스레 소심해져 까닭을 묻는 이도 있었다.

"왜 그러느냐? 나한테서 무슨 냄새라도 나느냐?"

"아니어요."

그러면 도경은 건성으로 대답하고 별당으로 돌아갔다.

누구나 난향을 쓰는 것은 아니었고, 같은 난향이라도 기억 속의 그것과는 사뭇 달랐다. 도경의 후각을 사로잡은 난향은 체향과 합쳐진 소년만의 고유한 향기였다. 다시는 맡을 수 없다고 생각하니 아쉽고 서운했다. 코끝에 감도는 그 향이 지워지지 않아 뜰 한가운데에 서서 하늘을 올려다보았다.

그런 날이 차곡차곡 쌓이자 하루는 정부인이 도경을 안채로 불러들였다.

"아가, 요즘 무슨 근심이라도 있느냐?"

"아니요. 그런 건 없습니다, 어머니."

"한데 왜 그리 하늘만 보며 한숨을 쉬어 댈꼬?"

"예? 제가요?"

눈이 동그래진 도경은 그제야 정신이 들어 주위를 둘러보았다. 모친을 비롯해 올케들과 유모, 그리고 끄트머리의 열비까지 모두가 걱정스레 자신을 주시하고 있었다. 도경은 그런 게 아니라고 말하려다가 입술을 깨물었다. 이것이 기회일지도 모른다는 생각이 뇌리를 번뜩 스쳐 갔다. 되든 안 되든 시도라도 해 보자며 한껏 슬픈 표정을 지었다.

"사실 그것이……."

"주저하지 말고 말해 보아라."

"요즘 소녀가 많이 답답합니다."

"답답하다고?"

"예전에는 몰랐는데 어머니랑 외출했던 날이 잊히질 않습니다. 풍등 놀이 구경할 때 말이어요. 잠이 와서 바깥세상 구경을 제대로 하지 못한 것이 두고두고 아쉽고 후회됩니다."

작전은 성공이었다. 사소하게 시작된 병이 커질 수 있으니 미리미리 예방해야 한다며 도경의 규칙적인 외출이 허락되었다.

외출 첫날, 제일 먼저 달려간 곳은 소년을 목격했던 바로 그 자리였다. 언덕처럼 지대가 높아 저 아래로 졸졸 흐르는 개천과 사람들이 오가는 석교, 붐비는 거리 등이 훤히 내려다보였다.

이곳에서 다시 소년을 만날 수 있으리란 희망을 품지 않았다면 거짓이었다. 그러나 외출의 횟수가 늘어날수록 도경은 바람과 현실의 괴리를 알게 되었다.

하룻밤의 꿈이 아니었을까, 벌써 헷갈릴 정도로 소년은 신비로움으로 가득했다. 신분이나 그가 처한 상황, 고유의 향기 등 무엇 하나 예사로운 구석이 없었다. 어쩌면 선계에서 실수로 떨어져 왕실에 잡혀 있던 선동일 수도 있었다. 그런 특별한 존재가 예외적이었던 그날을 제외하고 평범하게 거리를 활보할 리 없었다.

그럼에도 도경은 어디서도 맡을 수 없는 은은한 난향이 떠오르는 날이면 이곳을 찾았다. 가지가 넓게 뻗어 그늘이 진 오래된 나무 아래서 분주히 오가는 행인들의 바쁜 일상을 한참 서서 내려다보았다.

신기한 일이 벌어진 건 외출을 시작한 지 약 넉 달 정도가 지난 후였다.

시전에서 구경을 마친 도경은 습관적으로 나무 아래를 찾았다. 주위가 조용하고 시야가 탁 트여 한적한 시간을 보내기에 최적이었으므로 종종 즐겨 찾는 곳이었다. 그날도 유모의 손을 잡고 가마에서 내리는데, 열비가 촐랑거리며 도경이 늘 서 있던 자리를 가리켰다.

"아기씨, 저기 좀 보십시오! 앉을 곳이 생겼습니다!"

"어? 진짜네……."

도경은 어리둥절하여 가까이 가 보았다. 굵은 나무 기둥을 길게 잘라 튼튼한 다리를 덧댄 다음 땅속에 깊이 박아 둔 것이, 앉아서 쉬기에 딱 좋은 모양이었다.

"누가 만들었을까요?"

"글쎄. 앉아도 되는 건가?"

유모와 열비가 주위를 두리번거리며 아리송해했다. 그사이 도경은 눈에 띄는 무언가가 있어 잘 다듬어진 통나무의 한쪽 구석을 뚫어져라 응시했다. 어른의 엄지손톱만 한 크기의 무언가가 나무에 음각되어 있었다. 그것은 바로…….

동백.

유모의 도움을 받아 비단 주머니에 수놓았던, 꽃잎 한쪽이 찌그러진 그것과 똑같은 모양이었다.

도경은 가슴이 쿵쾅거려 허리를 펴고 주위를 구석구석 둘러보았다. 수주머니를 옆에 두고 베껴 그리지 않은 이상 이렇게 똑같은 모양을 새길 순 없었다. 그리고 그 주머니는 현재 소년이 가지고 있었다. 하지만 근처엔 도경의 일행을 제외하고는 누구 하나 보이지 않았다. 도경의 시선은 자연스레 하늘로 옮겨졌다.

"잘못 앉았다 시비 붙는 거 아닙니까?"

"대궐도 아닌데 우리 아기씨가 못 앉을 데가 어디 있다고!"

이어지는 유모와 열비의 설왕설래 속에서 도경은 사뿐사뿐 움직여 잘 말리고 다듬어진 자리에 조심히 앉아 보았다. 바람이 불자 신선한 나무 향이 솔솔 올라와 머리까지 맑아지는 기분이었다.

너를 위한 거야.

어디선가 소년의 목소리가 불어오는 것 같아 도경은 수줍은 미소를 지었다.

사람들은 그곳을 '안국방 아기씨의 자리'라고 불렀다. 이 장소를 좋아하는 고명딸이 오랜 시간 서 있는 걸 안쓰러워한 윤 대감께서 직접 마련한 자리라는 소문이 퍼지면서부터였다. 따로 주인이라고 나서는 사람이 없는 데다가 건조와 마감이 잘된 재료를 사용했다는 점도 소문의 신빙성을 높였다. 덕분에 도경은 아무 때나 찾아와 편하게 앉을 수 있었다. 그 누구도 안국방 아기씨의 자리에 함부로 앉으려 하지 않았다.

신기하고 재미있는 자리였다. 실수로 흘리고 간 물건이 있으면 다음에 왔을 때 꼭 거상(踞床)에 놓여 있었다. 며칠이 지나 먼지가 쌓이거나 비를 맞은 흔적도 없었다. 누군가 잘 간수했다가 도경이 오기 전 가져다 놓았다고 해도 믿을 만큼 늘 깨끗한 상태로 돌아왔다.

어쩌다 한 번씩 다른 것들도 놓여 있었다. 위치는 동백이 새겨진 바로 옆. 잘 익은 밤 대여섯 개. 붉게 물든 단풍잎. 눈이 하얗게 쌓여 있는 날에는 붉은 동백 한 송이가 놓여 있을 때도 있었다. 봄이 오니 앵화가 핀 가지가, 햇살이 따뜻한 유월엔 비단으로 만들어진 동백이 도경을 기다렸다. 그리고 그것이 마지막이었다. 비단 동백을 끝으로 자리에 무언가가 놓이는 일은 더 이상 일어나지 않았다.

그제야 도경은 깨달았다. 여태껏 소년이 약속을 지켰던 거라고.

'우리 또 볼 수 있을까?'

'……그래. 또 보자.'

이 나무 거상과 단풍으로, 아람과 꽃으로, 그동안 도경은 소년과 만나고 있었던 것이다.

기대했던 형태의 만남은 아니었지만, 상대가 평범한 소년은 아니었기에 서운해하지 않았다. 다시는 볼 수 없겠구나, 체념하면서도 외출하는 날이면 꼬박꼬박 그 아이를 만나러 안국방 아기씨의 자리를 찾아왔다. 그곳에서 도경은 또 다른 사계절을 보내고, 해를 넘기고, 무럭무럭 키가 자랐다.

열두 살의 봄, 온갖 꽃이 피어 꽃동산을 이룬다는 흥덕골에서 유모와 열비를 놓쳤다. 꽃구경에 나선 인파를 이리저리 헤치며 도경은 일행을 찾아다녔다. 어른들이 많아 시야가 차단돼 멀리 내다볼 수 없는 점이 막막했다. 더럭 겁이 나 얼굴이 희게 질리는데 처음 보는 아낙이 말을 걸었다.

"아기씨, 일행을 놓치셨지요?"

"그렇네만……. 자네는 누구지?"

"쇤네를 따라오십시오. 유모가 걱정하고 있습니다."

"정말인가?"

"예. 모시겠습니다."

도경은 주저 없이 그녀를 따라갔다. 그래도 혹시 몰라 경계를 늦추지 않았는데, 여인은 행인들 사이를 요령껏 비집고 나가다 어딘가를 가리켰다. 유모와 열비가 발을 동동거리며 도경을 찾고 있었다.

"유모! 열비야!"

"아기씨!"

도경을 발견한 두 사람이 눈물을 훌쩍이며 달려왔다. 두 눈이 붉어진 유모는 도경의 손을 꼭 잡고 달달 떨며 사죄했다.

"송구합니다. 소인이 아기씨를 놓쳐 얼마나 놀라셨을까요."

"아니야. 유모가 사람을 보내 날 찾아줬잖아."

"예? 그게 무슨 말씀입니까?"

"저 사람…… 어?"

도경은 몸을 돌려 아낙을 가리키려다 말을 흐렸다. 여기까지 자신을 데려다준 여인이 감쪽같이 사라졌다. 주위를 둘러보다, 어딘가로 바쁘게 사라지는 아낙의 뒷모습을 찾아냈다. 그녀를 눈으로 좇으며 재빨리 확인했다.

"유모, 나한테 사람 보낸 적 있어? 유모보다 나이가 많은 아낙이야."

"아니요. 교꾼들이 흩어져 아기씨를 찾고 있긴 합니다."

도경은 유모의 말이 끝나자마자 잽싸게 움직였다.

"아기씨!"

유모의 외침이 크게 울렸으나 멈추지 않았다.

돌이켜 보면 이런 적이 처음이 아니었다. 필운대에 행화(杏花, 살구꽃)를 보러 갔다가 넘어졌을 때, 잠시 쉬고 있자니 마침 길을 지나던 의원이 말을 걸었다. 도둑맞을 뻔했던 유모의 수주머니도 길을 지나던 어떤 이의 도움으로 무사히 되찾을 수 있었다. 외진 곳에 있던 그네가 낡아 아쉬워했더니 얼마 뒤 다시 갔을 땐 튼튼하고 깨끗한 것으로 교체되어 있었다.

그 밖에 소소하지만 행운이라 할 만한 일들이 몇 년간 꾸준히 이어져 왔다. 어쩌다가 운이 좋았다는 말로 계속 넘기기엔 지나치게 많은 우연이었다. 하여 이렇다 할 증거는 없으나 어느 날 나무 아래 생긴 자신의 자리처럼 모든 일이 한 소년과 연결되어 있을 수도 있겠다는 추측이 강하게 치고 올랐다.

도경은 아낙을 쫓아 구름 인파를 헤치며 힘겹게 나아갔다. 저 앞, 그녀가 누군가에게서 두둑한 엽전을 건네받고 있었다. 상대는…… 북적이는 사람들에게 가려져 잘 보이지 않았다. 흑립의 일부와 활짝 펼쳐 얼굴을 가린 접선, 바람에 날리는 고급스러운 옷자락만 언뜻언뜻 보일 뿐이었다.

애가 타서 필사적으로 어른들 사이를 비집고 전진했다. 그러나 간신히 인파를 빠져나왔을 때 두 사람이 서 있던 자리는 텅 비어 있었다. 이리저리 근방을 둘러보아도 사내는 흔적조차 찾을 수 없었다. 사람들 사이로 다시 섞여 든 아낙은 신이 나서 저만큼 멀어지는 중이었다. 도경은 기운이 쪽 빠져 그 이상은 쫓아갈 엄두가 나지 않았다.

열다섯의 유월, 도경의 생일을 맞이해 안국방에 큰 잔치가 열렸다. 생일빔을 입고 가족과 친지들에게 축하를 받는 자리. 이름 없는 선물 하나가 도착했다.

"방금 웬 노파가 가져왔습니다. 아기씨께 전하는 선물이라고요."

행랑어멈의 말에 호기심이 생긴 도경은 수북이 쌓인 선물 중 그것을 먼저 확인하기로 했다. 함의 뚜껑을 열자 작은 비단 주머니가 먼저 나왔고, 그 안엔 동백을 형상화한 산호 머리꽂이가 들어 있었다. 어른들이 일제히 관심을 보일 만큼 정교하게 세공된 장신구였다.

도경은 서둘러 서찰로 추정되는 것의 겉봉을 열어 보았다. 놀랍게도 그것은 서신이 아닌 그림. 달 밝은 밤, 여름 꽃들 사이에 탐스럽게 피어 존재감을 발휘하는 동백…… 아니, 하백을 그린 것이었다.

와, 모두가 감탄하는 가운데 도경은 손을 약하게 떨었다. 그림의 귀퉁이, 인장처럼 그려 넣은 찌그러진 동백꽃을 눈에 담고 있었다. 후다닥 밖으로 뛰쳐나가 봤지만 육중한 대문 앞은 텅 비어 있었다. 가만히 숨을 죽이고 주변의 기척을 느껴 보았다. 낯선 시선 하나 감지되지 않았다.

내가 이렇게 자랄 동안 기억 속에 여전히 소년으로 머무는 그 아이.

실체 없이 존재하는 당신은 지금쯤 어떤 모습으로 성장했을까.

도경은 궁금하고 또 미안했다. 엄밀히 따지자면 오래전 그 밤 자신이 한 행동은 죄책감에서 비롯된 것이었다. 절 보호하려다 곤경에 빠졌던 소년에게 너무 미안해, 어쩌면 제 마음이 편하자고 했던 행동이었다. 몇 년 전부턴 그조차도 잊고 지낼 때가 많았다. 그런데도 소년은 여전히 이렇게 감사를 표하고 또 도움의 손길을 보내 주었다.

남들보다 비정상적일 정도로 잦았던 행운. 그것의 진위를 확인할 순 없지만 도경에게 소년은 어느덧 '행운'이라는 말과 같은 의미로 자리 잡고 있었다.

그날 이후, 동백을 닮았다는 안국방 아기씨의 이야기가 도성 곳곳으로 퍼져 나갔다. 잔치에 왔었던 손님들에 의해 와전되어 새어 나간 이야기는 거의 통속 소설에 가까웠다.

하백을 태몽으로 태어난 아기씨는 붉은 꽃처럼 아름다우시더라. 타고난 미려함으로 뭇 사내의 눈과 마음을 사로잡았으니 그중엔 천한 신분의 화공도 있었다. 우연한 기회에 아기씨를 뵙게 된 그는 첫눈에 반해 감히 연정을 품었다. 마음의 병이 깊어질 정도로 사모하였으나 신분의 차이로 감히 접근조차 하지 못하니 홀로 통곡하고 절망하다가 붓을 들었다.

차마 밝힐 수 없는 연심을 그림에 담고, 전 재산을 바쳐 마련한 선물에 딱 한 번만 가까이서 뵙고 싶다는 바람을 담았다. 사연을 접한 아기씨는 화공을 잔치에 초대하였으나 정작 그는 초라한 제 몰골을 자각해 솟을대문에 발도 들이지 못하고 서글퍼 울기만 하였다. 아름다운 아기씨께 못난 모습을 보이기 싫어 그 길로 먼 여정을 떠나 어디에서도 나타나지 않고 있다더라.

정말이지 황당무계한 소리였지만 소문은 자고 일어날 때마다 눈덩이처럼 불어나 있었다. 사람들은 틈만 나면 도경이 어떻게 생겼는지 궁금해했다.

"정말 동백처럼 아름다우실까? 나도 한번 뵙고 싶구먼."

"동백이 아니고 하백. 하백!"

"그거나 저거나⋯⋯."

"태몽부터가 상서로우니 미모도 남다르시겠지? 그래서 윤 대감이 후원에 동백을 키운다고 해마다 수만 냥씩 쏟아부었던 건가?"

"왜 아니겠어. 아기씨가 태어나셨을 때쯤 그 짓을 시작하신 거잖아. 몇 년을 실패하다 이제 자리를 잡았다고 하더니, 그게 다 이유가 있었던 거지. 돈이 썩어나나, 욕도 많이 했는데 그게 전부 아기씨의 태몽 때문인지 어찌 알았겠어."

소문을 계기로 안국방 거각의 후원도 화제가 되었다. 터무니없는 소문 중 유일하게 맞는 부분이었다. 본의 아니게 유명해진 도경은 그 후로도 꾸준히 도성민의 관심을 한 몸에 받았다.

그리고 열여섯. 중궁의 환후가 깊어져 나라에 큰 근심이 들었다.

"싫습니다!"

예고도 없이 전해진 소식에 도경은 피가 식어 정경부인께 항의했다. 중전께서 병환이 깊어 모두가 숨을 죽인 이때, 세간의 눈을 피해 성상을 배알하라니.

그 의도를 모르지 않을 나이였다. 그것은 국모를 기망하는 행위일 뿐 아니라, 설사 곤위가 비어 있다고 해도 절대 따를 수 없는 하명이었다. 대궐이라는 말만 들어도 어릴 적 안 좋았던 기억이 떠올라 본능적인 거부감이 일었다.

"어머니, 저는 중궁전에 들고 싶지 않습니다."

"국모는 아무나 되는 자리가 아니다. 함부로 거절할 수 있는 자리도 아니고."

"소녀를 대궐에 시집보내지 않겠다, 약조하지 않으셨습니까!"

"당장 결정되는 것이 아니래도!"

도경은 감정이 격해져 반항해 봤으나, 개인이 돌이킬 수 없는 문제였기에 정경부인 역시 평소와 달랐다. 따끔하게 꾸지람을 들은 도경은 그저 예만 다하고 나오라는 모친의 타이름에 어쩔 도리가 없었다.

달이 밝게 떠 있는 밤, 단장을 마치고 전하께서 오셨다는 곳으로 나아갔다. 큰절을 올리고 자리에 앉기 전, 우연히 눈이 마주쳐 파르르 눈꺼풀이 떨렸다. 흐릿해진 줄 알았던 오래전 그날, 잔혹했던 악귀가 떠올라 금상과 겹쳤다. 선왕께서 행했던 폭력적인 장면이 마구잡이로 튀어나와 머릿속을 어지럽혔다.

도경은 얼굴을 찡그리는 대신 슬프고도 아름다웠던 한 소년의 미소를 기억하며 얌전히 자리에 앉았다. 생명을 잃은 식물처럼 고개를 숙이고 어서 빨리 이 시간이 지나기를 기다렸다.

비밀스러웠던 그 밤 이후 피 말리는 신경전이 계속되었다.

"어머니, 저는 중전마마가 되고 싶지 않습니다. 그런 자리를 감당할 그릇이 아니어요."

틈만 나면 안채로 달려가 하소연했다. 여름이 지날 무렵 중궁의 환후가 악화되었다는 소식을 들었을 땐 불안감이 극에 달했다.

웃음을 잃고 기운이 빠졌다. 집에 있는 것이 답답해 유일한 안식처인 나무 아래 거상을 종종 찾았다. 그러던 어느 날, 붉어진 눈으로 하염없이 앉아 있다가 잔잔한 바람을 맞으며 충동적으로 입을 열었다.

"열비야, 그 얘기 좀 해 주지 않으련?"

"무슨 이야기요?"

"저자에 나타난다는 사순 할멈 말이야."

언젠가 유모와 열비가 나누는 대화를 들은 적이 있었다. 한때 용한 무당이었다는 노파에 관한 이야기였다. 나이가 들면서 신력이 떨어졌다는 그이는 소식이 뜸하다, 얼마 전 노망난 상태로 저자에 다시 나타났다고 했다. 망부석처럼 앉아 오가는 행인을 구경하기로 유명했는데, 가뭄에 콩 나듯 정신이 들면 한 번씩 소름 끼치게 맞는 말을 한다는 소문이었다.

"사순 할멈한테 가면 내 미래도 알 수 있을까? 불행을 피하는 방법을 조언받는다거나."

"이제는 아닐 겁니다. 처음엔 신기해서 말 붙이던 사람들이 요즘엔 본체만체한답니다. 할멈의 정신이 돌아온 때를 본 적도 없거니와, 잘못 건드렸다가 귀신한테 괜한 해코지라도 당할까 봐 아예 접근조차 안 한다고 들었습니다."

"그래도 혹시 모르잖아. 그 할멈이 어디에 있다고?"

"붓골이요."

도경은 고민도 하지 않고 자리에서 일어섰다.

"앞장서거라. 일단 가 보자."

지푸라기라도 잡고 싶은 심정이었다.

할멈은 늘 같은 상태였다. 영혼이 육체와 분리된 듯 눈의 초점이 흐리고 거의 미동조차 없었다. 하필 산자를 튀겨 파는 혼잡한 가판대 앞에 앉아 저러고 있으니 더욱 가망이 없어 보였다.

이곳을 찾아온 지 벌써 이레째. 멀찍이 떨어져 사순 할멈을 지켜보던 도경도 점점 지쳐 갔다. 이쯤에서 포기해야 하나, 한숨을 쉬며 고개를 푹 수그리는데 좁아진 시야에 고급스러운 질감의 흑혜가 들어왔다.

사내의 발.

열비를 쏘다니게 놔두고 혼자였던 도경은 겁을 먹고 고개를 들다가 그대로 굳어졌다.

수려한 외모의 사내였다.

와글와글 북적이는 저자에서 저 홀로 고고하고 반듯한. 바람이 불어 그의 쪽빛 옷자락이 흔들릴 때마다 다시는 맡을 수 없을 줄 알았던, 먼 기억 속의 고아한 난향이 전해졌다.

꿈을 꾸는 것인가?

현실에서 벗어나고 싶은 절박함이 허상을 만들어 낸 것일 수
도 있었다.

소년이 자라 사내가 되었다면 바로 저런 모습일 것이다. 머
리에는 복건 대신 갓을 쓰고, 훌쩍 자란 키에 넓게 벌어진 어
깨, 뛰어난 솜씨의 석공이 심혈을 기울여 깎은 듯한 이목구비.
머리부터 발끝까지 한 번씩 상상하던 그 이상의 모습이었다.

숨이 잘 쉬어지지 않았다. 괜히 말이라도 잘못 걸었다간 그
가 연기처럼 사라져 버릴까 봐 입도 벙긋 못했다. 한쪽 손이 그
에게 붙잡혔다. 기다란 엄지가 손바닥을 쓸어 오므리고 있던
도경의 손을 펼쳤다. 피부를 통해 전해진, 슥 쓸어내리는 감촉
이 부드러워 목덜미의 솜털이 일제히 곤두섰다.

눈동자만 움직여 사내를 주시하자 그는 자그마한 비단 주머
니를 손에 쥐여 주었다.

"드시오. 기분이 한결 나아질 테니."

다정하고 따뜻한 저음의 음색이었다. 특유의 체향과 체온,
거기에 마음을 녹이는 미소가 합쳐져 수면 아래 잠겨 있던, 언
제부터 쌓였는지도 모를 그리움이 폭발했다.

가슴이 쿵! 크게 한번 떨어져 내렸다가 쿵, 쿵, 쿵 빠르게 뛰
기 시작했다. 심장의 세찬 박동이 천둥 치는 소리처럼 요란했
다. 잠을 새도 없이 멀어진 사내를 도경은 의식이 아득해져 바
라보았다.

그리고 잠시 후, 더 이상 그를 눈으로도 좇을 수 없게 되었을 때 떨리는 손으로 비단 주머니를 열어 보았다. 왕실에서도 쉬이 구할 수 없다는 귀한 사탕이었다.

그에게 잡혔던 손의 감촉이 너무도 생생했다. 함부로 흉내 낼 수 없는 난향과 눈동자를 통해 가슴으로 스민 미소, 특유의 분위기. 그 모든 게 하나로 융화돼 도경의 심장에 불을 질렀다.

가슴이 뛰고 얼굴에 열이 올라 잠을 잘 수 없었다. 긴 밤을 이리저리 뒤척이다 아예 이불을 걷고 일어섰다. 머리맡의 창을 활짝 열고 문갑 앞에 앉아 바람을 쐈다. 대궐도, 왕도, 부모님과의 갈등도 머릿속에서 깨끗이 지워졌다. 도경을 사로잡은 이는 오직 한 사람. 이름도, 사는 곳도, 저와 같은 보통의 사람인지도 모르겠는 한 남정네였다.

과거의 어느 새벽을 기억한다.

'그거 다 먹어. 슬플 때 단것을 먹으면 기분이 한결 나아지거든.'

저자의 거리에서 그 사내도 똑똑히 말했다.

'드시오. 기분이 한결 나아질 테니.'

소년이…… 어른이 된 그 소년이 돌아왔다.

오랜 시간이 흘렀으나 도경은 확신할 수 있었다. 그가 찾아와 준 것이다.

나를 잊지 않고서…….

팔딱팔딱, 맥이 힘차게 널을 뛰었다. 터질 듯이 강하고 격렬하게. 몸이 훗훗하게 달아올라 두 뺨이 붉게 물들고 있다.

세상은 점차 푸르스름한 새벽의 빛깔로 뒤덮였다. 도르륵, 그에게서 받은 사탕을 혀끝으로 굴릴 때마다 바람에 단내가 섞여 솔솔 올라왔다. 계절이 바뀌어 해가 뜨지 않으면 추운 날씨인데도 밤새도록 창을 열어 놓았다. 한숨도 자지 않은 도경은 망연히 바깥만 응시하며 어둑한 기운이 완전하게 물러가기를 기다렸다.

그렇게 시간은 흐르고 마침내 희끄무레 먼동이 트기 시작하자 그제야 서서히 눈가가 또렷해졌다. 비로소 미소를 되찾은 도경은 감정적이 되어 눈물을 글썽거렸다.

"미쳤나 봐……."

이러는 자신이 낯설어 무서웠고, 기다리던 아침이 와 뛸 듯이 기뻤다.

실체가 되어 나타난 내 인생의 행운. 그를 만나러 갈 수 있는 시간이다.

목욕을 끝낸 뒤 정성껏 화장했다. 머리를 빗고 신경 써서 옷을 고른 다음 그가 준 것으로 추정되는 산호 머리꽂이를 예쁘게 꽂았다. 동백을 닮았다, 꽃보다 어여쁘다. 평소 도성에 떠도는 헛소문에 질색했지만 오늘만큼은 그것이 사실이기를 바랐다. 이 세상 그 어느 것보다 그에게 예뻐 보이고 싶었다.

도경은 때를 기다렸다가 서둘러 외출했다. 어제와 같은 장소, 어느 점포 옆 작게 나 있는 공터에 나와 섰다. 그간 집중적으로 살피던 사순 할멈에게는 시선 한번 주지 않았다.

솔직히 어디를 봐야 할지도 몰랐다. 자유자재로 나타났다 사라지는 그는 도깨비일지도 모른다. 긴 시간 애태우다 순식간에 사람의 정신을 쏙 빼놓는 그 솜씨만 보아도 보통이 아니다. 어쩌면 사람으로 둔갑한 구미호일지도 모르겠다.

나는 지금 요망한 어떤 것에 홀린 것일지도…….

그렇다면 더 늦기 전에 도망쳐야 한다. 한번 푹 빠지고 나면 벗어날 길이 없으며, 규방의 규수에겐 그보다 더 치명적인 해가 없을 테니까. 하지만…….

보고 싶어.

딱 한 번만 더…….

도경은 법도와 체면을 전부 내려놓았다. 어디를 봐야 할지 몰라 사방으로 고개를 돌리며 그를 기다렸다. ……보람은 없었다. 다리가 저리도록 한자리에 계속 서 있었으나 그는 끝내 나타나지 않았다. 실망할 겨를도 없이 도경은 다음 날 다시 그 자리를 찾아왔다.

"아가씨, 요즘 계속 얼굴이 붉으십니다. 의원을 부를까요?"

"아니야. 그런 게 아니야…….."

보료에 아무렇게나 몸을 누인 도경이 힘없이 말했다.

기다리고 기다렸지만 그를 다시 볼 순 없었다. 도경은 포기하지 못하고 해가 뜨기 무섭게 저자로 달려 나갔다. 온종일 기다리다 실패하고 돌아섰던 어느 날, 속상해서 눈물을 터트리기도 했다. 그래 놓고 다음 날 해가 솟으면 도경은 또 이를 악물고 그 자리를 찾아가 서성거렸다. 결국 과한 바깥출입이 문제가 되었다.

'외출도 정도껏이어야지, 어딜 그리 쏘다니는 것이냐! 그러다 입방아에라도 오르면 어찌하려고! 긴말 필요 없다. 당분간 출입을 삼가고 별당에서 근신토록 하여라.'

벼르고 벼르던 정경부인은 날을 잡아 따끔하게 질책하였다. 매달리고 애원해 봤지만 소용없었다. 도대체 왜 이러는 거냐고, 면경 속 네 몰골을 좀 보라며 되레 속상해하셨다.

그날 저녁, 별당으로 돌아와 경대를 세우고 자신의 얼굴을 찬찬히 들여다보았다. 두 눈이 붉고 그 주위가 거뭇했다. 살이 내린 두 뺨은 전체적으로 푸석했다. 모친께서 화를 내신 이유를 알 것 같았다.

마지막으로 숙면을 취한 게 언제인지 기억나지 않았다. 입맛이 없어 밥을 뜨는 둥 마는 둥, 건강했던 생활 습관은 한순간에 무너져 엉망이 되었다. 무언가를 이토록 간절히 원하고 그리워하는 건 처음이었다. 제발 정신을 차리라고, 이렇게 중독되듯 빠지면 안 된다고 스스로를 타일렀다.

하지만 아무리 노력해도 다시 예전으로 돌아갈 순 없었다. 어른이 된 그가 눈앞에 나타나지 않았다면 모를까, 손에 잡히는 존재라는 것을 알게 된 이상 포기가 안 됐다. 아직 이틀밖에 지나지 않았지만, 도경에겐 이백 일을 잃은 것과 같은 느낌이었다.

내내 기다렸는데, 내가 없는 이때 하필 그가 나타나면 어떡하나. 조바심이 나서 숨도 쉬기 어려웠다. 가슴을 움켜잡고 힘겹게 숨을 들이쉬었다가 고통스럽게 내뱉었다. 그 상태로 시름

시름 앓기만 하던 도경은 돌연 표정이 바뀌어 상체를 벌떡 일으켰다.

"왜 그러십니까?"

근래 이상해진 상전을 걱정하며 유모가 가까이 다가와 앉았다.

"깜박 잊고 있었어."

"무엇을요?"

"오늘 말이야. 어머니 외출하시는 날이잖아."

"아가씨!"

염려 섞인 유모의 외침에도 도경은 아랑곳하지 않았다.

"부탁이야, 유모. 나 열비만 데리고 금방 나갔다 올게. 어머니가 오시기 전에 돌아올 거야."

눈물이 그렁그렁해져 간곡히 부탁했다. 유모가 자신을 외면할 리 없다는 걸 알고 있었다.

고집을 부린 끝에 외출을 감행한 도경은 서사가 즐비한 붓골의 거리에 도착했다. 장옷을 깊게 내려쓰고 매일 서성거렸던 좁은 공터에 와 섰다. 처음 이곳에 왔을 때 녹색을 띠던 주위의 나뭇잎에 어느새 단풍이 들기 시작했다.

벌을 서듯 오지 않는 사내를 기다리다 점차 숨소리가 거칠어졌다. 이상한 날이었다. 거리의 소음은 여전하고 흙먼지가 날리는 것도 똑같은데 심장이 덜걱덜걱, 소리를 내며 빠르게 날뛰고 있다. 꼭 무슨 일이 일어날 것 같은 괴이한 기분이 들었다.

멀미가 나 고개를 뒤로 젖혔다. 장옷으로 인해 좁아진 시야에 한산한 위쪽 풍경이 들어왔다. 어디선가 흘러온 하얀 구름 한 덩이가 몽실몽실 떠 있었다. 나무초리에 매달린 나뭇잎은 바람의 장단에 맞춰 한들거렸다.

그 나무와 맞닿아 있는 길 건너의 오래된 이 층 점포, 반쯤 열린 들창에 검은 인영 하나가 어른거렸다. 멍하니 그것을 주시하던 두 눈은 어느 순간 또렷해져 일시에 총기를 되찾았다. 도경은 숨도 내쉬지 못하고 그곳을 응시하다가 서서히 감격에 젖어 중얼거렸다.

"찾았다……."

그에게서 눈을 떼지 않았다. 부끄러움도 잊고 사내를 올려다보았다. 터질 듯 두근거리는 가슴으로 마른침을 삼켰다. 얼굴이 뜨거워져 이대로 녹아 버릴 지경인데 창가에서 이쪽을 내려다보던 사내가 고개를 돌리고 사라졌다.

도경은 충격에 휩싸여 사색이 되었다. 그의 그림자를 찾아 눈동자를 부지런히 움직여 봤으나 아무것도 보이지 않았다. 사내는 완전히 자취를 감추었다. 몸에서 힘이 빠져 고개가 아래로 툭 꺾였다.

"미쳤나 봐……."

최근 들어 가장 많이 했던 말을 중얼거렸다. 간신히 눈물을 참고 있는데 어디선가 강한 시선이 느껴졌다. 본능적으로 고개를 드니 맞은편 점포 앞에 그가 서 있었다.

붐비는 큰길을 앞에 두고 두 사람은 서로를 마주 보았다. 잠시 후, 옆으로 방향을 튼 그가 길섶을 따라 걷기 시작했다. 도경도 그를 따라 노방을 걸었다. 근처 어딘가에 있을 열비에게 자신의 움직임을 알릴 정신도 없었다.

장옷으로 얼굴을 푹 가리고 눈동자만 굴려 저 옆, 멀찍이 떨어져 나란히 걷고 있는 사내의 존재를 확인했다. 현실 같지 않았다. 꿈속에서 그를 만나 목적지도 없이 함께 걷고 있는 듯 몽환적이었다. 주위의 소음이 전부 사라지고 이 세상에 그와 저만 남은 느낌이었다. 꿈이라면 깨지 않고 이대로 계속 그와 나란히 걷고 싶었다.

이리저리 방향을 바꾸다 보니 어느새 실골목을 걷고 있었다. 그와의 거리도 훨씬 가까워졌다. 이제 도경은 사내의 등을 보며 약 두 발짝 뒤에서 따르고 있다.

좁은 골목이 사방으로 나 있는 복잡한 길이었다. 이따금 사람이 오갈 때마다 뿌옇게 먼지가 일었다. 담장 위에 웅크린 길고양이는 나른한 하품을 하였고 길가의 잡초 사이엔 청초한 들꽃이 생명력을 자랑하며 피어 있었다.

생전 처음 와 보는 한갓지고 으슥한 곳이었지만 그마저도 운치 있어 보였다. 그렇게 도경은 군말 없이 그를 따르다 어느 오래된 목조 건물 안으로 들어갔다. 한낮에도 내부가 어둑어둑한, 막대한 양의 서책이 서가에 빽빽하게 꽂혀 있는 책고였다.

그곳에서도 사내는 걸음을 멈추지 않았다. 장옷을 어깨로 내린 도경도 그를 따라 안쪽으로 들어갔다. 무언가에 홀린 기분이었다. 그는 바라지를 통해 뿌옇게 쏟아지는 빛줄기가 정점을 이루는 지점에서 드디어 걸음을 멈췄다. 빛을 등지고 천천히 돌아보았다.

마주치는 시선을 도경은 피하지 않았다. 서로를 조용히 마주보다가 그가 먼저 입을 열었다.

"왜 계속 그곳에 서 계시는 겁니까?"

"얼마 전에 거기서 사당을 받았습니다."

"양이 부족하였습니까?"

"아니요."

거짓말은 하고 싶지 않았다. 도경은 눈물이 핑 돌아 사실을 고백했다.

"전…… 사당을 준 사내가 보고 싶었습니다."

뜨거운 물줄기가 뺨을 타고 흘러내렸다. 이러는 자신이 창피했지만, 그동안 마음고생하며 맺혔던 응어리가 한꺼번에 분출돼 다스리기 어려웠다.

"왜…… 우십니까?"

그의 물음에 안쓰러움 같은 게 묻어 있었다. 그것이 도경의 마음을 더 약하게 만들었다.

"두려워서요. 이런 저를 정숙하지 못하다고 싫어하실까 봐……. 이상하다고 여기실까 봐……. 전…….."

원래 이런 사람이 아니라고 변명하고 싶었다. 하지만 그보다 더 빠르게 이어진 그의 움직임에 모든 것은 까맣게 지워졌다. 당기는 대로 끌려가 너른 품에 안겼다. 어깨에 걸치고 있던 장옷이 스르륵 흘러내려 바닥으로 떨어졌다. 도경은 우아한 난향

속에 얼굴을 묻었다.

그의 품은 넓고 따뜻했다. 무엇이든 포용해 줄 수 있을 것 같았다. 이름도 모르는 사내, 오늘을 포함해 딱 세 번 만난 것이 전부인 그에게 속수무책 빠져드는 제가 무서우면서도 멈출 수가 없었다. 한 번의 만남 후 또다시 긴 세월 그를 못 보게 될까 봐 도경은 오히려 그게 더 걱정이었다. 간직할 수 없어 안타까웠던 난향을 놓치지 않고자 그의 등에 팔을 둘러 꼭 끌어안았다.

월계화가 피는 계절

시간은 꿈같이 흘렀다. 도경은 사방으로 연결된 복잡한 실골목을 능숙하게 걸어 책고를 찾아갔다. 그는 언제나 먼저 도착해 있었다. 달려가 안기면 제 품에 도경을 폭 감싸 안아 주었고, 손을 뻗어 뺨을 어루만지면 눈을 감고 가만히 손길을 받아주었다.

서로의 손가락을 뒤얽고 서가 사이사이를 산보하듯 걸어 다녔다. 몇 바퀴나 빙빙 돌다가 빽빽이 꽂힌 책 중 눈에 띄는 것이 있으면 그가 한 권씩 뽑아 읽어 주기도 했다. 낮은 음색이 너무도 좋아 도경은 그의 어깨에 머리를 기대고 낭독을 경청하였다.

예쁘고 정숙한 그 아가씨
성 모퉁이에서 나를 기다린다고 했는데

기다려도 사랑스러운 모습 보이지 않아
머리만 긁적이며 서성거리네
아름답고 정숙한 그 아가씨
나에게 붉은 빛깔의 붓을 가져다주었는데
붉은 붓이 빨갛게 빛나기는 하지만
나는야 아가씨가 더욱 어여쁘다네
들판에서 뽑아다 준 띠풀이
참으로 예쁘고 기이하구나
띠풀이 그리 예쁘다기보다는
고운 님의 선물이라 좋은 거라네.

『시경』'패풍' 중 정녀(靜女)

낭독을 끝낸 그는 이따금 귓불이 붉어져 있었다. 그러면 도경도 두 뺨에 홍조를 드리우고 그를 보았다. 사랑 시를 통한 은근한 고백과 수줍은 눈맞춤, 나날이 깊어지는 뜨거운 입맞춤이 자연스럽게 이어졌다.

저음의 목소리로 들으니 『춘추』나 『예기』 같은 어려운 경전들도 귀에 쏙쏙 들어왔다. 명문이 많기로 유명한 『논어』의 술이편(述而篇)을 이야기처럼 쉽게 풀어서 설명해 주는 날도 있었다. 그러다 하루는 그가 『천자문』을 가져오자 도경이 장난스레 엄살을 부렸다.

"저의 배움이 짧아 답답하셨나 봅니다. 학동의 마음가짐으로 성실히 귀 기울이겠습니다."

"천자문은 단순히 문장을 나열한 글이 아니오."

그는 옅게 웃으며 반론했다.

"다양한 수사적 기법이 구사되어 있을뿐더러, 성현의 가르침을 바탕으로 세상사와 관련한 온갖 내용이 총망라되어 있지. 머리를 식히고 싶을 때 한 번씩 정독하기에 좋소."

"어떤 구절이 가장 마음에 드십니까?"

"천류불식(川流不息)하고 연징취영(淵澄取映)이라."

"냇물은 흘러 쉬지 않고, 못은 맑아 만상을 비춘다. 작은 물줄기가 흘러 대해(大海)에 이르듯 쉬지 않고 수양에 정진한다면 만상을 비추는 맑은 못처럼 큰 인물이 될 수 있다는 뜻이지요. 나리께서 선택할만한 구절입니다."

도경은 순수한 동경심을 담아 대답했다.

"그대도 마음에 드는 구절이 있소?"

"전 바로 그 앞의 구절을 선택하겠습니다."

"군자의 덕은 난향과 같이 멀리 퍼지고, 그 절개는 눈 속의 푸른 송백처럼 무성하네. 설중에 핀 동백도, 철이 아닌 계절에 굳세게 피어난 하백도 독야청청의 표본이라 할 수 있으니 그대와 잘 어울리는 구절이요."

"아니요."

그의 훌륭한 해석을 도경은 부정했다.

"전 그런 거창한 의미로 그 구절을 선택한 게 아닙니다."

"그럼?"

의문을 띠는 그에게 도경은 잠시 뜸을 들이다 대답했다.

"……나리한테서 좋은 난향이 납니다. 나리를 떠올리게 하는 세상의 모든 것이 저는 좋은 겁니다. 띠풀이 예뻐서가 아니라, 그것을 고운 님에게서 받았기에 좋은 것처럼요."

얼굴이 발갛게 달아오르면서도 당당히 고백했다. 그에 따른 불안감도 숨기지 않았다.

"이런 제가 혹 부담스러우십니까?"

"이런 그대이기에…… 당신이 좋소."

가슴이 뭉클할 만큼 감미로운 대답이었다. 도경은 그와 두 손을 맞잡고 오랫동안 서로를 마주 보았다. 그가 계속 이렇게 함께 있어 준다면 어떤 비바람이 닥쳐도 굳건하게 이겨 낼 수 있다고 확신했다.

그는 자신을 현묵이라고 소개했다. 밝음과 어둠을 이르는 현묵(顯默)이 아닌, 조용히 침묵한다는 의미의 현묵(玄默). 성이나 본향, 사는 곳 등을 밝히지 않은 것으로 보아 그것은 본명이 아닌 듯했다. 아직은 모든 걸 말할 수 없다는 입장을 조용히 침묵한다는 뜻의 이름으로 대신 전달한 것이라고 도경은 추측했다.

어찌하여 이름조차 알려 주지 않을까, 꼬치꼬치 캐묻거나 서운해하지 않았다. 견습 내관도 아니면서 왕에게 불려 가 괴롭힘을 당했던 소년. 당시에는 몰랐으나 이 나이가 되어 정세를 알고 나니 대략 짚이는 구석이 있었다.

선왕께선 당신을 충심으로 따르지 않는 형님의 측근들을 통제하기 위해 그들의 자제를 이용했다. 각 집안의 장손이나 장남을 세자의 배동으로 선정해 가까이 두었다. 대외적으로는 유화책으로 알려져 있으나 실제로는 아이들을 볼모로 삼은 것과 다름없었다. 명원 대군을 싸고도는 몇몇 중신을 어찌지 못한 선왕께서 그 조부와 아비를 대신해 아이들에게 실컷 화풀이했다는 후문도 남아 있었다.

믿거나 말거나 식의 풍문이었지만 이제 와 돌이켜 보면 대궐에서 길을 잃었을 때 바로 그 장면을 목격했던 것임을 도경은 뒤늦게 깨닫고 있다. 아마도 그때의 소년 또한 어른들의 사정으로 선왕께 시달려야 했던 세자의 배동이 아니었을까. 그렇다면 그는 혜명 윤문과 척을 진 가문의 직계일 것이다. 그간 모습을 숨기고 간접적으로 고마움을 표현한 이유가 설명되는 대목이었다.

도경은 그가 누구든 상관없으나 이런 마음을 그에게까지 강요하고 싶진 않았다. 저를 믿고 모든 것을 내보여 줄 그날까지 진심으로 사모하며 기다리기로 했다.

"오늘은 『주역』이 어떻겠소?"

"좋습니다."

그가 책을 고르는 동안 서가 사이를 걸어 다니던 도경이 흔쾌히 동의했다.

퀴퀴한 곰팡내와 먼지가 쌓인 책고라도 소중한 낭만이었다. 밖으로 나돌다 아는 이의 눈에 띄어 구설에라도 오르면 낭패이기에, 약속 장소를 이곳으로만 정하는 그에게 도경은 아무런 불만이 없었다. 하지만 가끔 엉뚱한 생각이 들기도 했다. 통로를 빠져나온 도경은 그에게 다가가 자리를 잡으며 농담 삼아 물었다.

"언젠가 여기에 있는 서책을 전부 읽게 된다면 그다음엔 우린 무얼 해야 할까요?"

"답답하오?"

책장을 넘기던 그가 고개를 들었다. 미안해하는 기색이라 아차 싶었다.

"아니요. 생각해 보니 쓸데없는 걱정이었습니다. 서책이 이렇게나 많은데 언제 다 읽겠습니까. 설령 전부 읽는다고 해도 다시 처음부터 끝까지 재독하고, 삼독하고, 반복해서 읽으면 될 일이지요."

"정말 그리해도 되겠소?"

"예. 나리의 목이 쉬지 않는다면 말입니다."

"그런데 어쩌지? 나는 슬슬 답답해지려던 참이오."

그가 호쾌하게 책을 덮고 일어섰다. 당장에라도 밖으로 나가자고 할 기세여서 도경은 소극적으로 움츠러들었다. 저야 장옷으로 얼굴을 가리면 되지만 사내는 그럴 수도 없으니 그가 괜한 추문에 휘말릴까 봐 걱정되었다.

"신중하십시오. 무리하지 않으셔도 괜찮습니다."

"오늘은 밖으로 나갑시다. 마침 갈 데가 있소."

그의 반응은 산뜻했다. 어쩔 수 없어서가 아니라 처음부터 다른 계획이 있었던 듯 미소 띤 만면에 여유가 넘쳤다.

그를 따라 도착한 곳은 진장방에 위치한 어느 와가였다. 주위에 고관대작의 거각이 많아 상대적으로 아담해 보이지만 그래서 더욱 실속 있고 아늑한 인상의 집이었다.

굳게 잠긴 대문을 대신해 간문을 통해 들어가니 세상의 번잡함이 떨어져 나가고 몽실몽실한 포근함이 심신을 에워쌌다. 사람의 기척은 없으나 구석구석 누군가의 손길을 탄 흔적도 역력했다.

"여기가 어디입니까?"

"조부님께 별급으로 받은 곳이오. 혼자만의 시간이 필요하거나 조용히 책을 읽고 싶을 때 가끔 들르고 있소."

사람은 없는데 온기가 느껴지는 이유가 바로 그 때문인 듯했다.

"어둡고 먼지 많은 곳에서 그대를 만나는 게 항상 마음에 걸렸소. 그렇다고 이곳에 데려오자니 처리해야 할 부분이 있더군."

"전 책고도 괜찮습니다."

"이제 동절이오. 조금 더 있으면 초설이 내리고 날은 더욱 추워지겠지. 지연되었던 이유는 정리되었으니 이곳을 편하게 사용해 주시오. 방은 따뜻하고, 마당과 후원도 제법 넓어 칙칙했던 책고보다는 훨씬 좋을 테니까."

드디어 그가 자신의 일부를 보여 주는 것 같아 도경은 기뻤다. 활짝 웃는 얼굴로 이곳을 비밀스러운 만남의 장소로 사용하는 데 동의했다. 천장 없이 뻥 뚫린 하늘 아래서 두 사람은 신선한 흙 내음을 맡으며 자유로이 집 구경에 나섰다.

"지금은 안 보이지만, 희귀한 품종의 월계화가 집 안 곳곳에 풍성하게 심겨 있소."

"나리께서도 화훼에 관심이 많으십니까?"

"그런 게 아니오. 여긴 조부님께서 신경 써 주셨지. 일종의 보상 같은 것이오."

여상한 그의 대답에서 심금을 울리는 옅은 서글픔이 전해졌다.

그가 선선대왕과 가까웠던 명망 높은 집안의 장손이라면 본가를 물려받아야 하니 거각을 받을 필요는 없었을 것이다. 하나 어떤 이유로 혼자서만 편히 쉴 공간을 그에게 마련해 줘야 할 일이 있었다는 뜻이 된다. 이를테면, 본인을 대신해 선왕께 괴롭힘을 당하는 손자에게 미안해 이런 곳을 마련해 주고 귀한 꽃을 심어 황폐해진 마음을 위로해야 하는……

그와 자신 앞에 놓인 미래가 생각보다 훨씬 험난하리라는 게 실감 나 도경은 슬펐다. 그래도 티를 내진 않았다. 그와 함께하는 시간을 최대한 아끼고 귀하게 사용하자는 결심만 굳어질 뿐이었다. 속에서 치고 오르는 뜨거운 덩어리를 꿀꺽 삼키며 도경은 명랑하게 물었다.

"월계화를 좋아하십니까?"

"붉은빛이 마음에 드오."

"적색을 좋아하시는군요?"

"붉은색을 보면 떠오르는 사람이 있거든."

은근한 그의 대답에 심장이 기대감을 품고 두근거렸다. 천천히 걷던 그도 움직임을 멈추고 돌아보았다.

"어느 날 조부께서 부르시어 무슨 꽃이 좋으냐고 하문하셨소. 하백이 좋다고 했더니 그런 꽃은 없다고 하시더군. 여기에 심을 꽃을 고르는 중인데 토실이라도 지어 동백을 심어 주랴 하시기에 괜찮다고 하였지. 그랬더니 화훼상을 전부 뒤져 붉은빛의 월계화를 이곳에 심어 주셨소. 손자가 남몰래 그리는 하백이 유월에 태어난 어떤 소녀일 거라곤 꿈에도 모르시고……."

심장이 제멋대로 쿵쾅쿵쾅 날뛰었다. 마음을 뒤흔드는 고백이었다. 오랫동안 나를 지켜보았냐고 묻고 싶었으나 그러지 못했던 물음에 대한 대답이기도 했다. 열이 올라 붉어진 두 뺨에 그의 손이 와 닿았다.

"내년에도 이곳에 월계화가 피겠지."

서로의 입술도 점점 가까워지고 있었다.

"그대에게 작은 기쁨이 되었으면 좋겠소."

"나리와 함께 완상할 수 있다면 그 어떤 꽃이라도 저에겐 특별합니다."

끝말은 거의 그에게 삼켜졌다. 하나로 포개어진 입술이 달고도 뜨거웠다. 머릿속이 흐물흐물 녹아내려 도경은 속절없이 그에게 빨려들었다.

불안해하는 유모와 열비의 만류에도 도경은 돌아보지 않았다. 불을 보고 흥분하여 뛰어드는 부나비처럼 마음 한 톨 아끼지 않고 송두리째 그에게 내주었다.

화로에 밤을 구우며 날리는 초설을 감상하고, 함박눈이 쌓인 날엔 흰 눈을 밟으며 아이처럼 뛰어놀았다. 말을 타고 목멱산 자락 청학동까지 달린 적도 있었다.

목적지는 그가 자주 찾는다는 산 중턱의 절벽.

경관이 빼어남에도 사람의 발길이 닿지 않아 한적하다는 그곳은 두 사람만의 특별한 나들이 장소가 되었다. 아래로는 경강처럼 넓은 호수가 굽어 보이고, 사계절이 특색 있게 아름다워 봄과 여름 그리고 가을의 풍경까지 고대하게 되는 곳이었다.

하루는 그곳의 눈밭을 걸으며 그가 물었다.

"내 이름조차 모르면서 어찌하여 아무것도 묻지 않소?"

"나리께서도 묻지 않으시니까요."

"난 그대가 누구인지 알고 있소."

"전 나리가 누구든 상관없습니다."

도경은 맞잡은 그의 손을 더욱 힘주어 잡았다. 뽀드득뽀드득 눈 밟는 소리가 산중에 가락처럼 울렸다.

"지금 제 손에 잡힌 이 온기의 주인이라면 당신이 어떤 분이시든 믿고 따를 겁니다."

"험난한 과정이 될 것이오."

"이겨 낼 겁니다."

"그대가 속한 세상에서 배척당할 수도 있소."

"그 역시도 감수해야지요."

담담하고도 차분한 대답이었다. 두 사람은 어느덧 꽁꽁 얼어붙은 호수가 내려다보이는 절벽 끝에 도착해 있었다. 손을 잡고 나란히 서서 불어오는 겨울의 된바람을 함께 맞았다.

"진정 그러하다면 조금만 더 기다려 주시오. 과정이 힘든 만큼 그 끝엔 안온하고 행복한 삶이 기다리고 있을 거라 약조하겠소."

북풍이 스쳐 코가 시렸지만 그와 맞잡은 손만은 따뜻했다. 어떤 시련이 닥쳐도 이 온기를 품고 있다면 도경은 길을 잃지 않을 자신이 있었다.

시간은 빠르게 흘렀다. 세상을 뒤덮었던 백설이 녹고 다시 찾아온 봄. 두 사람은 그들만의 세상인 진장방의 가옥에서 서로에게만 집중했다. 푸르게 솟아나는 봄의 새싹을 관찰하며 얼마 뒤 정원을 뒤덮을 붉은 월계화를 상상했다. 달콤한 향이 집안 곳곳에 퍼지고 꽃잎이 바람을 타고 날리면 그와 함께 이 계절의 붉은 경치를 완상하고 싶었다.

그날도 보통의 날이었다. 일찌감치 도착해 챙겨 온 음식을 차려 놓고 점점 더 탄탄해지는 월계화의 이파리를 확인했다. 그가 도착한 것은 바로 그 직후. 예정보다 이른 시각이었고 차림새 또한 흐트러져 있었다.

"말을 타고 오셨습니까?"

도경은 낯빛이 환해져 한달음에 달려갔다. 그에게서 전해지는 바람의 기운이 풋풋했다.

"천천히 오시지 않고요."

"갑자기 다른 일정이 생겼소."

"무슨 일이요?"

그의 매무새를 고쳐 주며 도경은 다정히 물었다.

"급히 어딜 다녀와야 하오. 며칠 걸릴 수 있으니 당분간 소식이 없어도 걱정하지는 말고. 그리고……."

그가 도경의 손을 덥석 잡았다. 바라보는 두 눈에 기대감과 걱정이 혼재되어 있었다.

"다녀오면 그대에게 긴히 할 말이 있소. 오늘 하려던 말인데 일정이 꼬여 또 미루게 되었군. 계속 기다리게 해 미안하오. 이후로는 절대 그러지 않겠소. 그대가 흔들리지 않고 지금처럼 이 자리에 있어 준다면, 가장 이른 시일 내에 격랑을 헤치고 모든 것을 안정시킬 것이오."

도경은 감격에 젖어 그를 올려다보았다. 기다리던 그 순간이 코앞으로 다가와 있음을 짐작게 하는 말이었다. 며칠 뒤 그가 볼일을 마치고 돌아오면 한바탕 폭풍우가 몰아치겠지만 각오는 이미 예전부터 되어 있었다. 솟아오르는 만감을 차분히 억누르고 도경은 밝은 모습을 유지했다.

"건강히 다녀오십시오. 전 항상 여기서 나리를 기다리고 있을 겁니다."

웃음이 가득한 얼굴로 떠나는 그를 배웅했다. 문밖까지 나가지 못하는 게 아쉬웠지만 조금만 더 기다리면 해결될 일이기에 많이 속상해하진 않았다. 도경은 눈을 감고 멀어지는 그의 발

걸음 소리를 들었다. 점점 더 작아지다 완전히 사라지기 직전의 기척까지 놓치지 않았다.

햇살이 따뜻한 보통의 날이었다. 불길한 징조나 특별한 느낌도 들지 않은, 이것이 작별의 순간이었다고는 믿어지지 않을 만큼 평범하고도 조용한 배웅이었다.

"그냥 잊으십시오. 정말 모르시겠습니까? 그자가 아가씨를 농락한 겁니다!"

전전긍긍하며 눈치만 살피던 열비가 마침내 울분을 터트렸다. 다른 때 같으면 불손하다고 눈을 부라렸을 유모도 이번만큼은 기꺼이 동조했다.

"그자가 수상한 건 사실입니다. 차마 아가씨께 말씀드리지 못했지만, 그간 나리가 누구인지 알아내기 위해 소인이 백방으로 노력하였습니다. 이웃들에게 물으니 하나같이 오래전 낙향한 이전 주인만 알고 있었습니다. 정히 궁금하면 관청에 뒷돈을 주고 알아보라는데, 그렇게까지 정체를 숨겼다는 게 소인은 심히 의심스럽습니다."

"맞습니다. 그자가 그 댁의 주인이 맞긴 한 걸까요? 젊은 사람이 그토록 좋은 동네에 집을 갖고 있다는 것 자체가 말이 되지 않습니다!"

그동안 도경을 위로하기 바빴던 저들이 이렇게까지 돌변한 건 불과 며칠 전의 일이었다. 끙끙거리며 밤에 잠도 못 잔 도경이 진장방의 가옥에 갔다가 그곳의 모든 출입문이 잠겨 안에 발도 들이지 못하고 돌아섰을 때부터. 이럴 수는 없다고 눈물 흘리는 그들을 앞에 두고 도경은 얼굴이 하얗게 질려 아무 말도 하지 못했다.

그 집에 누군가가 밤마다 다녀간다는 걸 처음부터 알고 있었다. 그와 다과를 즐기다 미처 치우고 못 하고 떠나도 다음 날 가 보면 그 집은 늘 처음 상태로 정리되어 있었다. 그가 돌아오지 않는 동안에도 한결같았다. 그렇기에 도경은 그의 부재를 불안해하면서도 견딜 수 있었다. 그런데 하루아침에 문이 잠겨 들어가지도 못하고 돌아서야 했으니, 망연해진 도경을 대신해 저들이 분노하며 가슴을 두드리는 것이었다.

두 사람의 심정을 이해한다. 표면적으로 버림받은 것처럼 보이겠지. 하지만 저들은 그와 자신의 역사를 모른다. 긴 세월, 어떻게 서로 연결되어 있었는지. 한번 자취를 감추었던 그가 어떻게 다시 제 앞에 모습을 드러내었는지. 이대로 버림받을 리 없음을 확신하며 도경은 어떠한 말도 없이 자리에서 일어섰다.

"또 거기 가십니까? 가지 마십시오."

유모가 속상해하며 도경을 붙잡았다.

"여기에 잠깐 앉아 계시다가 오늘은 일찍 귀가하십시오. 국상 중이 아닙니까."

갈 곳이 없어진 도경은 안국방 아기씨의 자리로 돌아왔다.

멍하니 이 자리에 앉아 있다가 그 집으로 가서 잠긴 문을 확인하고 돌아서는 일상을 반복하고 있었다. 오늘이라고 예외가 될 수는 없다. 유모의 만류에도 불구하고 도경은 진장방으로 향하는 발길을 멈추지 않았다.

중전께서 하세하시어 거리엔 상복을 입은 흰색 물결로 가득했다. 흉흉한 소문도 들려왔다.

"그 얘기 들었는가? 채 대감 댁 장손께서 돌아가셨다는구먼."

"헛소문 좀 퍼트리지 말게. 의식이 없으실 뿐 숨은 아직 붙어 있으시다네."

"이렇게 소식이 늦어서야, 원……. 결국 얼마 못 버티고 졸하셨다니까! 하필 국상이랑 겹쳐 예성 채문에서 조용히 상을 치렀다지 않는가!"

"그만들 싸우게. 산송장이 되셨다면 살아도 산목숨이 아니니 돌아가신 거나 마찬가지지. 쯧쯧. 출중하신 분이라고 칭송이 자자하였는데, 젊은 나이에 어쩌다가 그런 변을 당하셨을꼬."

이런저런 이야기로 세상이 들썩거렸지만 도경에겐 그저 남의 일이었다. 혼이 빠진 허깨비처럼 터벅터벅 걸었다. 앞을 보지도 않고 다리가 이끄는 대로 움직여 그곳을 찾아갔다.

항상 들락거리던 간문으로 다가가 손을 대 보았다. 굳게 잠긴 것을 확인하고 담벼락을 따라 다른 문으로 이동했다. 수척해진 얼굴로 힘없이 걷는데 어디선가 향긋한 내음이 불어와 코끝을 간질였다. 도경은 걸음을 멈추고 고개를 들어 위를 올려다보았다. 바람을 타고 붉은빛의 꽃잎이 담장을 넘어오고 있었다.

……월계화가 피는 계절.

시간은 어느덧 이렇게나 흘러 있었다. 그것을 자각하자 뜨거운 눈물이 두 뺨을 적시며 흘러내렸다.

'내년에도 이곳에 월계화가 피겠지.'

'그대에게 작은 기쁨이 되었으면 좋겠소.'

좋아했던 그의 목소리가 아련하게 되살아나 귓가에 울렸다. 어디선가 당장에라도 그가 튀어나오는 상상을 하게 된다. 오래 기다리게 해 미안하다고, 앞으로의 우리 삶은 안온하고 행복할 거라고 속삭이며 손을 잡아 줄 것 같았다.

언제쯤 당신이 돌아올까.

월계화가 피어 이토록 향기로운데 담장 너머 저쪽을 볼 수 없는 현실이 너무도 슬프고 안타까웠다. 그래서 눈물이 펑펑 흘렀다. 시간이 얼마나 걸리더라도 흔들리지 않고 이 자리에 서 있는, 유월에 태어난 어떤 여인이 있다는 걸 그가 기억하고 돌아와 주기를 바랐다.

한번 토해 낸 오열로 속을 비운 도경은 다시 처음으로 돌아가 그를 기다렸다. 잘 웃고, 잘 먹고, 찌그러진 하백이 음각된 거상을 찾아 그와의 추억을 되새겼다. 시간은 따분하게 흘렀다. 붉게 물든 단풍잎을 손에 쥐어 보고 잘 익은 밤을 주워 거상에 올려 보았다. 눈이 날리고 새해가 밝고 다시 봄을 맞아 열

여덟이 되었다.

그즈음 대비전에서 은밀한 내지가 내려왔다. 자신과 연관된 그 내용에 도경은 반발하지 않았다. 어차피 간택은 왕실의 권한이기에 부모님이 할 수 있는 게 없다는 걸 잘 아는 까닭이었다. 순순히 입궐해 대비께 큰절을 올리고 바짝 엎드려 자신의 부족함을 아뢰었다. 정절을 지키기 위해서라면 자결이라도 할 준비가 되어 있었다.

그러자 이어진 은밀한 제안.

대비께서 수를 두고 계시는 듯 보였으나 국혼을 피할 수 있다면 못 할 일은 아니었다. 기꺼이 동의한 도경은 조용히 물러나 소식을 기다렸다. 그리고 날아온 전갈엔 뜻밖의 내용이 포함되어 있었다. 예성 채문의 본가인 가회방의 거각에 정기적으로 드나드는 것이 아닌, 목멱산 기슭 청학동에 자리한 별저에서 머물러야 한다는 것이었다.

그렇다면 진장방의 가옥에서 얼마나 멀어지게 되는 것인가?

좌절했던 도경은 곧 그와의 나들이 장소를 떠올렸다. 그분이 좋아해 말을 타고 함께 다녀오곤 했던 그 절벽. 한 번 더 가 보고 싶었지만, 가마를 타고 다녀오기엔 무리가 있어 가지 못했던 그곳이 바로 청학동에 있었다. 장소가 변경되었다는 소식을 접한 뒤 상심했던 도경은 거기라도 편안히 다닐 수 있게 되었음에 그나마 안도했다. 그와의 추억이 짙게 서린 그곳에서 자신의 기다림을 계속 이어 가기로 했다.

"봄입니다, 아가씨. 꽃이 엄청나게 피었어요!"

안국방을 출발해 청학동으로 가는 길, 가마 너머에서 열비의 명랑한 목소리가 재잘재잘 들려왔다. 우울해하는 상전을 위로코자 그녀가 과장하고 있다는 걸 모르지 않았다.

기운이 빠져 밖을 내다보니 저 멀리 보이는 청초한 들꽃이 코앞까지 불쑥 다가왔다. 나이 어린 도경을 상전으로 정성껏 섬겨 온 젊은 겸인 고 서방의 솜씨였다. 도경은 그에게 감사의 미소를 보내고 정갈하게 만든 꽃다발을 슬픈 눈으로 내려다보았다.

그로부터 약 두 식경 뒤, 가마에서 내린 도경은 예천댁을 따라 감우당에 처음으로 발을 들여놓았다. 명성이 자자한 별저답게 눈에 보이는 모든 풍경이 아름다웠는데, 어딘가 축 처지고 정적인 기운이 도는 것이 매우 독특했다.

심지어 오가는 하인들의 움직임마저도 조심스러웠다. 봄볕이 처연하고, 애달픔이 짙게 깔렸으며, 모든 것이 숨을 죽인 느낌이었다. 이대로 꽃나무가 만개하고 화단에 꽃까지 핀다면 너무나 아름다워, 더욱 진한 비애를 자아낼 것 같았다.

어떻게 이럴 수가 있나, 도경은 의아해하며 주위를 훑어보았다. 별저 전체가 아픔을 품고 있는 분위기였다. 너무 밝지만은 않아, 한없이 평화로운 별세계 같은 느낌이 아니어서 오히려 좋았다. 그러면서도 한편으론, 예성 채문이 이런 분위기를 품게 된 것이 작년에 있었던 비극 때문이 아니었을까 조심스레 추측해 보았다.

"저쪽은 무엇인가?"

짐을 풀고 예천댁의 안내를 받아 감우당을 둘러보던 도경은 저 너머, 눈에 띄는 한 건물을 가리켰다. 비록 보이는 건 일부에 지나지 않지만 울창한 수림에 고요히 둘러싸인 경관이 주의를 끌었다.

"예전에는 서옥이었고, 지금은 따로 기거하는 주인이 계십니다. 안정을 취하셔야 하는 분이니, 저곳을 비롯해 연결된 원림에도 출입을 금하여 주십시오."

산자락에 위치한 이곳엔 원림으로 착각할 뻔했던 넓은 후원과 곳곳에 조성된 정원, 그리고 수많은 화단이 있었다. 눈에 보이는 자연적 요소가 풍부해 가지 말라는 곳에 미련을 둘 이유는 없었다. 도경은 고개를 끄덕이고 무심히 발길을 돌렸다.

감우당에는 자수 모임을 함께할 세 명의 다른 규수가 있었다. 청초하면서도 조숙한 분위기의 채자영과 무뚝뚝한 김여은. 그리고 채재윤과 정혼할지도 모른다는 소문이 돌고 있는 민서윤이었다. 모두가 저마다의 개성이 또렷했고, 도경 역시 마음의 여유가 없어 넷은 함께 어울리지 못했다. 서로 데면데면하게 지내다 어쩌다 한 번씩 물끄러미 자신을 바라보는 채자영과 눈이 마주쳤다.

감우당에 와 적응을 끝낸 도경은 마침내 시간을 내 산 중턱의 경관 좋은 그곳으로 걸음 했다. 열비를 대동하지 않고 가도 될 만큼 그곳의 절벽은 별저에서 멀지 않았다. 눈과 얼음 대신 포슬포슬한 흙을 밟으며 그와 함께했던 오솔길을 홀로 걸었다.

바람이 시원하고 나뭇잎이 우수수 흔들렸다. 사시사철 아름다운 곳이라는 그의 말을 상기하며 호젓한 길을 빠져나왔다. 도경은 시선을 들어 절벽 쪽을 바라보다 홀연히 두 발을 멈추었다. 고요했던 가슴이 요동치고 손이 떨렸다. 시선은 한 사내의 뒷모습에 고정되어 있었다.

한낮에 상투를 드러낸 그는 이곳에 오면 도경이 늘 머물던 자리에 서서 바람을 쐬고 있었다. 뒷모습이라지만 그를 못 알아볼 리 없었다. 목이 메어 소리조차 나오지 않았다. 후드득 흘러내린 눈물이 발아래로 툭툭 떨어져 내렸다.

그가 돌아왔다.

흔들리지 않고 기다렸던 정인의 곁으로.

도경은 그를 부르며 뛰어가려다 채 첫마디도 꺼내지 못하고 얼어붙었다. 불시에 돌아선 그의 얼굴에 병색이 완연했다. 날카로워 보일 만큼 홀쭉해진 뺨과 부르튼 입술, 멍든 관자놀이, 그리고……

도경은 눈도 깜박이지 못하고 점점 더 가까워지는 그를 주시했다. 총기가 가득했던 두 눈이 빛이 꺼진 듯 어두웠다. 손에 쥔 청려(靑藜, 명아주의 대로 만든 지팡이)에 신경을 집중하고 걷는 모습이 현실 같지 않았다.

망연자실 그를 바라보는 사이, 한 걸음 앞까지 가까워진 그가 도경을 지나쳤다. 근처에 누가 있는지도 모르는 기색이었다.

내가 있는데…… 이렇게 바로 옆에 내가 서 있는데…….

그는 아무것도 보지 못하고 그저 멀어졌다. 한 걸음, 두 걸음, 세 걸음…….

도경을 지나간 바람이 그에게도 날아갔다. 청려에 의지해 걸음을 옮기던 사내가 우뚝 멈춰 섰다. 울음이 터진 도경은 한달음에 달려가 뒤에서 그의 허리를 끌어안았다.

왜 이러신 겁니까?

어쩌다가 이리되셨습니까!

수많은 질문이 머릿속을 가득 메웠으나 중요한 건 그게 아니었다. 도경은 가슴이 무너져 그의 등에 얼굴을 묻고 흐느꼈다.

"여기 계셨습니까? 이곳에 계신 줄도 모르고 진장방 가옥 앞을 매일 헤맸습니다. ……기다렸습니다. 하루도 빠짐없이 당신이 돌아와 줄 날을 기다렸습니다."

기쁨과 슬픔, 안타까움과 절망이 점철된 눈물이기도 했다. 미동조차 없던 그에게서 위태로운 긴장이 느껴진 건 잠시 뒤였다. 이상한 낌새를 알아챈 동시에 흙바닥에 청려가 떨어져 굴렀다. 그가 몸을 휘청했다. 놀란 도경이 팔을 풀고 그를 부축해 봤으나 이미 늦었다.

"으윽……!"

손으로 머리를 감싼 그가 신음을 흘리며 쓰러졌다. 안색이 파리해져 부르튼 입술을 짓씹었다. 너무나 괴롭고 고통스러워 보여 뭐라도 하지 않으면 큰일 날 것 같았다.

"나리!"

"도련님!"

놀란 도경이 그를 어찌해 볼 틈도 없이 무복 차림의 젊은 사내가 쏜살같이 달려왔다. 도경에겐 눈길 한번 주지 않고 그를 업자마자 헐레벌떡 산길을 내려갔다.

혼이 빠져 몸이 달달 떨리면서도 도경은 허겁지겁 그들을 쫓아갔다. 눈물을 닦지도 못한 채, 발을 헛디뎌 비틀거리면서도 기를 쓰고 그들을 따라가다가 어느 지점에 이르러 석상처럼 굳어졌다. 도경은 얼이 빠져 조금 전 그들이 사라진 곳을 응시했다. 처음 보는 출입문이었지만 저곳이 어디인지 알고 있었다.

……감우당.

저곳은 감우당이 틀림없었다. 머릿속이 뒤죽박죽되었다. 이게 어떻게 된 일인지 몰라 눈앞이 아득해지는 와중 작년에 있었던 비극적인 소문 하나가 뇌리에 떠올랐다.

'채 대감 댁 장손께서 오늘내일한다지 뭡니까. 산송장이 되어 눈도 뜨지 못한다더니, 끝내 가려는 모양입니다.'

도성 밖 왕실 사냥터에서 있었던 기습 사건. 당시 성상께선 무사하셨으나 상을 대신해 몸을 던진 예성 채문의 종손이 돌이킬 수 없는 화를 입었다고, 안채를 방문한 부인들이 소곤거렸다. 혹자는 그가 이미 요절하였다고 말했고, 다른 이는 그가 간신히 숨만 쉬고 있다고 떠들었다.

도경은 얼굴이 하얗게 질려 흙바닥에 털썩 주저앉았다.

'예전에는 서옥이었고, 지금은 따로 기거하는 주인이 계십니

다. 안정을 취하셔야 하는 분이니, 저곳을 비롯해 연결된 원림에도 출입을 금하여 주십시오.'

예천댁이 말했던 서옥과 원림의 주인. 그가 바로 전 영의정의 장손이자 현 이조 판서의 장남이며 자신의 정인이었다는 사실을 도경은 이제야 깨닫고 충격에 빠졌다. 그가 혜명 윤문과 반목하는 집안에 속했을 거라고 짐작하면서도 영수라 지칭되는 예성 채문의 자손일 거라곤 상상도 못 했다. 아무리 왕일지라도 명문대가의 장손을 그리할 수 없다고 여겼기에, 정말이지 생각조차 해 본 적이 없었다.

그런데, 그런데…….

가슴이 찢어져 뜨거운 눈물로 분출되었다. 지난 일 년, 그에 관한 끔찍한 소문을 수없이 접했다. 기다리던 임이 저 지경이 되었다고 도처에서 떠들고 있었는데, 내 문제가 더 아프다며 귀를 닫고 관심 두지 않았다.

얼마나 괴로웠을까, 얼마나 힘들었을까!

억장이 무너져 자책했다. 그가 생사의 기로에서 죽음과 사투할 때, 월계화를 보지 못했다고 투정이나 부린 것이 미안했다. 세심하게 알아보지 못한 것이 후회되었다. 도경은 새카맣게 타서 재가 되어 버린 가슴을 움켜잡고 한참이나 목 놓아 울었다. 날씨가 화창한, 아름다운 봄날의 비극이었다.

그는 이름마저도 근사했다. 재 자 헌 자를 써서 채재헌. 드디어 그의 이름을 알게 된 도경은 충혈된 눈으로 감우당의 원림에서 산길로 통하는 출입구 앞을 서성거렸다. 며칠이나 밤낮으로 정성을 들인 덕에 산 중턱에서 보았던 그의 무사와 마주쳤다.

그는 도경이 상전의 정인이라는 것과 진장방의 가옥에서 함께 보낸 시간을 알고 있었다. 조금씩 흐트러뜨려도 그곳이 늘 정돈되어 있었던 이유. 그것이 바로 재헌을 지키는 무사가 밤마다 다녀갔기 때문임을 도경도 그제야 알게 되었다.

어찌하여 나리의 상태를 알려 주지도 않고 문을 잠갔느냐 원망하는 말에 그가 대답했다.

"도련님의 명에 따랐을 뿐입니다."

무릎에서 힘이 빠지는 것을 꿋꿋이 참아 냈다. 바보가 아닌 이상 그것이 이별을 고한다는 의미임을 모를 수 없었다. 또한, 그의 진심일 리 없다는 것까지도…….

제발 나리를 만나게 해 달라고 부탁했다.

"소인이 해 드릴 수 있는 것은 아무것도 없습니다."

돌아온 대답은 무정했다. 무사는 여지도 주지 않고 돌아섰다. 길을 막고 애걸복걸해도 충성심이 강한 심복에겐 통하지 않았다.

도경은 원림으로 통하는 모든 문을 확인하고 다녔다. 하나같이 굳게 잠겨 있었다. 어쩔 수 없이 월담을 고려했다. 넘어가기 가장 적당한 높이의 담을 찾아 위를 올려다보았다. 기우뚱, 담장이 두 겹 세 겹으로 겹쳐 보이며 세상이 흔들렸다. 지난 며칠, 밤잠을 설치고 끼니를 걸렀더니 속이 메스껍고 어지러웠다. 두훈 증세를 가라앉히기 위해 눈을 꼭 감았다.

"거기서 뭐 하십니까?"

얼마 뒤 차분한 목소리 하나가 들려왔다. 살며시 눈을 뜨고 소리가 난 방향을 돌아보니 채자영이었다.

"아, 저는⋯⋯."

도경은 급히 핑계를 대려다 입을 다물었다. 자영이 유독 자신을 바라보곤 했던 것이 기억났다. 혹 재헌과의 관계를 그녀도 알고 있었던 게 아닐지, 강한 의문이 솟았다.

"소저께선 이전에도 저를 알고 계셨습니까?"

"제 또래 중엔 모르는 사람이 드물 겁니다."

돌아온 대답은 완전히 예상을 빗나갔다.

"하백을 태몽으로 태어난 안국방의 아기씨는 붉은 꽃처럼 아름다우시더라. 귀가 닳도록 들어 궁금하였습니다. 정녕 꽃처럼 어여쁜 분이신지."

도경은 안면이 후끈 달아올랐다. 그녀의 말대로라면 동백을 닮았는지 암만 봐도 모르겠어서 바라보았다고 해도 맞는 말일 테니까. 민망함에 눈을 내리뜨고 '그건 헛소문입니다'라고 어물거리자 이번엔 자영이 공세를 취했다.

"그럼 이제 말씀해 주십시오. 소저께선 어디를 보고 계셨습니까?"

"그냥⋯⋯ 화경(畫境)으로 소문이 자자한 감우당의 원림이 궁금하였습니다."

언뜻 떠오르는 가장 무난한 핑계를 주섬주섬 갖다 댔다. 자영도 별로 의심하지 않았다.

"후원과는 또 다른 정취를 느낄 수 있는 곳이지요. 지금은 주인이 따로 있어 개방하지 않고 있습니다."

"예. 들어 알고 있습니다."

"하나 원림은 후원과 견줄 수도 없을 만큼 넓은 곳입니다. 한 명쯤 들어가 거닐어 본다고 한들 그곳의 주인께 방해되는 일은 없을 테지요."

시무룩해 있던 도경은 눈이 커다래져 그녀를 보았다. 정해진 규율을 지켜 달라, 핀잔이나 들을 줄 알았는데 뜻밖이었다.

"이쪽으로 오십시오."

도경은 멍멍한 기운을 지우고 자영을 쫓아갔다.

열심히 걸어서 도착한 곳은 후원의 끝자락. 벽을 뒤덮은 덩굴 식물을 젖히자 감쪽같이 숨겨진 문이 하나 나왔다. 감탄을 흘리는 도경에게 자영은 더욱 놀랄 만한 말을 했다.

"만약을 대비해 늘 열어 놓는 곳입니다. 다른 이에게 절대 발설치 않겠다, 약조해 주신다면 한 번씩 들어가 거니셔도 괜찮습니다."

"정말입니까?"

"예. 대신 조심스레 드나들어 주십시오."

절망 속에 찾아온 예견치 못한 행운이었다. 도경은 가슴이 두근두근 뛰어 세차게 고개를 끄덕였다.

감우당의 원림은 세상과는 동떨어진, 고요하고도 신비로운 곳이었다. 너무 넓어 서옥을 찾는 데도 한참이 걸렸지만,

그가 어디 있는지 안다는 사실만으로도 도경에겐 위안이 되었다.

며칠간의 노력 끝에 그를 발견하자 눈물이 왈칵 치솟았다. 멀리서도 눈에 띄었으며 누구보다 빛이 나던 분이었다. 그랬던 그가 세상을 등지고 청려에 의지해 인적 없는 원림을 쓸쓸히 걷고 있다.

누가 그를 저리 만들었나.

기습을 강행한 자들에게 분노가 치밀었다. 무슨 일이 있어도 천벌을 받으라고 저주했다. 당신을 지키고자 제 한 몸을 희생하였음에도 이렇게 방치해 둔 성상 역시 원망스러웠다. 예성 채문에서 귀하다는 온갖 약재를 사용 중이라는 걸 알면서도 화가 수그러들지 않았다. 왜 저 사람을 저리 홀로 내버려 두냐고, 무슨 수를 써 봐야 하는 거 아니냐고 소리치고 싶었다.

도경은 단단히 맺히는 분노의 응어리를 어쩌지 못해 눈물을 훔쳤다. 속상하고 가슴이 쓰리면서도 변하지 않는 사실이 하나 있다면 그를 향한 자신의 진실한 마음이었다. 그를 연모하고 동경한다. 예전에도 그랬지만 앞으로도 그는 저에게 있어 크나큰 행운이었다.

목구멍이 지글지글 뜨겁게 끓어오르는 걸 억지로 삼키며 도경은 그에게 다가갔다.

"나리."

한쪽 방향으로만 걷던 그가 조용히 멈춰 섰다. 저번처럼 발작을 일으키거나 격한 반응을 보일까 봐 긴장하고 지켜보았다. 다행히 그때처럼 급격한 감정적 변화는 보이지 않았다. 오히려 정적이다 못해 서늘하기까지 했다.

"얘기는 들었소. 감우당에서 지내게 되었다고?"

"제가 궁금하지도 않으셨습니까?"

안정적인 그의 상태에 감사하면서도 내심 서운함이 밀려왔다. 도경은 그리움을 담아 원망했다.

"우연히 만나지 않았다면 끝내 연락조차 안 주실 작정이셨습니까?"

"심기를 상하게 해 미안하오."

"기다렸습니다."

"갈 수 없는 형편이 되었으니 이제 기다리지 마시오. 이리 찾아오지도 말고."

그의 대답은 냉담했다. 만사가 귀찮다며 걸음을 옮기는 그에게 도경은 황급히 다가가 소매를 붙잡았다.

"나리……!"

"제발!"

그가 신경질적으로 손을 뿌리쳤다. 날카롭고 예민한 반응이었다.

"날 건드리지 마시오. 내 몸에 타인의 손길이 닿는 게 싫소!"

진절머리가 난다는 듯 청려를 움켜쥔 그의 손이 가늘게 떨렸다. 도경은 가슴이 미어져 울먹이면서도 움츠러들지 않았다.

"허락도 없이 손을 대 송구합니다. 하지만 어떤 말씀을 하셔도 전 상처 받지 않을 겁니다. 이런 식의 내침이 나리의 진심이 아니라는 것을 알고 있습니다."

"그만하시오. 난 지금 아무것도 생각하고 싶지 않소. 그러기엔 너무 지치고 피곤하오. 내 한 몸을 가누기도 버겁단 말이오!"

"귀찮게 하지 않겠습니다. 나리께 짐이 되지 않을 겁니다."

"돌아가시오. 무슨 수로 들어왔는지 모르겠으나 여긴 나만의 공간이오. 그 누구의 방해도 받고 싶지 않소."

그에게서 고단한 기색이 또렷이 묻어났다. 너는 나의 돌아갈 수 없는 과거라고 이미 정의해 놓은 것 같았다. 따라오지 말라는 냉정한 말과 함께 그가 다시 가던 길을 걸었다.

도경은 가슴이 아릿하면서도 뒷걸음질 치지 않았다. 적당히 거리가 벌어질 때까지 기다렸다가 그를 뒤따랐다. 절대 포기하지 않겠다는 다짐이었는데, 어두운 눈으로 걸어가던 재헌이 갑자기 털썩 쓰러졌다. 늦가을, 메마른 나뭇잎이 바람에 떨어지듯 무기력한 낙하였다. 도경은 기함하여 그에게 달려갔다.

재헌은 부친을 위해 산에 약초를 캐러 갔던 민씨 집안 남매에 의해 구조되었다. 볼일을 마치고 오후가 되어 느지막이 내려오던 그들이 손을 씻으러 계곡에 내려갔다가 피범벅이 되어 쓰러진 그를 발견했다고 한다.

그 덕에 재헌은 간신히 목숨을 건졌으나 안타깝게도 독이 상당히 퍼진 뒤였다. 해독이 안 돼 여러 날 고열에 시달린 그는 끝내 시력을 잃고 눈이 멀었다. 그뿐 아니라 불시에 의식을 잃고 혼절하는 이상 증세도 다스리지 못하고 있었다. 절벽 근처에서 재회했을 때 그의 얼굴에 멍이 들어 있던 까닭이었다.

차가웠던 그의 외면 이후 열심히 쫓아다니다 보니 도경은 그에 대해 많은 것을 알게 되었다. 며칠씩 그가 안 보이면 열이 심해 몸져누웠다는 뜻이었다. 그나마 몸이 가뿐해지면 산보를 나오는데, 가는 장소가 늘 정해져 있었다.

원림에서 가장 크고 오래된 나무가 우뚝 솟아 있는 곳.

서옥에서부터 그곳까지, 재헌은 산책 삼아 슬슬 걸어가 고목 아래 드리워진 그늘에 앉아 휴식을 취했다. 가장 좋아하는 장소처럼 보였다.

이따금 그는 무방비하게 풀밭에 널브러져 있었다. 의식을 잃고 실신한 상태였다. 처음에는 너무 놀라 가슴을 졸였으나 차차 그런 증세에 적응했다. 언제 어디서 쓰러질지 몰라 그의 호위와 수종이 애를 태워도 재헌이 산책길에 절대 따라붙지 못하게 한다는 사실도 알게 되었다.

하여 도경은 그에게서 멀찍이 떨어져 함께 산보하고, 그늘에 앉아 있다가, 그가 서옥까지 무사히 돌아가는 모습을 지켜보았다. 재헌이 의식을 잃고 쓰러지는 날이면 시간이 지나 깨어날 때까지 곁에 꼭 붙어 있었다.

어느 날, 이런 행동을 들키고 말았을 때 도경은 단호히 요구했다.

"가란 말은 하지 마십시오. 이별에도 예의와 절차가 필요한 법입니다. 지치고 힘들면 알아서 돌아설 것이니 나리께선 그때까지 참고 기다리셔야 합니다!"

재헌이 과민한 반응이라도 보일까 봐 실은 조마조마했다.

의외로 그는 차분했다. 씩씩거리는 도경을 가만히 놔두더니 아무런 말도 없이 서옥으로 돌아갔다. 그것이 마지막이 될까 봐, 다시는 서옥에서 나오지 않을까 봐 도경은 겁이 났다.

다음 날, 그는 아무 일도 없었던 듯 다시 산책을 나왔다. 이쪽에서 기척을 내도 별다른 소리를 하지 않았다. 받아 줄 여유는 없으나 그대의 주장도 일리는 있으니 당분간 접근을 허하겠다는 암묵적인 동의로 도경은 이해했다. 그날부로 두 사람은 정식으로 원림을 공유하기 시작했다.

쓰러지면서 생기는 충격 탓에 그는 항상 멍과 상처를 달고 살았다. 볼 때마다 가슴이 아파 도경은 늘 약을 챙겼다. 혹시라도 그가 의식을 잃고 혼절한 날이면 상처 부위에 몰래몰래 발라 주었다. 옆에 누워 조심히 그를 안아 주었고 그리웠던 체향을 실컷 들이마셨다.

도경은 온 신경을 그에게만 집중했다. 모임을 함께하는 규수들이 있었지만, 누구의 몸 상태가 어떠한지, 그들에게 무슨 고민이 있는지 돌아볼 여유가 없었다. 예성 채문 사람들이 마을로 내려가 감우당이 비다시피 했던 날 우연히 김여은의 낯선 모습을 목격했을 때도 마찬가지였다.

몸이 좋지 않다며 며칠간 모임에도 나오지 않았던 그녀. 꽃

묶음을 만들어 두 팔에 안고 환히 웃고 있는 모습이 놀라웠다. 아무도 없는 후원을 사뿐사뿐 거닌 여은은 간문을 통해 목멱산과 이어진 길로 사라졌다.

설렘이 가득한 뒷모습이 눈에 밟혀 도경은 쫓아가서 안부라도 물을까 하다가 그만두었다. 재헌이 언제 나오고 들어갈지 모르니 한시라도 긴장을 늦출 수 없었다.

그날 오후, 처소로 돌아온 도경은 흉흉한 소식을 전해 들었다.

"감우당에 도둑이 들었습니다."

"그게 무슨 소리야?"

도경은 깜짝 놀라 관심을 보였다.

"여은 아가씨께서 처소를 비운 사이 일이 벌어졌다고 합니다. 돌아가신 모친께 물려받은 패물함이 통째로 사라졌다고요."

"다른 곳도 아니고 예성 채문의 별저를 누가 감히 대낮에 범했단 말이냐?"

"그게 조금 요상하답니다. 다른 귀중품은 건드리지도 않고 하필 그것만 콕 집어 가져갔나 봅니다. 면식범이 아니냐고 여쭈었더니 여은 아가씨가 얼굴이 하얗게 질려 입을 꾹 다무시더랍니다."

"상심이 크셨겠지. 선대부인의 유품이라니 하루빨리 찾으셔야 할 텐데……."

도경은 진심으로 여은을 염려하면서도 딱 거기까지였다. 이

후 사건이 흐지부지되어 그녀에게 무슨 일이 생겼는지 알지 못했다.

시간은 유수처럼 흘렀다. 바람 속에 짙은 풀 냄새가 배고 고목에 붙은 매미가 청량하게 울어 대는 계절이었다. 그새 도경은 재헌의 산보에 함께할 수 있는 유일한 상대로 인정받았다. 이전처럼 그가 언제 나올지 몰라 밖에서 하염없이 기다릴 필요도 없어졌다. 시간은 고정되었고, 혹시라도 변경되거나 그의 몸이 좋지 않아 나오지 못할 땐 정이 은밀하게 찾아와 미리 알려 주었다.

"내일은 밤에 나올까 하오."

한 번씩 그가 직접 다음 날의 계획을 말해 주기도 했다. 달빛 아래서 원림을 거니는 시간을 도경은 가장 좋아했다. 그날도 두 사람은 느지막이 산보를 나섰다.

그가 다니는 동선을 따라 등불이 은은하게 길을 비추고 여름의 밤바람은 시원하게 귀밑머리를 흔들었다. 목적지에 도착해 아름드리나무에 등을 기대고 한참이나 함께 앉아 있었다. 풀벌레 우는 소리가 처연하게 가슴을 울리는 밤이었다. 도경은 쏟아질 듯 하늘에서 반짝이는 별을 올려다보다 옆에 앉은 재헌에게로 고개를 돌렸다.

그는 점점 야위어 가고 있었다. 병석에 누워 산보를 나오지 못하는 날도 많아졌다. 그렇기에 감우당에 길게 머물고 있었으나 그와 함께했던 시간을 꼽아 보면 얼마 되지 않았다. 이곳에 오래 있었던 만큼 안국방으로 돌아갈 날도 머지 않았다고 생각하니 벌써부터 가슴이 죄어들고 눈가가 시큰했다.

"왜 그렇게 빤히 보고 있소?"

"알고 계셨습니까?"

"눈이 어두워지니 신체의 다른 감각이 예민해지더군."

그 말이 서글퍼 울컥하면서도 도경은 태연히 질문했다.

"나리의 몸에 제 손이 닿는 게 여전히 싫으십니까?"

"싫다 하면 건들지 않을 생각이오?"

"아니요."

뻔뻔하고도 진지한 대답에 그가 피식 옅은 웃음을 지었다. 도경은 그에게 바짝 붙어 눈에 띄게 약해진 어깨에 머리를 기댔다.

"나리께서 혼절하셨을 때 제가 항상 안아 드렸습니다."

그 정도는 이미 알고 있었는지 그는 별다른 반응 없이 평온했다. 도경을 걱정하기도 했다.

"무슨 고민이라도 있소?"

"궁금하여서요."

도경은 고개를 살짝 들어 가까이서 그를 자세히 올려다보았다.

"이렇게까지 함께 지냈는데도 나리가 미워지지 않으니, 전 어찌해야 합니까?"

"스스로 해답을 찾으시오. 이미 말했듯 난 내 한 몸을 건사하기도 버거운 사람이오."

"그렇다면…… 제가 나리를 책임지고 싶습니다."

불쑥 건넨 짧은 말에 느슨하게 풀어졌던 분위기가 단숨에 경직되었다. 도경은 장난인 척 말을 돌리지 않았다. 즉흥적으로 던진 말이 아니었다. 매일 밤 그와 함께할 방법을 궁리하다 최종적으로 내린 결론이었다. 누군가를 책임지고 보호해야 할 역할이란 사내만이 할 수 있는 일이 아니었다. 냉소적인 그의 표정을 보면서도 아랑곳하지 않았다.

"믿고 기다리라 하지 않으셨습니까? 여태까지 그리하였으니 이제 나리께서 저를 믿고 따라와 주십시오."

"말이 되는 소리를 하시오."

"우리 사이에 변한 것은 아무것도 없습니다. 전 나리를 연모합니다. 나리께서도 그러하시다는 거 알고 있습니다. 서로 반목하는 집안에 속해 있다는 것, 나리의 건강이 예전만 못하다는 것. 그런 부차적인 문제가 우리의 미래에 걸림돌이 될 순 없습니다."

"날 어떻게 책임지겠다는 것이오?"

한순간에 차가워진 그가 신랄하게 캐물었다.

"그게 무슨 뜻인지 아오? 그럴 능력이나 있소?"

"어머니께 받은 패물을 제법 가지고 있습니다. 그것을 팔아 작은 집을 마련하고, 나머지는 땅을 사서 소작을 주겠습니다. 풍족하진 않더라도 우리 두 사람, 충분히 먹고살 수 있습니다."

"집을 한 채 마련하기도 전에 우린 각자의 집으로 끌려가겠지. 설사 깊은 산에라도 들어가 그럭저럭 잘 숨었다고 칩시다. 우리가 거기서 오래오래 행복할까? 내가 언제까지 살 수 있을 것 같소?"

회의적인 그 물음엔 감출 수 없는 슬픔이 덧대어져 있었다.

"지금 이렇게 멀쩡히 말을 한다고 해서 착각하지 마시오. 당장에 오늘 밤, 내가 잠을 자다 영영 눈을 뜨지 못하게 되더라도 나한테는 특별한 일이 아니요. 그게 현재의 내 상태란 말이오!"

신경질적으로 분노하며 그가 몸을 발딱 일으켰다. 곧장 따라 나선 도경이 그의 앞을 가로막았다.

"시간이 얼마 남지 않았다면 그만큼만이라도 나리와 함께하고 싶습니다! 산골의 이름 없는 아낙으로 조용히 살다가 나리의 마지막을 지키고, 이 숨이 다하는 그날, 당신의 아내라는 이름으로 눈을 감겠습니다."

"말도 안 되는 소리 그만하시오!"

"오라버니."

격화되었던 두 사람의 언쟁은 차분하게 끼어든 또 다른 음색으로 삽시에 얼어붙었다. 기절할 듯 놀라 도경이 돌아보니 등불을 들고 있는 정의 옆에 자영이 서서 이쪽을 보고 있었다. 말문이 막혀 무슨 말을 해야 할지 모르는데, 그녀가 한마디 추궁 없이 친절하게 용건만 전달했다.

"할아버님께서 오셨습니다. 오라버니를 급히 찾으십니다."

"윤 소저는……."

"걱정하지 마십시오. 함부로 오해하지 않습니다."

자영은 도경을 감싸려는 재헌을 안심시켰다.

"일단 정이와 함께 돌아가십시오. 할아버님께서 걱정이 많으십니다. 윤 소저는 제가 처소까지 안전하게 모셔다드리겠습니다. 자세한 이야기는 그 후에 하셔도 늦지 않습니다."

"……그래. 그럼 부탁하마."

당장에 어쩔 수 없다고 판단한 재헌이 허공에 손을 뻗었다. 재빨리 다가온 정이 그의 손을 저의 팔꿈치 위쪽으로 안내했다. 안정적으로 자세를 취한 재헌은,

"들어가시오."

도경에게 짧게 인사하고 자리를 떠났다.

그들이 멀어지자 자영과 둘만 남게 된 도경은 긴장의 끈을 바짝 죄었다. 그와의 관계를 어느 정도까지 알고 있는지 예측할 수 없어 선뜻 말을 꺼내기가 곤란한데 자영이 먼저 입을 열었다.

"진심이었습니까?"

"무슨 말씀이신지……."

"조금 전에 소저께서 하신 말씀 말입니다. 저희 오라버니께 시간이 얼마 남지 않았더라도 마지막까지 함께 있고 싶다는 그 말, 진심이었습니까?"

조금 전의 침착했던 모습은 온데간데없었다. 자영은 예리하

게 날을 세우고 있었다. 의미심장한 그녀의 시선을 도경은 피하지 않았다. 채재헌과 함께하고 싶다면 지금 이 순간 솔직해야 한다는 걸 직감적으로 알 수 있었다.

빗소리에 잠에서 깬 도경은 다시 잠들지 못했다.

'그 마음이 정녕 진심이라면 제가 돕겠습니다. 저희 오라버니를 설득해 주세요.'

자영에게 들은 말이 꿈만 같았다. 다른 이도 아닌 그의 누이가 조력자가 되어 주겠다니…… 결심을 실행에 옮기는 건 시간문제일 뿐이었다.

조반을 먹자마자 가지고 있는 패물을 죄다 꺼내 정리했다. 마음 같아선 안국방에 있는 것까지 싹 쓸어서 가져오고 싶으나 시간이 촉박했다. 다행히 장신구를 좋아하는 모친 덕에 감우당에 가져온 패물의 양도 적지 않았다.

도경은 이 정도면 충분하다고 흥분을 가라앉히면서도 마음이 무거웠다. 나중에 소식을 듣게 될 부모님과 오라버니들을 생각하니 눈물이 핑 돌았다. 얼마나 황당하고 기가 막히실까. 늦둥이라 애지중지한 만큼, 배신감이 상당하실 것이다. 연로하신 어머니는 충격을 받고 몸져누우실 터였다.

그래도 결심을 바꾸기엔 역부족이었다. 그 사람을 볼 때마다 조마조마했다. 오늘이 마지막이면 어떡하나, 한시도 마음을 놓을 수 없었다. 이대로 헤어져 어느 날 그의 부고를 듣게 된다면 미쳐 버릴지도 모른다. 당장은 괴롭더라도 시간이 흘러 모두가 안정되면 그때 몰래 찾아뵙고 사죄드릴 것이다.

도경은 약해졌던 마음을 독하게 다잡고 확인한 패물을 함에 다시 옮겨 담았다. 차곡차곡 하나의 함에 장신구를 전부 모아 담는데, 곁에서 정리를 도와주던 열비가 슬그머니 말을 붙였다.

"아가씨. 며칠 전에 말씀드렸잖아요, 감우당이 어수선하다고요."

"그랬나?"

그와의 문제로 며칠간 고심이 깊었던 도경에겐 기억나지 않는 일이었다.

"예. 분명 무슨 일이 있긴 있는데 정확히 아는 사람도 없고, 도무지 감을 잡지 못하겠습니다."

"바깥일인가 보지. 안국방도 가끔 그렇잖아, 사랑이 소란스러워도 무슨 일인지 자세히 모르고 그냥 넘어가는 거. 며칠 지나면 다시 조용해지곤 했으니까 여기도 그럴 거야."

"그래도 혹시 모르니 당분간 안 나가시면 안 됩니까? 새벽부터 시작된 비가 점점 거세지고 있는 것도 걱정입니다. ……이런 날은 나리께서도 나오지 못하실 겁니다."

바쁘게 움직이던 손동작을 조용히 멈추었다. 머릿속이 새하얘진 도경은 놀란 가슴을 진정시키고 차분하게 열비를 바라보았다.

"언제부터 알고 있었니?"

"꽤 되었습니다. 밤 산책을 처음 시작하셨을 때 너무 걱정되어 뒤따라갔다가……."

"왜 아무 말도 안 했어?"

"그동안 아가씨께서 마음고생 하신 걸 누구보다 잘 알고 있습니다. 시간이 필요한 일이라고 생각하였습니다. 소식이 끊긴 나리께서 소문으로만 듣던 예성 채문의 그 장손이라는 점도 큰 충격이었고요."

마른침을 삼킨 도경은 마지막으로 중요한 부분을 확인했다.

"너 말고 또 아는 사람이 있니?"

"없습니다! 쇤네가 어딜 가서 그런 말을 떠들겠습니까."

"그래……. 그건 그렇지."

도경은 속으로 안도하며 가슴을 쓸어내렸다.

"그렇지만 아가씨, 이제 마음을 접고 정리하셔야 합니다. 나리를 생각하면 안타까운 일이지만 아가씨의 미래도 생각하셔야지요."

"그러니까 당분간만 네가 모르는 척해 줘. 며칠 뒤면 곧 정리가 될 거야."

"참말이십니까?"

반색하며 묻는 열비에게 도경은 고개를 끄덕였다. 충심에서 우러난 걱정을 거짓으로 맞받는 현실이 괴로웠지만 멈출 수 없는 문제였다. 가슴 한편이 떨어져 나간다고 해도 채재헌은 절대 포기할 수 없는 존재였다.

열비의 만류에도 장대비를 뚫고 어렵사리 원림에 도착했다. 빗줄기가 강해 걱정되면서도 재헌에게서 아무런 연락이 없어 도경은 평소 그와 만나는 장소로 향했다.

비가 오는 날이라고 산보를 안 한 것은 아니었다. 보슬비가 내리는 날, 안개가 자욱이 낀 숲길을 걷는 일은 운치로 가득했다. 오늘의 거센 비는 그때와 비교할 수 없는 수준이었으나 최대한 빨리 그를 설득해야 한다는 조바심이 냉정한 판단력을 흐트러뜨렸다.

굳은 날씨 때문인지, 언제나 정확하게 나타났던 그가 오늘따라 유난히 늦었다. 여름인데도 으슬으슬 추위가 느껴져 몸이 떨리는데 불현듯 인기척이 들렸다. 휙 돌아본 도경은 소스라치게 놀라 주춤 물러섰다. 싸늘한 눈빛의 최 집사가 장정 여럿을 데리고 기척도 없이 다가와 있었다.

"그러니까 나는……."

금지된 구역에 들어와 있다고 힐난하는 줄 알았다. 서둘러 변명하려 하니 집사가 말머리를 싹둑 자르며 황당한 소릴 했다.

"감축드리옵니다."

"가, 감축? 그게 무슨 소리인가?"

떨어지는 빗소리가 강해 도경은 목소리를 크게 하면서도 은근히 위축되었다. 말로는 감축드린다고 하면서도 저를 보는 집사의 눈빛이 사나웠다. 혜명 윤문의 여식이라지만 감우당의 손님으로 정중히 대해 주었던 평소와는 달라진 태도였다. 그리고 이어진 집사의 다음 말은 그마저도 깡그리 잊게 할 만큼 충격적이었다.

"혜명 윤문의 아가씨께서 비씨마마로 간택되었다는 전언입니다."

혁, 소리와 함께 도경은 사지가 뻣뻣해졌다. 하늘에서 번쩍
거린 벼락이 심장으로 내리꽂힌 듯 숨을 쉴 수 없었다.

"별궁으로 거처를 옮기셔야 하오니 속히 채비하시어 안국방
으로 돌아가시옵소서."

"아니야…… 아니야……."

도경은 힘없이 고개를 저으며 부정의 말을 반복했다. 눈
물이 뺨을 타고 하염없이 흘러내렸다. 대비께서 먼저 제안
했고 도경은 그것을 받아들였다. 시간을 충분히 벌었다고
안도하고 있었는데, 마른하늘에 날벼락도 유분수지 이럴 수
는 없었다.

채재헌이 눈앞에서 어른거렸다. 이대로 안국방으로 돌아간
다면 그와의 인연도 완전히 끝이 난다. 도경은 두들겨 맞기라
도 한 듯 전신이 아팠다. 지우산을 쥐고 있는 손이 눈에 띄게
오들오들 떨리고 있다.

그가 없는 삶은 상상조차 하기 싫었다. 빠져나갈 방법을 강
구해야 한다. 그러기 위해선 재헌을 만나야 한다는 판단에 도
경은 꽉 막힌 목구멍을 억지로 열었다.

"자네의 말은 잘 알아들었네. 하지만 난 여기서 채재헌 나리
와 만나기로 되어 있어."

"아니요! 그분은 나오시지 않을 겁니다."

"나올 것이네. 우린 항상……!"

"자중하시옵소서!"

집사는 눈을 부라리며 버럭 소리쳤다. 위협적이기까지 한 그

몸짓에 도경은 눈앞이 어찔했다. 한입에 집어삼키기라도 할 듯 그가 가까이 다가왔다.

"비씨마마께서 외간의 사내를 거론하시다니요. 작은 말 한 마디가 저희 도련님의 명줄을 앗아 갈 수 있음을 어이하여 생각지 못하시는 겁니까?"

"그분을 만나야 하네. 제발…… 마지막으로 그분을 만나게 해 주게!"

눈물이 뚝뚝 흐르고 몸이 사시나무 떨듯 하면서도 도경은 정신을 바짝 차리려고 기를 썼다. 그러다가 문득 한 가지 기이한 사실을 깨닫고 경악하여 머리털이 쭈뼛 곤두섰다.

"대체 무슨 자격으로 우리 도련님을 만나시려는 겁니까?"

그 역시 울고 있었다. 덩치 큰 집사가 원망과 억울함이 뒤섞인, 쓰디쓴 눈물을 흘리고 있었다.

왜…….

의문은, 믿고 싶지 않은 참담한 진실은 곧 그에게서 여과 없이 흘러나왔다.

"그분을 그리 만든 이가 누구인지 알고는 계십니까? 안국방으로 돌아가시거든 부친께 한번 여쭈어보소서. 보기만 해도 아까운 우리 도련님을 어찌하여 저리 만들었냐고!"

"흐흑……."

몸에서 힘이 빠져 손에 쥐고 있던 우산을 바닥으로 떨어뜨렸다. 이미 만신창이가 된 도경을 집사는 마지막으로 한 번 더 몰아붙였다.

"상황 파악이 되셨으면 이제 조용히 돌아가시옵소서. 언제부터 연을 이었는지 모르겠으나, 당신을 그리 만든 원수 놈의 여식을 우리 도련님도 더는 보고 싶지 않으실 것입니다!"

날카로운 검으로 가슴이 갈기갈기 난도질당하는 것 같았다. 눈물을 흘리고 우는 것조차 어리광처럼 느껴졌다. 반짝반짝 빛나던 그를 이 원림에 가둔 것이 정녕 혜명 윤문이라면 나는 어떡해야 하는가. 쏟아지는 비를 고스란히 맞으며 도경은 와들와들 떨었다.

내 눈을 찔러 그가 다시 밝은 세상을 볼 수 있다면…….

이 목숨이라도 꺾어 그에게 전부 내줄 수 있다면…….

도경은 그 어떤 짓도 할 준비가 되어 있었다. 빗물과 눈물로 뒤덮인 눈으로 뾰족한 무언가를 찾아 뿌예진 세상을 마구 휘저어 보았다. 흐트러진 시선은 장정 중 한 명이 허리에 차고 있는 검을 보았을 때 선명히 고정되었다.

그것을 빤히 보고 있자니 어디선가 꺽꺽 오열하는 소리가 들렸다. 그 괴상한 소음이 저에게서 난다는 걸 자각할 즈음, 마지막으로 딱 한 번만 더 그가 보고 싶었다.

도경은 서두르라고 채근하는 집사의 말을 따르는 척하다가 방향을 바꿔 미친 듯이 내달렸다. 그가 있는 서옥은 멀지 않았다.

재헌은 누마루에 나와 쏟아지는 빗소리를 듣고 있었다. 장정들에게 붙잡혀 제지당한 도경은 몸부림을 치며 그를 불렀다.

"나리! ⋯⋯나리!"

비명과 다름없는 그 소리에 안에 있던 자영이 고개를 내밀었다. 그러자 우악스럽게 가로막던 억센 손들이 스르르 후퇴했다.

순식간에 자유로워진 도경은 뒤도 돌아보지 않고 욱신거리는 몸을 움직였다. 저 앞, 그가 외면하듯 돌아서고 있었다. 도경은 미친 듯이 누마루로 뛰어들었다. 방으로 들어가려는 재헌에게 달려가 뒤에서 그의 허리를 감싸 안았다.

해야 할 말이 정말 많았다. 당신을 이리 만든 게 정말 나의 아버지인지 물어야 했고 미안하다는 말도 해야 했다. 감히 그런 말 따위로 그가 당한 고통의 털끝만큼도 덮을 수 없으나 그것 외에 사죄를 표현할 다른 말이 떠오르지 않았다. 당신이 주었던 많은 행운을 비정한 불행으로 되돌려 줘 미안하다고, 이다음에 지옥에 떨어져 천년이고 만년이고 꼭 벌을 달게 받겠다고 말해야 하는데, 막상 건넨 짧은 말은 염치가 없었다.

"떠나요, 우리⋯⋯."

도경은 앞이 보이지 않을 만큼 펑펑 눈물을 쏟으며 사정했다.

"당신의 눈이 되어 드리겠습니다. 손과 발이 되어 드리겠습니다. 저보다 당신을 더 귀히 여기고 소중하게 모실 겁니다. 사당이 담긴 비단 주머니를 내드릴 순 없겠지만 매일매일 웃게 해 드리겠습니다. 아프시면 밤낮으로 수발을 들고, 몸이 나으면 하루도 빠짐없이 당신을 모시고 산보를 나가겠습니다. 당신 몸의 일부가 되어 함께하다가 마지막 순간 손을 잡아 드리겠습니다. 양지바른 곳에 당신을 고이 묻어 드리고 외롭지 않으시도록 곧장 쫓아가겠습니다. 저승문에 닿으시기 전에 당신을 꼭 찾아내겠습니다. 그러니까 다 버리고 떠나요, 우리……. 아무도 없는 우리만의 세상으로……."

도경은 그의 등에 얼굴을 묻었다. 지금 이대로 손을 잡고 함께 산속에 뛰어든다면 각자의 가문과 세상의 규범에서 벗어날 수 있을 것 같았다. 상상만으로도 가슴이 벅차오르는데 그가 손을 확 뿌리치고 떨어졌다. 철저한 거부의 몸짓이었다.

그를 놓친 도경은 급격한 추위를 느끼며 이를 딱딱 맞부딪쳤다. 얼굴이 창백하고 입술은 보랏빛이 되었다. 심해지는 떨림 속에 그의 매몰찬 꾸짖음이 들려왔다.

"참으로 철딱서니 없는 소리군."

안 보이는 눈으로도 너를 보고 싶지 않다는 듯 그는 몸을 반만 돌려 냉소했다.

"내가 어제 그깟 이야기 좀 들어 주었다고 이러는 건가? 도대체 무엇을 믿고 여기까지 와 난동을 부리는 것이오? 내가 왜 내 가족을 두고 그대와 남은 생을 함께해야 하지? 이름을 버리면 낳아 주신 부모가 바뀌고 몸속에 흐르는 그 피가 변하기라도 한다는 거요? 설사 그대가 부정한다고 해도 내 생각까지 바꿀 수는 없소. 그대는 윤 대감의 고명딸로 태어나 그분이 주는 온갖 특혜와 권력의 비호 속에서 자랐소. 머리부터 발끝까지 혜명 윤문 그 자체란 말이오! 한데 그런 당신과 떠나자고? 피와 살을 나눈 내 가족을 여기에 두고? 원한다면 무엇이든 할 수 있다는 그 과도한 자신감마저도 윤이환의 여식답소! 하니 가시오. 가서 생겨 먹은 대로 살아! 화려하고 사치스럽게, 당신 가문이 좋아하는 그 빌어먹을 권력을 틀어쥐고 평생 떵떵거리며 잘 살라고!"

그의 말 한마디 한마디가 비수처럼 날아와 가슴에 꽂혔다. 심장이 피를 철철 흘리면서도, 따지고 보면 틀린 말은 아니기에 도경은 눈물을 흘리는 것 외에 아무런 반응도 할 수가 없었다. 그는 지치고 피곤해 보였다. 당신을 포함한 모든 것에 넌덜머리가 난다는 듯 돌아섰다.

"난 내게 주어진 이 작은 세상에서 나갈 생각이 없소. 하루에 한 번 원림을 거닐며 산보나 하다가 더는 이 몸이 버티지 못할 때 이곳에서 조용히 눈을 감을 것이오. 그러니 나를 정말 위하고 생각한다면 다시는 찾아오지 마시오. 그대가 쫓아와 이러는 것 자체가 나한테는 부담이고 짐일 뿐이오."

염증 어린 말을 끝으로 재헌이 방으로 들어갔다. 냉큼 그를 따른 수종은 성난 눈빛으로 도경을 노려보며 면전에서 분합문을 굳게 닫았다.

……끝이구나.

그와는 돌이킬 수 없게 되었음을 뼈저리게 확인하며 도경은 제자리에 풀썩 주저앉았다.

비가 억수같이 쏟아지는 밤이었다. 출발이 이틀이나 지연되고 있을 만큼 외부의 바람과 물줄기가 흉포했다. 방에 갇힌 도경은 실의에 빠져 울다 쓰러지기를 반복했다. 열비를 더 이상 만날 수 없었고 출입이 철저히 통제되었다. 비씨가 되어 입궁하게 될 귀인이라기보다 죄인을 다루는 방식이었다. 비탄에 잠긴 도경은 그런 것까지 따져 볼 여유가 없었다.

특히 오늘은 날씨가 더욱 고약했다. 지붕을 내리치는 빗줄기는 귀가 따가울 정도였고, 밤하늘을 점령한 뇌성과 번개는 세상을 쪼개 버릴 기세였다. 거의 탈진한 도경은 아무렇게나 쓰러져 있는데,

콰쾅!

하늘에서 벼락이 내리치고 한 사내가 성큼 나타났다.

활짝 열린 문을 통해 성난 비가 들이쳤다. 장신의 키, 머리부터 발끝까지 온통 검은색의 옷차림. 눈물로 범벅된 도경이 상체를 일으켜 그를 불렀다.

"정아……."

"밖을 지키는 자들은 잠들었습니다."

비를 맞아 물기를 뚝뚝 흘리며 그가 빠르게 말했다.

"지금 나가셔야 합니다."

"왜……?"

"시간이 없습니다. 서두르십시오!"

영문은 알 수 없지만, 그의 말을 따라야 한다는 예감이 들었다. 반드시 잡아야 할, 인생에 있어서 마지막이 될지도 모를 기회. 도경은 얼이 빠져 그를 올려다보다 눈에 초점을 맞추고 벌떡 일어섰다. 아무것도 묻지 않고 그를 따라 황급히 걸음을 옮기다 번쩍, 세상이 밝아진 잠깐의 사이에 일어난 어떤 일에 심장이 멈추었다.

"아악……!"

뒤늦게 터진 비명이 누군가의 손에 의해 가로막혔다.

"진정하세요, 아가씨. 접니다, 열비."

귓가에 들려온 열비의 울먹임에도 바들바들 떨리는 몸이 진정되지 않았다. 윽, 하는 외마디 소리와 함께 흙탕물에 얼굴을 처박은 정과 그 옆에서 괴상한 신음을 내며 떨고 있는 유모만 번갈아 보았다. 눈앞의 광경을 믿기가 어려웠다. 지옥이 있다면 바로 여기일 것이다.

욕지기가 치밀어 올랐다. 헛구역질이 나와 끅끅거리면서도 허겁지겁 정에게로 달려갔다. 현실 같지 않았다. 그가 단지 발을 헛디딘 것이길, 내가 잘못 본 것이길. 현훈증을 참으며 달려간 도경은 처참한 광경을 가까이서 확인하고 무기력한 울음을 터트렸다.

"흐흑……!"

수습해 보려 두 손을 이리저리 움직였지만 목에 무자비하게 내리꽂힌 단도를 어찌할 도리가 없었다. 도경은 절망에 차 울부짖었다.

"무슨 짓이야! 이게 무슨 짓이야, 유모!"

비명에 가까운 외침은 거센 비에 덧없이 파묻혔다. 도경은 목에 핏대가 솟도록 바락바락 소리쳤다.

"의원을 불러와. 의원을 부르라고!"

그제야 정신을 차린 유모가 도경에게 달려들어 팔을 잡아끌었다.

"가셔야 합니다. 어서 피하셔야 합니다!"

"살아 있어. 정이가 아직 살아 있어! 지금이라도 의원을 부르면 살릴 수 있어! 날 도와주던 아이란 말이야!"

"가세요. 가세요!"

유모는 눈이 뒤집혀 도경을 끌어당겼다. 저항하며 거부해도 짐짝 다루듯 질질 끌고 갔다. 통제할 수 없는 섬찟한 광기가 전해졌다. 열비가 발을 동동 구르며 숨죽여 울고, 정에게서 흘러내린 피가 빗물과 뒤섞여 흙바닥에 흥건했다. 한바탕 악몽을 꾸고 있는 것 같은데, 동작을 멈춘 유모가 도경의 두 팔을 잡고 단호히 말했다.

"안국방에 관군들이 들이닥쳤습니다."

"……뭐?"

"아가씨가 천한 신분의 사내와 간음을 저질렀고, 대감마님께선 그것을 알면서도 고명딸을 비씨로 올렸다는 죄명입니다."

"아니야. 아니야!"

"아가씨께 그림을 바쳤던 화공이 돌아왔답니다. 그 화공은 사당패가 되었고, 감우당에 잔치가 열렸던 날 아가씨와 재회해 눈이 맞았답니다! 차마 입에 담을 수 없는 낯 뜨거운 소문이 도성을 빠르게 뒤덮고 있습니다. 아가씨와 정분을 나눴다는 그자가 죄를 실토하였답니다!"

말도 안 되는 소리였다. 처음부터 존재하지도 않았던 화공이 어떻게 나타나 죄를 실토한단 말인가!

"아직도 모르시겠습니까! 예성 채문의 모함입니다. 위선에 찌든 저들이 대감마님을 역도로 몰아가고 있습니다! 그러니 일단 피하셔야 합니다. 이곳의 사람들이 죽든지 말든지 상관치 마시고 어서 피하셔야 합니다!"

전해진 소식은 하늘이 무너졌다는 말과 다름없었다. 역도, 죄인, 예성 채문이라는 말이 도경의 숨통을 틀어막았다. 혼이 반쯤 빠져 유모와 열비가 이끄는 대로, 무엇을 하는지도 모르는 채 몸을 움직였다.

감우당을 빠져나올 때쯤 날카로운 비명이 고막을 찔렀다. 얼마 뒤 거짓말처럼 비가 그치고 수십의 횃불이 무시무시하게 뒤를 쫓아왔다. 일행은 흩어지기로 했다.

"뛰세요! 달리셔야 합니다!"

유모의 외침에 따라 세 사람은 각기 다른 방향으로 찢어졌다. 유언과도 같은 그녀의 외침을 가슴에 품고 도경은 미친 듯이 산속 깊은 곳을 달렸다. 모친의 전언대로 외가에 무사히 당도하기 위함이 아니었다. 잔인한 운명에 치이며 지칠 대로 지친 도경은 멈출 곳을 찾아 달리고 달렸다.

그리고 마침내 달물결이 일렁이는 어느 호숫가에 당도하였을 때 여기가 멈춰야 할 곳임을 직감했다. 저 너머, 그와 자주 찾던 절벽이 달빛 아래 흐릿하게 형태를 드러냈다. 늘 높은 곳에서 내려다보기만 했던 호수를 이토록 가까이서 마주하니 감회가 새로웠다.

누구의 말이 진실이고 거짓인지 알 수는 없다.

진실과 복수일 수도 있고, 오해와 거짓일 수도 있었다. 그러나 거기엔 변하지 않는 사실이 엄연히 존재했다. 가족은 이미 관군의 발아래 참혹히 짓밟혔고, 연모했던 사내는 원림에 갇혀 죽을 날을 기다리고 있었다. 무뚝뚝하지만 친절했던 정도 자신을 구하려다 목숨을 잃었다.

그에게 직접 단도를 꽂지는 않았지만 살릴 수 있는 길을 택하지 않았으니 그 또한 살인과 다를 바 없었다. 더는 돌아갈 곳이 남아 있지 않았다. 바로잡기에도 너무 늦고 말았다.

그렇다면 이제 남은 길은 하나.

눈물을 머금은 도경은 숨 막히게 아름다워 비현실적인 호수를 바라보다 주저 없이 발을 들여놓았다. 호수를 비추는 달빛에 빨려 들어가듯 한 발 한 발 앞으로 나아갔다.

발목에서 무릎으로, 허리 위로. 차츰차츰 물이 차오르다 가슴팍에 이르렀을 때, 달빛 속에서 샛붉은 월계화가 활짝 핀 풍경이 펼쳐졌다. 그곳엔 한 쌍의 남녀가 사이좋게 앉아 붉은 물결을 감상하고 있었다. 날씨는 화창했고 두 사람의 얼굴에도 웃음꽃이 만발했다.

……안온하고도 행복한 삶.

'다음에 우리 꼭 웃으면서 만나자.'

그 옛날 천진했던 약속이 떠올라 눈물로 흠뻑 젖은 얼굴에 잔잔한 미소가 어리는데…… 일순 발이 푹 아래로 꺼지며 도경은 눈 깜짝할 새 시커먼 호수 속에 삼켜졌다.

삼생 三生

숨이 쉬어지지 않아 고통스러웠다. 심장에 쇳덩이가 박힌 듯 가슴이 답답했다. 도경은 괴로움에 몸을 바르작거리다 공포가 한계에 이르러 경기라도 일으킬 듯 파들짝 놀라 눈을 떴다. 베개를 축축이 적신 눈물이 관자놀이를 타고 끊임없이 흘러내렸다.

긴 꿈을 꾸었다.

아니, 바로 직전에 겪은 불행이었다.

일어나 앉은 도경은 축축이 젖은 눈으로 주위를 훑어보았다. 아늑한 방과 포근한 금침, 문창지로 스며드는 따스한 햇살. 채재헌과 함께 폭포 아래로 떨어졌던 자신이, 달빛 아래 호수에서 스스로 목숨을 버렸던 자신이 멀쩡하게 살아 원래 머물던 감우당의 그 방으로 돌아와 있었다.

지금 이게 무슨 상황인지 몰라 몸이 떨렸다. 너무나도 혼란스러워 겁에 잔뜩 질려 있는데 문이 드르륵 열렸다. 헉하고 돌아본 도경은 눈에 들어온 낯익은 얼굴에 눈물이 더욱 격해졌다.

"아가씨!"

"열비야!"

팔을 벌려 열비를 세차게 끌어안았다. 새벽에 밭일을 나가기 전 자유 시간을 얻어 좋다고 헤헤거리던 모습이 마지막이었다. 한밤중에 산중에서 두려움에 벌벌 떨다가 유모가 시키는 대로 다른 방향으로 뛰어가는 애처로운 뒷모습이 마지막이었다.

각각의 기억을 한꺼번에 떠올리게 된 도경은 머릿속이 뒤죽박죽되어 미칠 것 같았다. 쉴 새 없이 눈물만 흘리니, 열비가 근심을 띠고 구석구석 자세히 들여다보았다.

"괜찮으십니까? 어제 업혀 오셔서 하룻밤을 보내고 이제야 일어나셨습니다. 일전에 아가씨의 당부가 있었고, 의원 역시 푹 주무시고 나면 괜찮으실 거라고 해서 그냥 있었는데 아무래도 안 되겠습니다. 쇤네가 지금 안국방에 기별을 보내겠습니다."

"아니! ⋯⋯아니야."

도경은 단호히 고개를 저으며 눈물을 수습했다.

김성욱이 벌인 소동으로 난리가 났을 때, 일이 시끄럽게 커지는 걸 겪고 열비에게 주의를 주었다. 앞으로는 무슨 일이 생겨도 무조건 안국방에 알리기보다 차분하게 내 명을 기다리라고. 그 당부를 충실하게 따라 준 열비가 고마웠다. 지금은 혼란스러운 머릿속을 정리하는 것만으로도 진이 빠졌다.

손발의 떨림이 멈추지 않아 힘없이 자리에 누우니 열비가 울상이 되었다.

"이렇게 떨고 계시면서 정말 괜찮으시겠습니까?"

"폭포 아래로 떨어질 때 너무 놀라서 그래. 부탁이야, 오늘은 혼자 조용히 쉬고 싶어."

작게 중얼거린 도경은 습관처럼 오른손을 왼쪽 손목으로 가져갔다. 당연하게 손에 들어와야 할 단주가 잡히지 않았다. 질겁하여 왼손을 빼 보니 손목이 텅 비어 있었다.

병풍 쪽으로 돌아누운 도경은 혼이 빠진 사람처럼 멍해 있었다.

'단주요? 쉰네는 못 봤습니다. 물속에 떨어뜨리신 거 아닙니까?'

염주 팔찌가 없어진 것도 몰랐다는 열비는 그럴듯한 추측을 내놓았다.

계곡물에 발을 담갔을 때 젖지 않게 하려고 빼 두었던 것을 기억한다. 갑자기 전하께서 나타나셨고, 도경은 허둥대며 손수건과 한꺼번에 챙겨 소매 속에 고이 넣어 두었다. 그런데 감쪽같이 사라져 행방을 모르니 둘 중 하나다. 물속에 가라앉아 있든가, 아니면 업혀 오는 동안 목멱산 어딘가에 떨어뜨렸든가.

불과 하루 전이었다면 이성을 잃고 뛰어나가 계곡 근방을 헤집고 다녔을 것이다. 하지만 이젠 아니었다. 내가 누구고 어느 세상에 속해 있는지 알 수가 없어 단주를 찾아야 한다는 의욕도 일지 않았다.

가난에 허덕이는 먼 미래의 가족보다 관군의 발아래 짓밟힌 과거의 가족이 훨씬 눈에 밟혔다. 대부분의 피붙이가 몰살당하고, 살아남은 몇몇은 관노비가 되어 고생했을 것을 생각하면 너무 고통스러워 눈물이 터졌다.

야속하고 안타까워 가슴을 치면서도 기습의 배후가 정말 혜명 윤문이었을지도 모른다는 두려움이 목을 옭아매었다. 끙끙거리며 홀로 신음했다. 이토록 힘들고 괴로운데 세상은 놀랍도록 평온하고 아무 일도 없어 더욱 소름 끼쳤다.

정신을 차리자고 끊임없이 되뇌었다. 그러나 현실을 직시하면 할수록 도경은 혼란에 빠졌다.

호수에 몸을 던져 스스로 생을 마감한 전생과 가난에 허덕였던 후생의 삶은 명확했다. 문제는 과거도 미래도 아닌 현재, 그러니까 후생의 윤도경이 이 시대에서 눈을 뜨기 전까지 현생을 살고 있던 자신이었다.

빚쟁이에게 쫓기다 환한 빛에 휩싸여 이곳에서 눈을 떴을 때가 열여섯의 늦가을. 만약 처음의 추측대로 후생에서 전생으로 넘어왔던 거라면 이미 채재헌과 재회해 책고에서 달콤한 시간을 보내고 있었어야만 했다.

하나 똑같은 부모님 아래서 똑같은 시대를 살고 있던 지금의 자신은 어린 시절, 채재헌을 만난 적이 없었다. 전생과 후생만이 존재해야 아귀가 들어맞는 흐름에서 현생이라고밖에 표현할 길이 없는 또 다른 삶이 변칙으로 끼어 있는 형국이었다.

도대체 어디서부터 틀어진 것일까.

도경은 혼재되어 있는 전생과 현생의 기억을 차근차근 되돌아보았다.

똑같이 진행되던 삶이 처음으로 달라진 건 여덟 살 때였다. 초파일을 맞아 대궐 구경을 갔다가 길을 잃은 도경은 끔찍한 광경을 목격하는 대신 어느 친절한 궁녀를 만나 제자리로 돌아갔다. 그 이후의 삶은 평범했다. 안국방 아기씨의 자리도, 계속되었던 행운도, 동백처럼 어여쁘다는 명성도 당연히 없었다.

순조로웠던 삶은 열넷이 되던 해, 아침에 눈을 뜨면 내용조차 기억나지 않는 이상한 악몽을 꾸기 시작하며 병약해졌다. 바깥 활동을 줄이고 동무들과도 멀어졌다. 원인을 알 수 없는 고열에 시달리기도 했다. 세간에선 혜명 윤문의 따님이 하도 도도해 사람들과 어울리려 하지도 않는다고 흉을 보았지만 정작 집에선 고명딸이 신병이라도 앓는 것일까 봐 불안에 떨었다.

천만다행히도 그것과는 거리가 멀었으나, 후생의 윤도경이 이곳에서 눈을 뜨기 전까지 현생의 도경은 약 2년간 힘든 시기를 보내야 했다. 도경이 내색하지 않았음에도 악몽을 꾼다는 사실을 열비가 훤히 꿰뚫고 있었던 이유다.

혹 그 꿈이 전생과 연관된 것이었을까?

안국방에서 야밤에 성상을 배알했을 때 도경은 극심한 거부감을 느꼈다. 전생에선 선왕의 악귀 같던 모습이 금상과 겹쳐 보여 그랬다지만 현생에선 아무 이유 없이 반감이 들었다. 대체 어떤 상관관계가 있어 그리됐는지 합리적 추론이 어려웠다.

그래서 도경은 몹시 불안했다. 이런 식으로라면 앞으로 무슨 일이 벌어질지 알 수가 없다. 어떤 점은 다르고 어떤 점은 같으니, 과정이 달라도 혜명 윤문이 비극으로 끝나는 결말은 같을 수도 있었다. 아니, 애초에 전생과 현생, 그리고 후생의 삶을 산다는 게 말이 되지 않았다.

만약, 내가 미쳐 정신병적 증세를 보이는 중이라면······.

생각이 거기까지 미치자 도경은 겁에 질려 상체를 급히 일으켰다. 그새 핼쑥해진 얼굴로 방 안을 경계하듯 둘러보았다. 만일 이것이 정신 착란, 정신 분열, 신경 쇠약 등 그 아무개 중 하나의 증상이라면 어느 쪽이 저의 진짜 삶인지 혼란스러웠다.

생활고에 시달리다 못해 영의정의 딸로 팔자 좋게 사는 꿈을 꾸는 중일지도 모른다. 가문이 스러지고 죽음을 목전에 둔 상황에서 운명을 바꾸는 달콤한 상상에 정신을 놓아 버린 것일 수도 있었다. 어지러웠다. 당장에라도 관군들이 쳐들어와 그들의 발아래에 짓밟힐 것 같았다. 그조차도 전부 허상이요, 정신병원에 갇혀 혼자만의 망상에 빠진 것일 수도 있었다.

도경은 신경이 날카로워지다 못해 금방이라도 끊어질 것 같았다. 이대로는 절대 살 수가 없다. 이건 악몽이었다.

어떻게 옷을 갖춰 입었는지도 모르겠다. 잡히는 대로 둘러 입고 거처를 나와 산속으로 뛰어들었다. 무리했던 밭일 탓에 전신이 뻐근했지만 좁고 호젓한 길을 허겁지겁 달렸다. 숨이 차서 헉헉거리다 목적지에 도착해 눈앞에 펼쳐진 광경을 확인하곤 망연자실하였다.

산 중턱의 절벽과 저 아래, 경강처럼 흐르는 넓은 호수.

한 번도 와 보지 않았지만 너무나도 낯이 익어 섬뜩한 한기가 들었다.

'내가 자주 가는 곳이 있소. 경관이 수려하고 탁 트인 곳인데, 사람의 발길이 닿지 않아 조용하기까지 하지. 날도 좋은데 함께 가 보지 않겠소?'

채재헌이 건넸던 어느 날의 제안이 메아리처럼 귓가에 되살아났다. 다리에 힘이 풀리고 정신이 자꾸 혼미해져 도경은 천천히 뒷걸음질을 쳤다. 절벽 끝부분에 서서 손을 맞잡고 바람을 쐬는 한 쌍의 남녀가 환영처럼 어른거려 가슴이 미어졌다.

아픔이 너무 심해 또다시 현실을 부정했다. 문제는 그 이상한 폭포였다고, 거기에 몸을 담가 잘못된 게 틀림없다고. 한 번더 물속에 처박혀 몸부림을 치다가 빠져나오면 명료했던 이전으로 되돌아갈 수 있을지도 모른다고 멋대로 단정했다.

도경은 황급히 발을 돌려 왔던 길을 뛰어 내려갔다. 치마에발이 걸려 넘어지고 뒤집어쓴 먼지를 털어 낼 새도 없이 미친 듯이 달려 계곡에 도착했다. 정확히는 재헌과 추락하기 직전서 있던 폭포 위였다.

쉴 새 없이 떨어지는 물이 저 아래의 수면과 부딪혀 내는 소리가 우렁찼다. 도경은 하얗게 포말이 일어나는 지점을 내려다보았다. 조금만 더 숙이면 혹 빨려들 것처럼 위험한 자세인데, 거센 물소리를 가르고 귀에 익은 목소리가 날아들었다.

"낭자!"

그 짧은 외침만으로도 도경의 심장이 요동쳤다. 엉거주춤했던 자세를 바로 하고 그를 돌아보았다. 눈이 마주치자 감정이 북받쳐 눈자위가 뜨겁게 젖어 들었다.

채재헌이 자신을 보고 있다.

초점이 또렷하고 두 눈이 맑았다. 수척하거나 얼굴에 멍든 부위도 없고 건장한 체격을 유지하고 있었다. 그는 더 이상 작은 세상에 갇혀 죽을 날만 기다리던 삶을 살고 있지 않았다.

도경은 다행이라고 안도하면서도 그를 바라보는 것만으로도 심장이 찢길 듯 고통스러웠다. 차라리 고개를 돌리고 싶은데 건강해진 저 모습에 시선이 들러붙어 떨어지질 않았다. 웃는 얼굴도, 생각에 잠겨 한 번씩 찡그리던 그 특유의 표정도 다시 한번 보고 싶다. 글을 읽어 주던 저음의 목소리가 그리웠고, 크고 따스했던 그의 손을 또다시 잡아 보고 싶다.

상상만으로도 가슴이 저릿해 흘러내리는 눈물을 멈추지 못했다. 머리부터 발끝까지, 그의 모든 것을 갖고 싶었으나 결국 곁에 있는 것조차 허락되지 않았다. 그에게 있어 저는 연모할 자격마저 박탈된 사람이었다.

"괜찮소? 왜 밖에 나온 거요? 오전에 별채에 갔다가……."

걱정하며 다가오던 그가 멈칫하였다.

"무슨 일 있소?"

도경의 눈물을 확인하고 당황하여 걸음이 빨라졌다. 그러자 뒤쪽에 서 있던 또 다른 사내의 얼굴이 눈에 들어왔다. 도경은 낯빛이 창백해져 급격히 숨을 들이켰다.

"일단 이쪽으로 오시오. 거긴 위험하오!"

재헌의 충고도 들리지 않았다. 저를 보는 정의 순수한 시선이 화살처럼 날아와 도경에게 박혔다. 충직하면서도 끝까지 신의를 지켰던 저 아이를 배신했다. 자신을 돕다 목을 찔려 흙탕물에 얼굴이 처박혔는데도 아무런 손도 쓰지 않고 도망쳤다.

죄스럽고 미안해 고개를 들 수 없었다.

쓰라린 가책이 뾰족한 칼날이 되어 약해빠진 심장을 마구 난도질했다. 재헌과 정이 뭐라 소리치며 달려오고 있었지만 이미 제정신이 아니었다. 주춤주춤 물러나던 도경은 발 하나가 허공으로 쑥 빠지며 몸이 뒤로 넘어갔다.

"윤도경!"

거칠게 울리는 재헌의 외침을 들으며 눈을 감았다.

이로써 모든 것이 명명백백해졌다. 때로는 이론적으로 설명되지 않는 일이 벌어지기도 한다. 그저 꿈일 뿐이라고, 내가 미쳤을지도 모른다고 단정 짓기엔 관련자들을 향한 이 가슴과 말초 신경이 너무하다 싶을 만큼 정직하게 반응하고 있었다.

외면할 수 없는 진실이자 나의 업보이며 아픔이었다.

도경은 새롭게 품은 기억과 감정을 있는 그대로 받아들이며 물속으로 추락했다. 풍덩, 거친 물소리가 연속해서 이어졌다.

"미쳤소? 이게 무슨 짓이야!"

홀딱 젖은 재헌이 숨 돌릴 틈 없이 달려들었다. 입으로는 화를 내면서도 두 눈엔 걱정이 그득했다. 위에서 곧장 몸을 던져 상한 데가 있을지도 모르면서 그의 눈은 갓 밖으로 건져 낸 도경의 몸만 구석구석 살피고 있다.

그를 어떻게 대해야 하는지 아직 갈피조차 잡지 못하고 있는데 저런 모습을 보니 눈가가 시큰했다. 그의 목을 와락 끌어안고 싶다가도, 그리하면 펑펑 울어 버릴 것 같아 아무것도 하지 않기 위해 어금니만 꽉 사리물었다.

채재헌을 향한 연모의 정이 비단 전생의 일만은 아니었다. 빗속에서 처음 만나 감우당에서 함께 시간을 보내며 그는 언제인지도 모르게 도경의 가슴속에 깊이 들어와 있었다.

모든 생을 통틀어 이 마음을 내준 유일한 사내.

도경은 가슴이 시릿해져, 저를 건져 내느라 물기가 뚝뚝 흐르는 그의 뺨에 젖은 손을 뻗었다. 소리 없이 한쪽 손을 포개자 바쁘게 움직이던 그가 동작을 멈추고 고개를 들었다. 가만히 서로를 마주 보았다.

아름다운 사람이었다. 비껴간 운명 속에서 타인으로 다시 만났음에도 처음과 똑같이 이 마음을 줄 수밖에 없었던 단 하나의 이성.

하지만…… 과연 그게 옳은 일이었을까?

'그대는 윤 대감의 고명딸로 태어나 그분이 주는 온갖 특혜와 권력의 비호 속에서 자랐소. 머리부터 발끝까지 혜명 윤문 그 자체란 말이오!'

'나를 정말 위하고 생각한다면 다시는 찾아오지 마시오. 그대가 쫓아와 이러는 것 자체가 나한테는 부담이고 짐일 뿐이오.'

후회와 염증으로 범벅된 그의 마지막 말이 바로 몇 시간 전에 들은 듯 생생했다. 틀린 말이 아니라 비수처럼 날아와 가슴에 꽂혔다. 피로 얽혔던 두 가문의 원한이 무엇 하나 해결되지 않은 가운데 자신의 이런 애착이 서로에게 독이 되는 것은 아닐지 도경은 고민하지 않을 수 없다.

"괜찮소? 어디 아픈 덴 없고?"

화냈던 게 미안한지 그는 격해졌던 감정을 잔잔하게 가라앉혔다. 갑작스러운 도경의 손길도 고분고분 받아들여 주었다. 그 눈빛과 몸짓이 너무나도 다정해, 다짜고짜 매달려 이대로 도망쳐 어디로든 떠나자고 애원하고 싶었다. 그래서 도경은 차갑게 손을 거두었다.

"예. 괜찮습니다."

흔들리는 마음을 누르고 젖은 몸을 일으켰다. 사고라도 치기 전 그에게서 떨어지기 위해 곧장 발길을 돌리니 재헌이 급히 팔을 잡았다. 한순간에 돌변한 도경의 태도에 당황한 기색이었다.

"왜 그러는 거요?"

"돌아가려고요."

영문을 몰라 하는 그에게 도경은 당연한 것을 왜 묻느냐는 식으로 대꾸했다. 무정함이 지나쳐 무례할 정도의 언사였다.

그의 눈가에 황당함이 번졌다. 방금 들은 그 말이 믿기지 않는다는 듯 잠시 들여다보더니 도경의 대답이 진심이었음을 깨닫고 허탈해했다.

"사람을 그리 놀라게 해 놓고 그게 지금 할 소리요?"

"아, 건져 주셔서 감사합니다. 나리께서 안 계셨다면 물귀신이 될 뻔했네요."

도경의 삐딱한 대답을 재헌은 꾹 참아 삼켰다. 무람없는 어투를 지적하는 대신 차분하게 문제의 원인을 찾으려고 노력했다.

"몸도 성치 않으면서 왜 여기까지 나온 거요?"

"단주를 잃어버렸습니다."

"그래서 울었소? 단주를 잃어버려서?"

"예."

도경의 대답은 건성이었다. 그의 손을 밀어내고 다시 걸음을 옮기니 이번엔 재헌이 성큼 쫓아와 앞을 가로막았다.

"왜 이러십니까?"

"그대야말로 왜 화를 내는 거지? 어찌하여 그토록 심기가 꼬인 것이오?"

"나리께선 어찌하여 그토록 아무렇지 않으십니까?"

"그게 무슨 소리요?"

재헌은 네가 왜 이러는지 도무지 모르겠다는 어조였다.

"어제 물속으로 떨어지기 전, 우리가 무슨 대화를 나눴는지 잊으셨습니까? 전하께서 말씀하셨습니다. 나리께 저에 관한 처분을 맡기셨다고요."

귀 기울여 듣고 있던 그가 기막혀하며 실소했다. 뭐 이리 뻔뻔한 여인이 다 있나 하는 표정이었다.

"그렇다면 당신은 내 앞에서 더욱 공손해야 하지 않나? 지금 뭔가 착각하고 있나 본데, 그 일로 화내야 할 사람은 그대가 아니라 나요!"

"각자의 사정이라는 게 있으니까요."

"사정? 하면 말해 보시오. 대체 무슨 사정이 있어 대비전과 그런 일을 도모하였소?"

"진실을 묻기엔 너무 늦었다는 생각 안 드십니까? 정말 궁금하셨다면 진즉 물으셨어야지요!"

"지금 날 비난하는 거요? 그대는 도의도 상식도 없소?"

"그러니 빨리 처분을 내려 주십시오. 어른들께 알리고, 청학동에 널리 널리 퍼트려 절 여기서 내쫓으시란 말입니다!"

적반하장식의 큰소리에 재헌은 더는 대응하지 않았다. 당신이란 사람, 정말 질린다는 듯 보고만 있어 도경도 괴로웠다. 이 이상은 견디기 힘들어 그를 피해 도망치듯 발을 움직였다.

화급히 이곳을 떠나려고 하는데, 멀지 않은 곳에서 상전의 동태를 살피던 정과 눈이 딱 마주쳤다. 기겁하여 무춤하자 그가 시선을 내려 주었다. 꿈속에서 그를 본 건 우연이라고 생각했다. 불안감이 생성해 낸 무의미한 악몽 같은 것이라고. 한데 이제 보니 그것은 무의식이 빚어낸 자책이었다.

상대가 알든 모르든 그의 앞에선 죄인일 수밖에 없었다. 도경은 무거운 죄책감에 머뭇거리다 고개를 숙이고 재빨리 멀어졌다.

열이 올랐다. 밭에서의 노동과 두 번의 추락, 잠에서 깨기 전까지 생생하게 겪었던 전생의 비극. 무쇠가 아닌 이상 몸이 버텨 낼 재간이 없었다. 게다가 저녁부터 시작된 거센 비가 과거의 끔찍했던 밤을 떠올리게 해 신경은 한층 쇠약해졌다.

"무슨 비가 이렇게 쏟아지는지 모르겠습니다."

약을 달여 오겠다며 감감무소식이던 열비가 안으로 들며 푸념했다.

병풍 쪽으로 돌아누운 도경은 이번 비는 시작일 뿐이요, 올여름엔 유독 비가 많이 내릴 거라는 말을 굳이 하지 않았다. 그저 사지를 늘어뜨리고 꼼짝도 하지 않으니, 열비가 등 뒤로 달라붙어 안색을 살폈다.

"아직 안 주무시죠?"

"……응."

"그럼 잠시 일어나 주십시오. 탕약 드셔야 합니다. 주무시면 깨워서라도 꼭 드시게 하라고 의원이 신신당부하였습니다."

"거기 둬. 식으면 내가 챙겨 먹을게."

"식혀서 가져온 겁니다."

"조금 있다가. 잊지 않고 챙길 테니 너도 이만 가서 쉬렴. 오늘은 이대로 잠들 것 같으니까."

기운 없이 누워 완강히 버티니 한숨 소리가 들렸다.

"알겠습니다. 그럼 꼭 드셔야 합니다."

어쩔 수 없이 한발 물러난 열비는 몇 번이나 당부한 뒤 이부자리를 잘 정리해 주고 조용히 물러갔다. 홀로 남은 도경은 같은 자세로 누워 골똘히 생각에 잠겼다.

오늘 오후, 쫄딱 젖은 옷을 갈아입고 채재윤을 찾아갔다. 계곡에서 감우당으로 돌아오던 중, 어제 폭포 아래로 떨어질 때 화살이 날아온 게 떠올랐기 때문이다. 못된 말을 퍼붓고 돌아선 뒤였기에 재헌에게 돌아갈 엄두도, 평소처럼 정을 찾아갈 용기도 없었다.

왕이 계신 곳에서 그런 일이 벌어졌으니 보통의 경우라면 한바탕 난리가 나고도 남음이었다. 한데 사방이 잠잠하다 못해 평화롭기까지 해 괜한 의심이 들었다. 도경은 사건의 경위를 반드시 알아내고자 했는데, 재윤에게서 돌아온 대답은 하등 싱거울 따름이었다.

'그건 사고였습니다.'

'사고요?'

'이 근방이 예성 채문의 사유지임을 모르는 이들이 산에서 가끔 꿩 사냥을 합니다.'

'그걸 모르는 이가 있단 말입니까?'

'타지에서 온 이들이 간혹 실수를 하지요.'

예상치 못한 회답에 허탈해하면서도 도경은 이의를 제기했다.

'비록 방향이 다르다곤 하나 전하께서 계신 곳에 화살이 날

아왔습니다.'

'예, 맞습니다. 그렇기에 만약 조금이라도 의심의 여지가 있었다면 이 근처는 지금쯤 금군들로 뒤덮였을 테지요. 하지만 모든 정황이 그렇지 않다고 여겼기에 이렇게 조용한 겁니다.'

틀린 말이 아니었다. 도경은 그 이상 반문하지 못했다.

'그날 거기서 사냥했던 이들을 수소문하고 있습니다. 말씀하신 대로 그 자리에 전하께서 계셨고, 두 분 모두 다칠 뻔하셨으니 정확한 확인과 경고가 필요해서요. 그럴 리야 없겠지만, 행여 이 일로 다른 문제가 생긴다면 소저께 제일 먼저 알려 드리겠습니다.'

대화는 그렇게 마무리되었다. 할 말을 잃고 순순히 돌아선 도경은 밤이 늦은 이 시각까지 마음이 편치 못했다.

작년 기습 사건의 배후와 관련해 이제 슬슬 조짐이 보여야 할 시기였다. 혹 이번 일이 빌미가 된 게 아닌지 의심스러웠는데, 김이 팍 샐 정도로 별일이 아니라 오히려 초조했다. 언제 어떻게 불행이 닥칠지 짐작조차 가지 않았다.

전생인지 꿈인지 모를 과거에서 유모는 모든 것이 예성 채문의 모함이라고 울부짖었다. 반대로 저들은 기습 사건의 배후가 혜명 윤문이라고 철석같이 믿었다.

진실이 무엇인지, 아버지와 오라버니들이 정녕 그 일과 관련이 있는지 사실을 확인하고 싶어도 이곳에선 할 수 있는 일이

거의 없었다. 단 며칠이라도 안국방으로 돌아가 꼭 확인해야 한다. 그리되면 대비와의 약조를 깨는 것이 되겠지만 무슨 상관이란 말인가!

감우당에 온 것 자체가 과거와 크게 달라진 점 중 하나인 줄 알았다. 그런데 그게 아니었다. 대비는 달콤한 말로 자신을 이곳에 처넣고 야비한 술수를 부렸다. 언질도 없이 비씨로 올린 뒤 소문을 핑계로 가문을 쳐부쉈다. 가족과 떨어져 있던 탓에 도경은 대응 한번 못 하고 속수무책 당했다.

분하고 억울해 입술을 질겅질겅 씹다가 몸을 벌떡 일으켜 앉았다. 머릿속에 번뜩 스치는 기억이 있었다.

'세상을 전부 안다고 생각하십니까?'

'감우당. ……소저께서 지금 여기 계시는 것 자체가 실수하고 있음을 방증하는 겁니다.'

언젠가 여은이 제게 했던 그 말. 터무니없으면서도 어째 뼈가 담긴 듯해 자세히 묻기도 했으나 그녀는 대답해 주지 않았다. 도경은 묘하게 꺼림칙하면서도 서로의 입장과 시각이 다르니 적당히 걸러 듣자며 대수롭지 않게 넘어갔다. 그런데 이제 보니…….

김여은은 내게 경고했던 것일까?

가능성이 없지 않았다. 대비의 친정 조카이니 그녀는 무언가 알고 있을 것이다.

도경은 당장에라도 뛰어갈 듯 엉덩이를 떼었다가 도로 주저앉았다. 밤이 깊어 모두가 잠들었을 시각이다. 무엇보다, 어설

프게 달려들었다가 이쪽에서 대비전을 의심한단 이야기가 전해지면 낭패였다. 도경은 신중하게 접근해야 한다며 들썩이는 몸을 진정시켰다.

천우신조로 채재헌이 건강하다고 하나 앞으로 무슨 일이 벌어질지 예측하기 어려웠다. 전생과 후생 사이에 끼어 한 치 앞도 모르는 괴이한 삶을 살고 있으니, 동향을 잘 살펴 자주적으로 움직여야 살길이 생긴다. 그렇다고 마음대로 굴었다간 대비에게 빌미만 제공하는 꼴이 될 수도 있기에, 집으로 돌아가기 위해선 적절한 핑곗거리가 필요했다.

무엇이 적당한지 골똘히 궁리하는 동안 하늘에서 들어붓는 뇌우가 점차 거세졌다. 지붕으로 떨어지는 빗소리를 망연하게 듣다가 열비가 가져온 시탁을 들고 바깥으로 나가 보았다.

강한 빗발이 대청까지 들이치고 있었다. 도경은 비 폭풍이 몰아치는 바깥을 내다보다 식어 버린 탕약을 마당에 좌악 내뿌렸다. 빈 그릇을 내려놓고 자리옷을 입은 그대로 캄캄한 빗속에 뛰어들었다. 세찬 빗줄기가 따갑도록 얼굴에 내리꽂혔다. 여름의 문턱이라지만 체온은 금세 떨어졌다.

입동을 앞두고 얼음장 같던 비를 맞으며 돌아다닌 적도 있는데 이까짓쯤이야…….

도경은 몸을 덜덜 떨면서도 그 상태로 계속 비를 맞았다. 이곳에서 바느질이나 하다가 날벼락을 맞으니, 몸이 다소 축나더라도 행동반경을 넓히겠다는 의지였다.

열이 펄펄 끓었다. 가뜩이나 몸이 성치 않은데 억세게 내린 비를 새벽까지 맞았으니 당연한 결과였다. 비를 맞으며 화단 주위를 빙빙 돌다가, 너무 힘들면 처마 밑에 들어가 숨을 돌린 뒤 또다시 빗속에 나가 서 있기를 반복했다.

효과는 직방이었다. 열이 올라 두통이 심하고 숨소리가 거칠었다. 식은땀으로 범벅된 도경은 흐리멍덩하게 풀린 눈으로, 소식을 듣고 찾아온 자영을 올려다보았다.

"의원의 말이 병세가 악화되었답니다. 밭일로 무리하신 데다가 폭포 위에서 두 번이나 떨어지셨으니 그럴 만도요. 하루나 이틀 정도 쉬시면 괜찮아질 거라고 생각했던 저희가 너무 안일하였습니다."

자영은 많이 놀란 듯했다. 매양 어른스러운 척하면서도 결정적일 때 저리 어린 티를 내는 것이 귀여웠다. 예전과는 판이한 모습이었다. 그때의 자영은 매사 침착하고 조심스러웠기에.

아마도 환경적인 영향 때문이었을 것이다. 재헌에게 닥친 비극은 그 사람 혼자만이 아닌 온 가족이 함께 감내해야 할 아픔이었을 테고, 고통은 인간을 성숙하게 하니까. 그 절망을 제발 혜명 윤문이 덧씌운 게 아니기를 바라며 도경은 힘겹게 입을 열었다.

"아닙니다. 단주를 찾겠다고 무리했던 저의 잘못이지요."

"안국방에 연락해야 하지 않을까요? 나중에 이 사실을 아시면 정경부인 마님께서 속상해하실 겁니다. 저희도 송구스러울 테고요."

"그보다…… 얼마간이라도 집에 돌아가 요양하고 싶습니다. 소저께서 괜찮으시다면 가마를 빌릴 수 있을까요?"

"얼마든지요. 그런데 가마를 타실 수 있겠습니까?"

"예. 의원도 괜찮다고 하였습니다. 더 심해지기 전에 서두르고 싶습니다."

간곡한 부탁에 자영이 고개를 끄덕였다.

그녀가 나서 채비를 도우니 일은 빠르게 진행되었다. 도경은 옷을 갈아입고 의원이 내준 탕약을 복용했다. 병이 심각해져 본격적으로 드러누우면 곤란하기에 전날과는 달리 몸을 보신하는 데 적극적이었다.

그로부터 약 반 시진 뒤. 집에 갈 준비를 마치고 밖으로 나오니 자영이 대청 아래에 서서 기다리고 있었다. 안채의 주인으로서 배웅이라도 해 주려나 싶었는데 그녀는 도경을 향해 손을 내밀었다.

"부액해 드릴까요?"

그 돌발적인 행동은 지난번 후원에서의 일을 떠올리게 해 두 사람은 동시에 연한 웃음을 지었다. 열비가 짐을 확인하는 동안 도경은 자영의 부축을 받아 혜를 신고 섬돌 아래로 내려왔다. 그 상태로 가마가 대기 중인 곳까지 함께 걸었다.

"열이 높으십니다. 몸이 아주 뜨거우세요."

"집에 돌아가 며칠 쉬면 나을 겁니다."

"다시 뵐 수 있을까요?"

의외의 질문이었다. 흘깃 옆을 보니, 자영은 자신이 이런 말을 건네게 될지 몰랐다는 표정이었다. 그녀의 솔직함이 마음에 들어 도경도 열이 심해 말라비틀어진 입술에 미소를 그렸다.

"대비마마의 주선으로 왔으니, 몸이 나으면 유종지미 해야지요."

감우당으로 내려오기 전 예성 채문에서 대비전에 올린 날짜가 있었다. 겉으로야 가문의 사적인 일이니 마음대로 해도 될 것 같지만, 내적으로 여러 이해관계가 얽혀 있는 만큼 이번 모임은 그때까지 이어질 전망이었다.

"만약 대비전과 상관없는 일이었다면요?"

그런데 자영은 조금 더 사적인 의견을 듣고 싶어 했다.

"그래도 소저께선 돌아오고 싶으셨을까요?"

"예. 나름 즐거웠답니다."

도경이 순순히 긍정하였는데도 자영은 아쉬운 표정이었다.

"좀 더 잘해 드릴걸…… 후회합니다."

"그러시면 다음번엔 좀 더 잘 대해 주십시오. 은근슬쩍 이상한 노동은 시키지 말아 주시고요."

농을 섞어 엄살을 부리자 자영은 얼굴이 벌게져 '제가 그리 무정한 사람은 아닙니다'라고 항변했다. 소소한 갈등을 빚기는 했어도 하는 짓이 귀엽게만 느껴져 이상타 했더니, 참으로 희한한 인연이었다.

그렇게 두런두런 대화를 나누다 보니 어느덧 가마 앞에 이르렀다. 두 발을 멈춘 자영은 마지막으로 주위에 들리지 않도록 나직하게 속삭였다.

"아침에 큰 오라버니께서 많이 걱정하셨습니다. 퇴청하여 돌아오셨을 때 소저께서 안국방으로 돌아가신 것을 알게 되면 서운해하실 겁니다."

자영을 통해 그에 대한 말을 전해 듣게 될 줄은 꿈에도 몰랐다. 어떤 낌새를 알아챈 듯싶은데, 지금으로선 마땅히 해 줄 말이 없었다. 도경은 잠깐의 침묵 후.

"……다녀오겠습니다."

짤막하게 인사만 건네고 가마에 올랐다.

일행은 자영과 예천댁의 배웅을 받으며 안국방으로 출발했다. 열이 올라 무거워진 머리를 도경은 힘들게 버티고 앉았다. 그 남자가 많이 걱정한다는 자영의 귀띔이 뇌리에서 사라지지 않았다. 계곡에서 내뱉은 못된 말들이 부메랑이 되어 돌아와 도경의 가슴에 피맺힌 생채기를 그었다.

저를 따라 서슴없이 폭포 아래로 몸을 던진 남자였다. 그런 그에게 감사하기는커녕 정색하고 화만 냈으니 얼마나 기가 막혔을까. 질린다는 듯 바라보았으면서도 차마 저에게서 관심을 거두지 못하는 그는 참으로 미련한 사내였다.

전생에서도 그랬을 것이다. 진실 여부를 차치하고, 그를 그리 만든 배후가 혜명 윤문이라는 전언을 들었을 텐데도 폭주하지 않았다. 재헌이 그랬던 배경엔 자신이 있었을 것이다. 건강했던 신체가 그런 꼴로 망가졌으면서도 연모하는 정인의 가족이라 마음껏 저주할 수도, 그렇다고 용서할 수도 없어 괴로웠을 그 마음.

실컷 쏟아 내지 못하고 가슴 깊이 묻은 분노는 염증이 되어 그를 지치게 했을 것이다. 너란 존재가 부담이고 짐일 뿐이라던 그의 마지막 말도, 그렇기에 한 톨의 거짓 없이 진심이었을 테고.

붉어진 눈가에 뜨거운 눈물이 괴어 흘렀다. 바로 며칠 전의 일 같지만 실제로는 이미 몇백 년이나 흘렀다는 점이 참으로 애달팠다. 그렇게나 긴긴 세월이 흘렀어도 도경은 궁금했다.

나의 죽음 이후, 당신은 얼마나 더 살았을까.

그에 관한 기록은 어디에도 남아 있지 않지만, 채재윤의 형님이 젊은 나이에 요절했다고 했으니 긴 삶은 아니었을 것이다. 걸핏하면 열이 끓어 앓아눕던 그를 곁에서 직접 지켜보기도 했다. 그의 최후가 어땠는지 이제 영영 알 길이 없으나, 아깝고도 안타까웠던 그 사내의 마지막 숨이 부디 편안하였기만을 바란다.

넘쳐흐르는 눈물을 주체하지 못하고 도경은 마른 두 손에 엉망으로 젖은 얼굴을 깊이 묻었다.

아침까지 내린 비로 온 세상이 촉촉했다. 함초롬히 물기를 머금은 나뭇잎의 빛깔이 짙어지고, 활짝 열린 창을 통해 간들

간들 불어오는 바람은 시원했다. 딸에게 어울릴 만한 옷감과 패물을 고르던 정경부인 홍씨는 멀리서 들리는 까치 우는 소리에 창 너머 바깥을 내다보았다.

"반가운 소식이 있을 모양입니다."

같이 있던 성주댁의 한마디에 홍씨의 입가에 옅은 미소가 피어났다.

"그러게 말일세. 감우당에서 서찰이라도 오려는지……."

좀처럼 오지 않는 딸아이의 근황을 궁금해하며 노부인은 도경을 위해 고른 노리개를 만지작거렸다. 늘그막에 얻은 딸은 다정하고 밝은 성품의 아이였다. '어머니!' 하고 부르며 해사하게 웃을 때마다 가슴 한편이 뭉클하면서도 행복해지는, 축복 같은 존재였다.

그런 아이에게 먹구름이 끼기 시작한 건 열넷이 되던 해. 온갖 약을 해 먹이고 불철주야 천지신명께 빌었음에도, 급기야 하늘은 딸아이의 기억까지 앗아 가 버렸다.

신병이 아니었음에 안도하면서도 완전히 다른 사람이 된 도경 때문에 하루도 편안히 잠들지 못했다. 어쩔 수 없이 그 어린 것을 별저로 떠나보내면서도 밤마다 남몰래 눈물을 흘렸다. 그 아이에게 닥친 모든 불행이 젊었을 때 건강하게 낳아 주지 못한 제 탓인 것 같았다.

그런데 얼마 전 감우당에서 한 통의 서신을 받았다. 또래의 규수들에게 답례할 만한 걸 보내 달라는……. 이상한 꿈을 꾸며 고립되었던 딸이, 기억을 잃고 세상과 멀어졌던 우리 딸이 건강을 되찾아 동무를 사귀기 시작하였구나!

정경부인은 마음이 들떠 귀한 물품을 준비했다. 그것이 과하다는 것을 알면서도 다른 규수들에게 잘 보이고 싶었다. 우리 딸아이를 잘 부탁한다고, 좋은 동무가 되어 곁에 있어 달라고, 쫓아가서 고개를 조아리는 대신 긴 고심 끝에 택한 물품이었다.

그것을 감우당에 보내고 전전긍긍하며 소식을 기다렸다. 아닌 척하면서도 모두가 좋아했다는 답신 한 장 받을 수 있기를 내심 기대했다. 한데 딸아이에게선 소식 한 줄 전해지지 않았다. 노부인은 그제야 자신이 실수했음을 깨달았다. 과유불급인 것을, 늙은이가 눈치도 없이 취지에 맞지 않는 답례품을 보내 우리 아이를 곤란하게 했구나, 뒤늦게 후회했다.

"후우……."

홍씨는 오늘도 딸아이를 생각하며 걱정 어린 한숨을 내쉬었다. 교령에게 가 보라고 해야 하나, 이런저런 상념들로 속이 편치 않은데 돌연 밖이 소란스러웠다.

"마님!"

곧이어 시비 한 명이 헐레벌떡 뛰어 들어와 성주댁의 엄한 꾸중을 들었다.

"어허, 어느 안전이라고 수선이냐!"

"송구합니다. 하지만 아가씨께서 돌아오셨습니다."

홍씨는 어리둥절하여 되물었다.

"그게 무슨 소리냐? 도경이한테서 글월이라도 왔다는 것이냐?"

"아닙니다, 마님. 밖에 아가씨가 와 계십니다."

잘못 들은 줄 알고 재차 확인했던 홍씨가 놀라 몸을 일으켰
다. 아직 때가 되지 않았는데 딸아이가 벌써 왔다고 하니, 무슨
일이 생긴 것은 아닐지 가슴이 철렁했다.

한달음에 달려 나가니 도경이 부축을 받으며 안채로 들고 있
었다. 두 눈이 퀭하고 안색이 창백해 금방이라도 쓰러질 듯 연
약해 보였다.

"이게 무슨 일이냐! 어쩌다가 이 지경이 된 게야?"

건강을 되찾은 지 얼마나 되었다고 또다시 병색이 짙으니 홍
씨는 억장이 무너졌다. 눈물이 그렁해져 딸아이를 이리저리 살
피다 불현듯 무언가 달라진 점을 감지하고 도경의 두 눈을 응
시했다.

아이가 울고 있었다. 몸이 아파서가 아닌, 그리워했던 사람
과 재회라도 한 듯 애틋함이 실린 눈빛이었다. 홍씨는 주름진
손을 뻗어 도경의 두 뺨을 감싸 쥐었다.

"아가⋯⋯."

"어머니⋯⋯."

"⋯⋯돌아왔구나, 아가!"

남을 보듯 저를 보던 두 눈에 이전처럼 끈끈한 유대감과 애
정이 되살아나 있었다. 아주 오랜만에 그것을 확인한 정경부인
은 소중한 딸아이를 품에 감싸 안았다. 그간 참아 왔던 눈물이
지난밤의 비처럼 주룩주룩 흘러내렸다.

뜻밖의 소식은 퇴청 후 감우당에 도착해 듣게 되었다. 피곤한 몸을 이끌고 작은 사랑에 드니, 주춤주춤하며 나타난 자영이 그녀의 부재를 알려 주었다. 윤도경은 이미 훨씬 전에 안국방으로 떠나고 없다며.

"……알았다."

그에 대한 재헌의 반응은 간결했다. 질문 하나 보태지 않고 무심히 고개를 끄덕이는 것으로 현실을 받아들였다. 어차피 길게 갈 인연이 아니었다. 갑작스럽긴 해도 차라리 이쯤에서 각자의 자리로 돌아가는 편이 서로를 위해 나은 선택이었다.

처소에서 환복하고 평소처럼 석반을 들었다. 밝은 불 아래서 독서를 즐기고, 정갈히 몸을 씻은 다음 잠자리에 누웠다. 너무나도 아무렇지 않아 얼마쯤은 시시했다.

지독히도 신경 쓰였던 게 전부 허상이었나.

마지막에 그 난리를 쳤으니 은연중에 정이 떨어졌을 수도 있겠지.

저답지 않았던 그동안의 열병이 우습기까지 했다. 이제 번잡함을 털고 다시 예전으로 돌아가면 그만인 줄 알았다. …… 충격의 여파는 바로 몰아치지 않고 조금씩 커지기도 한다는 걸 전혀 짐작지 못하고.

하루 이틀 지날수록 통 잠이 오지 않았다. 피로한 몸을 뒤척이다 한밤중에 산보를 나갔을 땐, 무심코 걸음 한 별채가 텅 비어 있어 새삼 이상했다. 식사를 하면서도 별다른 맛을 느끼지 못했고, 어느 순간 몽롱해져 뒤늦게 정신을 차려 보면 시간이 훌쩍 지나 있는 경우가 점차 늘었다.

대궐에서 혜명 윤문의 사내들이 눈에 띌 때마다 그들에게 꽂히는 시선을 떨쳐 내지 못했다. 그들의 얼굴에서 그녀와 닮은 점을 찾아보고, 비슷한 버릇은 없는지 날을 세우고 지켜보았다.

얼마 뒤부터는 이 모든 것이 터무니없게 느껴졌다.

'소저께선 몸이 낫는 대로 다시 돌아오실 겁니다.'

자영이 했던 그 말의 신뢰성을 의심하며 무언가 잘못되고 있다는 불안감만 커졌다. 하루하루 증폭되었던 혼란은 부름을 받고 대전에 들었다가 극에 달했다.

왕은 처음부터 어딘가 편치 않아 보였다. 미리 명을 받은 내관과 궁인들이 물러가고 재헌이 자리를 잡고 앉았음에도 눈동자의 흐려진 초점이 제대로 돌아오지 않았다.

그러고 보니 요 며칠, 전하께서 자주 저런 모습을 보이셨다. 그러니까 정확히, 청학동에 다녀가신 이후로…….

"전하."

기다려도 왕이 반응하지 않아 재헌이 정중히 입을 뗐다.

"……전하!"

"……응?"

몇 번의 시도 끝에 상념에서 깨어난 왕은 그제야 재헌의 존재를 인지하고 몸가짐을 바로 했다.

"어, 왔느냐."

"성심이 어지러우십니까?"

"아니다. 주강에서 오간 내용을 정리하다 보니 생각이 깊어
졌어."

학문적인 고뇌에 잠긴 듯한 분위기는 아니었지만 재헌은 그
저 고개를 끄덕였다.

"그간 어떻게 지냈느냐? 얼굴이 상한 것도 같고……. 매일
마주하고는 있어도 단둘이 볼 기회가 없어 들르라 하였다."

"망극하옵니다."

"전언을 들어 알고는 있다. 화살을 쏜 이를 아직 찾지 못했
다지?"

"집중적으로 수소문하고 있으니 조만간 소식이 있을 것이옵
니다."

폭포 아래로 추락했던 그날 화살 하나가 날아왔다. 왕이 있
는 곳에서 그런 일이 벌어졌으니 절차대로라면 도성이 뒤집어
져 난리가 나야 마땅했다.

하나 화살이 날아온 방향이 애매하긴 하지만 재헌 쪽일 가능
성이 높은 데다가 누군가 사냥하던 중 실수로 날린 것일 수도
있었다. 그도 그럴 것이, 수거한 화살은 조잡하게 제작된 싸구
려 사냥용이었다. 왕 또한 그것을 확인하곤 굳이 일을 키울 필
요가 없겠다며 자체적으로 알아보겠다는 예성 채문의 주청을
흔쾌히 윤허했다.

"관군을 풀어 추적한다면 더욱 빠를 테지만 채 대감의 청이 있었으니 당분간 두고 보도록 하지. 그리고⋯⋯."

다음 말을 잇기 전 살짝 주저했던 왕은 곧 의외의 인물을 거론했다.

"윤도경이 안국방으로 돌아갔다고 들었다."

"그 일과 관련해선⋯⋯."

"안다. 몸이 아파 잠시 자리를 비웠다는 걸."

왕은 재헌의 말머리를 잘라 악의가 없음을 먼저 내비쳤다.

"본래대로라면 감우당에 돌아오지 못하게 해야 하나, 아픈 사람한테 그리 모질게 굴어서야 쓰나. 그쪽도 정리할 시간이 필요할 테니 알아서 처분하라는 명은 당분간 보류해도 좋다."

"⋯⋯명 받잡겠나이다."

재헌의 반응은 다소 늦은 감이 있었다. 안 그래도 골치 아팠던 일, 그녀를 위한 배려는 감사하였으나 그 말을 건넬 때의 왕은 조금 전 사람이 들어온 줄도 모르고 상념에 잠겼을 때와 같은 표정이었다.

상께서 저를 보자고 하신 진짜 이유가 윤도경 때문일지도 모른다는 생각이 언뜻 스쳤다. 본능적으로 느껴지는 불길한 예감에 재헌에게서 정제된 차가움이 뿜어져 나왔다.

그것을 대번에 감지한 왕은 미간을 좁히고 싸늘히 그를 주시했다. 약간의 심술기를 입꼬리에 매달고는 밑도 끝도 없이 개인적인 이야기를 화제에 올렸다.

"근래 내 마음이 편치가 않다. 주위에 마땅히 털어놓을 사람이 없어 홀로 고민 중이었는데, 어려서부터 함께해 온 친우라면 나의 허물을 이해해 줄 수 있겠지."

"무슨 말씀이시옵니까?"

잠깐 흔들렸던 재헌은 다시 중심을 세우고 공손히 여쭈었다.

"요즘 들어 자꾸 한 여인의 발이 떠오른다."

"예?"

구중에서 흘러나온 그 말은 또 다른 의미로 충격적이었다. 재헌이 눈썹을 꿈틀하며 시선을 맞추자 왕은 입가에 냉소를 띠고 느른히 말했다.

"여인의 맨발 말이다. 작고 하얀 발이 머릿속에 박혀 도통 지워지지를 않아."

"그 말씀은 혹…… 승은을 내린 궁녀가 있으시옵니까?"

"잠행 중에 눈에 띈 여인이다. 인적 없는 계곡에서 홀로 발을 담그고 있더군. 날이 화창하게 좋은 날이었어. 치맛자락을 종아리 위까지 걷어 올리고……."

머릿속에서 둔중한 종소리가 울려 퍼졌다. 전하께서 말씀하실 때마다 얼마 전 청학동의 계곡에서 탁족을 즐겼을 도경의 모습이 눈앞에서 바라본 듯 선연히 그려졌다.

햇빛 아래 반짝이는 머리칼과 미소를 머금은 입가, 투명한 물방울이 흐르는 새하얀 종아리, 작고 가녀린 두 발……. 머리털이 쭈뼛 서도록 아찔하면서도 걷잡을 수 없는 분노가 들끓었다.

시원한 물에 발이라도 담그라고 그녀를 계곡으로 인도했다.

예법에 따라 자리를 비켜 주었고, 한참 뒤에 되돌아왔을 때 그녀는 전하와 마주 서 심각한 대화를 나누고 있었다.

도경에게 무슨 말씀을 하셨을까, 걱정만 하였지 설마 그녀의 맨발을 눈에 담으셨으리라곤 상상도 못 했다. 그런데 전하께선 저토록 상세히 서술하고 계셨다. 그날 거기서 윤도경의 맨발을 우연히 본 것도 모자라 관찰 수준으로 집요히 바라보았다고.

"물속을 유영하는 여인의 발 따위에 시선을 빼앗겨 눈을 떼지 못했다니……. 몇 마디 할 말만 나누고 돌아설까 했는데, 당황한 나머지 애먼 그녀에게 화를 퍼붓고 말았지. 문제는 그다음이었다."

왕은 상대가 윤도경이었음을 노골적으로 드러내며 자극적인 발언을 서슴지 않았다. 중간중간, 정말로 곤혹스럽다는 듯 진지해지기도 하면서…….

"경연을 하다가도, 상소를 읽다가도 모든 것이 지워지고 그 여인의 모습만이 자꾸 떠오른다. 단호히 밀어내도 너무 쉽게 스며들어 머릿속을 점령하니 이게 대체 무슨 조홧속인가 싶기도 하고……. 말해 보아라. 내가 왜 이러는 것 같으냐?"

"부끄럽기 때문이 아니겠사옵니까."

구구절절, 감정으로 범벅된 설명과 다르게 재헌의 대답은 냉랭하기 그지없었다.

왕이 픽, 웃음을 삼키며 반문했다.

"부끄럽다?"

"지존이라 할지라도 외간 여인의 맨발을 보는 것은 사적인 욕구를 버리고 도리에 따라 예를 실천하라는 선현의 말씀과 배치되는 것입니다."

"하여 고개를 돌리지 않은 내 잘못을 자책하는 중이다? 여인의 맨발을 수도 없이 떠올리면서 말이냐?"

"잊으시옵소서."

재헌은 철없는 아이를 야단치듯 감히 딱 잘라 말했고, 한순간에 소인배로 전락한 왕은 발끈하여 소리쳤다.

"왕으로서 부끄러운 짓을 했는데, 어찌 잊을 수 있겠느냐!"

"부끄럼을 아는 것은 부끄럽지 않기 위한 첫발이옵니다. 전하께선 성군으로 가시는 길목에 서 계신 것이니, 사소한 실수는 잊으시고 수양에 정진하시옵소서."

어떻게든 시비를 걸려는 왕에게 재헌은 지지 않고 강하게 맞받았다.

"……성군으로 가는 길?"

더 할까 말까, 왕은 잠시 망설이더니.

"난 또……. 내가 그 여인에게 반하기라도 한 줄 알았다."

이런 것도 싫증이 난다는 듯 비아냥거림을 끝으로 예민한 주제의 대화를 종결했다. 그런 끔찍한 소리는 듣고 싶지도 않아 재헌은 웃음기 없는 얼굴로 눈을 내리깔았다.

궐을 나와 가회방 본가로 향했던 재헌은 관복을 갈아입고 붓골의 서사로 길을 잡았다. 붓을 쥐고 조정의 현안을 정리하다 보면 심란해진 마음도 차분하게 가라앉으리란 계산이었다.

대궐에서 가져온 불쾌감을 잊고자 기별에 들어가야 할 내용을 속으로 하나씩 꼽아 보았다. 단속이 느슨해진 틈을 타 예전처럼 다시 목판으로 소식지를 찍어 내는 방안도 고려 중이었다. 그와 관련해 박 서리와 논의해 봐야 할 사항도 천천히 나열해 보는데…… 부지불식간, 체계적으로 돌아가던 머릿속이 흐트러지며 어디선가 청량하게 물 흐르는 소리가 들려와 그의 의식을 뒤덮었다.

치마를 허벅지까지 걷어 올린 도경이 눈앞에 있는 듯 생생히 떠올랐다. 길고 매끈한 두 다리와 깨끗한 살결을 타고 흐르는 물방울. 그런 그녀를 지켜보고 계시는 성상. 그녀가 발을 교차해 물장구칠 때마다 언뜻언뜻 보이는 저 깊은 곳 속살에 재헌은 몸에서 열이 올랐다.

상상이 더해질수록 움켜쥔 주먹에 힘이 들어가고, 숨을 쉬면서도 가슴이 갑갑했다. 이미 지난 일이기에 자신이 끼어들어 전하의 시선을 돌리게 할 방도가 없다는 게 가장 미칠 노릇이었다.

무슨 짓을 해야 전하의 기억에서 그날의 일을 지울 수 있을까.

할 수만 있다면 도경에 대한 전하의 기억을 전부 빼앗아 오고 싶었다. 감정에 매몰돼 걸음을 멈춘 재헌은 머리를 식히기 위해 천천히 숨을 고르다, 문득 주위의 낯선 풍경을 의식하고 경직되었다. 놀라움이 깃든 시선으로 정면을 주시하니 뒤에서 다급한 기척이 들렸다.

"도련님, 어찌하여 여기까지 걸음 하셨습니까?"

"……."

"도련님!"

몰래 뒤를 밟았는지 갑자기 튀어나온 정이 주위를 둘러보며 안절부절못했다. 혹시 아는 사람이라도 마주칠까 봐 두려운 기색인데, 재헌은 망연히 정면만 응시한 채 그를 나무랐다.

"너야말로 어찌하여 여기까지 쫓아온 것이냐. 더는 내 뒤를 따르지 말라 했을 텐데?"

"어쩔 수 없었습니다. 도련님이 최근 이상하지 않으셨습니까. 소인이 걱정할 수밖에요!"

"내가…… 이상하다?"

짧은 말을 되뇌던 그가 이내 헛웃음을 지었다.

여기는 안국방. 눈에 보이는 저곳은 윤이환의 사저였다.

의도한 걸음은 아니었다. 그저 생각에 잠겨 걷다 보니 이곳이었다. 무의식이 타인에게 휘둘린 경우로, 당연히 불쾌해야 하는데 뜻밖에 놀라운 효과를 경험하는 중이었다.

윤도경이 있다. 눈에 보이는 저곳에…….

그 단순한 사실 하나만으로 꽉 막혔던 속이 편안하게 진정되어 살 것 같았다. 극단으로 치우쳤던 상상도 다시금 균형을 되찾아 무의미한 억측을 삼가게 해 주었다.

정의 말이 옳다. 그동안 자신은 이상했다. 그 문제가 어디에서 기인하였는지도 재헌은 이제야 비로소 깨닫고 있다.

결핍.

그것은 있어야 할 이가 사라짐으로 인해 발생한 것이었다. 잠이 오지 않아 밤의 한가운데를 거닐었을 때 별채에 잠들어 있어야 할 그녀가 제자리에 머물지 않고 있었기에…….

어이가 없어 실소를 멈추지 못하던 재헌은 일순 웃음기가 싹 가셔 저 앞의 솟을대문을 노려보았다. 괴괴한 눈빛을 빛내며 딱 하나의 의지만이 머릿속을 지배했다.

……데려오자.

윤도경을 제자리에 도로 데려다 놓자.

그녀가 별채로 돌아오는 상상만으로도 머리를 짓누르던 피로가 말끔히 가신 느낌이었다. 더군다나 재헌은 그녀를 데려올 방법을 잘 알고 있었다.

순식간에 말을 몰아 폭포가 쏟아지는 청학동 계곡에 도착했다. 의복을 훌훌 벗어 던지고 수심 깊은 계곡물에 서슴없이 몸을 내던졌다. 세상과 단절된 수면 아래를 유영하며 목표물을 찾아 힘차게 두 팔을 움직였다.

"제발 나오십시오! 거기서 어떻게 단주를 찾으신단 말입니까! 지난번 장대비가 내렸을 때 하류로 떠내려갔을지도 모를 일입니다!"

숨을 쉬러 수면 위로 올라갈 때마다 정이 야단법석이었다. 그럼에도 재헌은 해야 할 일에만 집중했다. 짧게 숨을 돌린 뒤 깊게 잠수하는 행위를 끊임없이 반복했다.

"저 하늘의 달이 아름답다 하여 허공에다 무턱대고 손을 뻗을까! 난 그런 우를 범하지 않을 것이다! 지난봄에 도련님께서 하신 말씀입니다! 한데 보십시오, 지금 하시는 행위가 그것과 무엇이 다르단 말입니까! 안 되는 일입니다. 도련님께서도 알고 계시지 않습니까!"

정의 뜨거운 호소가 골짜기 구석구석으로 퍼져 재헌의 귀까지 흘러들어왔다. 다소 무엄하긴 했지만 타당한 비판이었다. 해서 그는 정의 질책을 겸허히 받아들이되 잠수를 멈추지 않았다.

참으로 어려운 여인이었다. 속이 투명하게 보이는 것 같으면서도 무슨 생각을 하는지 종국에는 도무지 알 수가 없다. 가까워졌나 싶은 순간 오히려 멀어지고, 미안해할까 봐 걱정하였더니 되레 화를 내며 돌아섰다.

못되고, 황당하고, 당당하게 적반하장이나 행하면서, 말도 없이 사라진 뒤 연락 한 번 할 줄 모르는 여인. 평소의 그라면 상대조차 하지 않았을 유형의 사람이지만 희한하게도 미련을 놓을 수 없었다. 그가 바라는 건 오직 하나였다.

발길이 멈추는 감우당의 그곳에 윤도경이 머물러 있는 것.

대비전과 모의해 작당을 벌였든, 그것이 저에게 어떠한 위해를 가하든 그에게는 더 이상 중요한 문제가 아니었다. 있어야 할 그곳에 윤도경을 데려다 놓을 수만 있다면, 그녀의 온기를 품은 별채를 예전처럼 밖에서 바라볼 수만 있다면 계곡이 아닌 무한한 바다에서라도 그는 얼마든지 이 짓을 할 수 있었다.

질겁하여 말리던 정은 시간이 흐름에 따라 목소리가 갈라지며 서서히 지쳐 갔다. 하지만 재헌은 그 반대였다. 머지않아 채워질 별채를 생각하니 전신의 근육이 팽팽하게 부풀어 갈수록 힘이 솟았다.

이상한 단주

윤이환은 혜명 윤문의 정치적 영달을 위해 하나뿐인 여
식을 중궁에 올리고자 혈안이었다.

이것이 대외적으로 알려진 사실이었으며, 도경 또한 여태껏
그런 줄 알았다. 평소에도 윤 대감은 최고가 되기 위해 치열히
경쟁했다. 누구에게 원한이 있다기보다, 타고나길 경쟁에서 이
겨야만 직성이 풀리는 성정이었다. 어린 시절, 안분지족하는
부친 탓에 고생이 심했던 모친을 보며 성공에 대한 강한 열망
을 불태운 부분도 일부 있었다.

오직 능력만으로 부와 권력을 손에 쥔 그였으니 언젠가 예성
채문을 넘고 싶다는 야망을 품은 것은 당연한 수순이었다. 그
원대한 포부를 현실로 이루고자 윤 대감은 아들들의 훈육에도
극성이었다. 어려서부터 혹독하게 공부시켜 세 명 모두 음서가

아닌 본인들의 실력으로 젊은 나이에 대과 급제라는 위업을 달성케 했다. 이후 채재헌과 채재윤이 새파랗게 어린 나이에 출중한 성적으로 급제하며 남몰래 쓰린 속을 달래야 했지만.

아무튼, 인생 자체가 혼자만의 외로운 경쟁의 연속이었던 윤이환에게도 예외적인 인물이 존재했다. 뒤늦은 나이에 뜻하지 않게 얻게 된 고명딸. 팔자에 없는 줄 알았던 딸을 손자 볼 나이가 되어서야 얻었으니 어찌 아들놈들과 똑같이 대할까.

그는 도경에게만은 한없이 인자한 아버지였다.

딸아이의 태몽인 동백을 키우려고 갖은 궁리를 다 했고, 도경이 악몽에 시달릴 무렵부터는 후원에 집착적으로 매달렸다. 꼼수를 부려 맞지 않는 토양에서 기르고 있는 동백이 한 그루라도 죽는다면 딸에게 불길한 일이 생길까 봐 빚어진 일이었다.

그런 윤 대감이 하나뿐인 딸을 대궐로 보내고 싶어 했을 리만무했다. 뒤늦게 되찾은 기억 속, 정경부인과의 대화에서도 엿볼 수 있는 대목이었다.

전하를 따로 뵙지 않겠다고 고집부리는 도경을 노부인은 엄히 꾸짖으면서도 한탄하듯 달랬다.

'그게 어디 우리가 거부한다고 끝나는 일이더냐! 대감 역시 벌써 몇 번이나 너의 부족함을 대비전에 아뢰었다.'

'정녕 아버님께선 다른 뜻이 없으신 겁니까?'

'대감께선 오직 네가 행복하기만을 바라신다.'

'하면 어찌하여 소녀를 전하께 선보이려 하십니까?'

화가 나서 던진 반문에도 정경부인은 차분했다.

'오해하지 마라. 대비마마께서 친히 이 어미를 불러 자리라도 한번 마련해 보라고 부탁하시는데 어찌 거절할 수 있었겠느냐. 나도 대감도 너를 대궐로 시집보내고 싶지 않다. 아버님께서 최선을 다해 막아 본다고 하셨으니, 마련된 자리에 나아가 그저 예만 다하고 나오너라.'

여기서 가장 이상한 사람은 대비였다. 후사가 없으니 왕후의 삼년상을 꽉 채우지 말고 조속히 간택령을 내리라는 신료들의 등쌀에도 그분은 침묵으로 응수했다. 그러면서도 뒤에서는 혜명 윤문과 사돈을 맺길 바란다는 신호를 끊임없이 보내왔다.

보통 이럴 땐, 원하는 집안의 여식을 내정하기 위해 대외적으로 급하지 않은 척한다고 이해하기 쉽다. 그러나 몇 발짝 떨어져 되돌아보니 대비의 태도는 그 반대처럼 보였다. 혜명 윤문과 함께하는 것이 꺼려져 뭉그적대면서도 이쪽의 영향력을 무시 못 해 부모님께만 마음에 없는 소리를 했던 것 같은…….

영상의 딸을 불러 네가 아니면 안 된다 강력히 주장하다 금세 다른 제안을 해 놓고, 마지막엔 혜명 윤문의 몰락에 일조한 것만 봐도 심상치 않았다. 도경은 고민을 거듭하며 의문하지 않을 수 없었다. 대비는 정말 예성 채문의 폭주를 묵인만 했는지, 혹 그 이상으로 연루되어 있던 것은 아닌지.

설사 재헌을 그리 만든 이가 윤 대감이라고 가정해도 그 처분이 예성 채문답지 않았다. 존재하지 않던 화공이란 인물이 나타난 것만 봐도 그랬다. 그는 도경과 정분을 나눈 것을 실토했다고 했는데, 그럴 경우 화공이란 자도 무사할 수 없었다.

아무리 복수에 눈이 멀었다지만 가짜 증인 역시 목숨을 걸어야 할 판국에 과연 예성 채문이 잔인한 희생을 종용했을까. 암만 봐도 아니었다. 그렇다고 구중궁궐에 앉아 계신 대비께서 하나부터 열까지 모든 일을 주도했다고 하기엔 무리가 있으니…….

집에 돌아와 앓는 동안에도 도경의 머릿속은 여러 가지 생각으로 매우 복잡했다.

도경은 짧고 굵게 앓다가 일어났다. 집으로 돌아오기 위해 밤새 비를 맞으며 고생한 거에 비하면 이른 완쾌였다. 제법 기름진 식사도 가능했고, 의복을 갖추어 입고 앉아 집안의 소소한 일에 참견하기도 했다. 안국방의 집은 더 이상 도경에게 낯선 장소가 아니었다.

"유모, 이거 어때?"

"예쁩니다. 과한 감이 있을 정도로 귀한 선물입니다. 고 서방 그이가 아주 좋아하겠습니다."

도경은 나비 모양의 백옥 단작노리개를 비단 천에 잘 감싼 뒤 선물로 줄 함에 집어넣었다.

"혼인을 축하하는 선물인데 이 정도는 해 줘야지."

"그이에게 내려 줄 귀한 서책도 따로 주문하지 않으셨습니까."

"예전에 고 서방한테 예쁜 꽃다발을 받은 적이 있거든."

그것도 두 번이나⋯⋯.

처음 감우당으로 가던 길, 전생과 현생에서 각각의 이유로 마음이 어지러웠을 때 그가 만들어 준 꽃다발은 따뜻한 위로가 되었다. 이전에는 그가 혼인한 것조차 모르고 생을 끝냈으니 이번만큼은 꼭 챙겨 주고 싶었다.

"이건 그 답례야. 신부한테 잘 보이라고. 듬직했던 그이가 도성을 떠나 새 삶을 시작한다니까 내가 다 서운하네."

아주 긴 여행을 마치고 고향에 돌아온 기분이었다. 그러나 재회의 기쁨도 잠시. 그리웠던 이곳에 아직 터지지 않은 문제가 산적해 있어, 그것을 알고 있는 도경만 가슴이 조마조마했다. 심적으로 위태롭고 평안할 수 없는 상황에서 유일하게 반갑고도 일상적인 소식이 고 서방의 혼인이었다.

고가 계성.

안국방에서 주로 도경의 바깥일을 맡아 하던 막내 겸인이다.

그는 아내가 자식도 없이 일찍 졸한 뒤, 관청에 서리 자리라도 하나 받아 보고 싶다며 혜명 윤문의 겸인이 되었다. 주위에서 아무리 재혼을 권해도 이립이 다 되도록 일만 하더니 갑작스럽게 혼인할 상대가 있다고 고백했다. 도성에서의 생활을 그만두고 낙향하겠다는 뜻도 밝혔다.

얼마 전 고향에 내려가 살림집을 마련한 그는 현재, 신부를 데리러 도성에 돌아와 수청방의 남은 짐을 정리하고 있었다.

"근데 혼례는 신붓집에서 치르는 거 아냐? 왜 고향에 가서 치른다는 거지?"

"신부 측에 모친이 안 계신다고 합니다. 아우가 이제 서너 살쯤 되었는데, 그 아이를 낳다가 잘못되었다고요."

"아우가 그렇게 어려?"

"듣기로는 그렇습니다. 어린 아우가 눈에 밟혀 스물셋이 되도록 혼인도 미루고 고 서방의 애를 태웠다고요. 이건 제 감인데, 이번에 고향 내려가는 것도 쉽지 않을 겁니다."

"진짜 그렇겠네. 아우의 나이가 이제 겨우 서넛이면 차라리 우리 집에 정착하는 게 낫지 않나?"

도경은 걱정되어 합리적인 의견을 내 봤으나 대화는 계속 이어지지 못했다. 서사에 심부름하러 갔던 열비가 밖에서 소란스러운 기척을 내고 있었다.

낙향하여 농사를 짓겠다는 고 서방을 위해 도경은 사람을 보내 관련 서적을 미리 주문해 두었다. 오늘은 열비가 그것을 받아 오는 날이었는데, 무슨 일이 생겼는지 밖에서부터 야단이었다.

도경은 이유도 모르면서 덩달아 가슴이 덜컹거렸다. 심부름을 보낸 곳이 다름 아닌 박 서리가 운영한다는 붓골의 그 서사였다. 혹 그곳에서 채재헌이라도 만났나 하여 긴장하고 있자니 열비가 수선스럽게 뛰어 들어왔다.

"아가씨! ……아가씨!"

"왜 또 이리 법석을 떨어!"

유모의 잔소리가 쏟아졌다. 뾰족한 눈총에도 아랑곳하지 않고 열비는 안으로 들자마자 도경 쪽으로 바싹 붙어 앉았다.

"서사에서 제가 누굴 봤는지 아십니까?"

"누구?"

도경은 오직 한 사내만을 떠올리며 되물었다.

"놀라지 마십시오. 거기에서 쇤네가 글쎄……!"

마른침이 꼴깍 넘어갔다.

"……호판 댁 그 망나니 도령을 보았습니다."

"뭐?"

도경은 김이 새서 낙심했고, 열비를 째려보던 유모가 도리어 큰 소리를 내며 반응했다. 실망감을 애써 감추는 도경을 대신해 꼬치꼬치 캐물었다.

"근신한다고 집에 처박혀 있다더니, 고새 기어 나와 싸돌아다닌다고? 자세히 좀 말해 보거라."

"쇤네가 막 서사 앞에 당도했을 때였습니다. 어떤 꼬맹이가 노는 데 정신이 팔려 하마터면 부딪칠 뻔하였지요."

오랜만에 유모가 호응해 주니 열비는 의기양양해져 떠들었다.

"제가 민첩하게 몸을 피했는데 낯익은 얼굴이 눈에 딱 들어온 것입니다. 접선으로 계속 얼굴을 가리고 있었나 본데, 마침 잠깐 내렸을 때 눈에 띈 것이었습니다. 서사에서 막 나온 건지 어쩐 건지, 거기를 스윽 보고는 재빨리 걸음을 옮기기에 제가 그 뒤를 따라가 봤습니다."

"어딜 가던?"

"근처 으슥한 곳으로 갔는데, 거기서 웬 여인이 기다리고 있더라고요. 차림새로 보아 양반댁 규수였고 얼굴도 굉장히 예쁘장했습니다."

"친밀해 보이든?"

"말도 마십시오. 아무리 구석진 곳이라지만 거기도 엄연히 길거리인데 서로 달라붙어 물고 빨고…… 제가 진짜 민망해서 죽을 뻔했다니까요."

"우리 아가씨께 그런 짓을 해 놓고 지는 연애질이나 하고 있었단 말이냐? 누님의 패물함을 훔치려 했던 이유가 다 있었구나!"

유모는 이를 갈며 분노했다. 그 틈을 타 도경은 미련을 버리지 못하고 질문했다.

"그래서, 서사에는 잘 다녀왔고?"

"예, 아가씨. 이게 주문하신 그 서책입니다."

열비가 보자기로 감싼 한 묶음의 서책을 내밀었다. 도경은 그것을 풀어서 확인하는 척하며 지나는 말처럼 물었다.

"다른 일은 없었니?"

"다른 일이요?"

"아니…… 거기 위층 말이야."

말을 얼버무리던 도경은 또 다른 궁금증이 떠올라 질문의 방향을 바꾸었다.

"그 위층에는 뭐가 있디?"

"거긴 손님들의 출입이 금지되어 있었습니다."

"그래?"

도경은 떨떠름한 반응을 내보이고 입을 다물었다.

지난 생의 기억이 생생했다. 재헌을 찾아 저자에서 마냥 서성거리다 그를 발견한 곳이 서사 건물의 위층이었다. 뿐만 아니라 올봄 감우당에 가기 전, 재헌이 자주 찾는 곳이라 하여 가봤다가 이층에서 뛰어내린 그와 마주치기도 했다.

그런데 거기가 일반인의 출입이 금지된 곳이라고?

……무언가 있다.

도경은 강한 확신이 들었다. 예전에 대화할 때도 느꼈지만 서사의 위층에선 떳떳하지 않은 일이 행해지는 중이고, 그는 그 일과 깊이 연관된 듯 보였다.

그것이 무엇일까? 설마, 김성욱이 그것을 눈치채고……?

쭈뼛, 솜털이 곤두섰던 도경은 곧 과도한 추측을 몰아냈다. 붓골의 그 서사는 많은 유생과 양반 계층의 사내들이 찾는 곳으로 유명했다. 단순히 그가 거기에 있었다는 사실만으로 그렇게까지 연관 짓는 것은 무리한 발상이었다.

도경은 그것과 관련한 나쁜 상상을 멈추면서도 불안이 고조되었다. 동시대이면서도 확연하게 틀어져 궤가 달라진 전생과 현생. 생각할수록 무서운 건, 그럼에도 중간중간 똑같이 흘러가는 지점이 있어 앞날을 전혀 예측할 수 없게 한다는 점이었다. 과정이 달라져 머뭇머뭇하다가 결국엔 이전과 똑같이 불운으로 생을 마감하게 된다면 그야말로 최악이었다.

오싹해진 도경은 황급히 자리에서 일어섰다.

"아버님 후원에 계시지? 나 잠깐 다녀올게."

더는 지체할 시간이 없었다. 불안한 게 한둘이 아니었기에, 급한 대로 가장 마음에 걸리는 문제부터 확인하기로 했다.

종친과 권문세가들이 밀집해 사는 것으로 유명한 안국방. 그중에서도 규모와 화려함이 남다르다고 알려진 거각의 내부를 숨 가쁘게 걸었다. 가장 빠른 길을 선택해 도착해 보니 첫째 오라비 무원이 부친에게 볼일을 마치고 후원에서 들어오고 있었다.

퇴청하여 막 돌아왔는지 관복 차림인 그는 도경을 발견하곤 우뚝 멈춰 섰다. 물끄러미 도경을 응시하는 눈빛이 고요했다. 예전에도 이런 적이 있었다. 그때는 뭘 몰라 움츠러들었으나 이젠 대응책을 알고 있었다.

"오라버니!"

도경은 환히 웃으며 먼저 다가갔다. 무원에게서 안도의 기색이 스쳤다. 웃을 듯 말 듯 수염 속에 감추어진 입가가 실룩거렸다. 이전에는 미처 알지 못했던 부분이다. 그가 딸 같은 누이의 눈치를 살피고 긴장하며 기다리고 있다는 것을.

도경의 오라비들은 어려서부터 부친의 혹독한 조련 속에 성장했다. 그 과정에서 개성 강한 둘째는 반항과 제압당하기를 반복하다가 현재는 사헌부의 집의가 되었고, 셋째는 외모만 얌전할 뿐 부친의 야망을 쏙 빼닮아 스스로 순종했다.

형제 중 가장 순하고 학문 자체를 좋아했던 맏이는 사내답지 못하다는 부친의 다그침 아래 전형적인 모범생으로 길러졌다. 겉으로는 윤 대감의 판박이가 되어 차갑고 과묵해 보이지만,

도경을 포함한 소수의 가족에게만큼은 한 번씩 이렇게 나약한 모습을 보여 주기도 했다. 특히 어린 누이를 마음껏 안아 보지 못한 아쉬움에 딸을 낳길 바랐으나 아들만 내리 셋을 낳아, 도경에게만은 그 정도가 심했다.

"몸은 괜찮으냐?"

"예. 집에 돌아오니 씻은 듯 나았습니다."

"그래도 혹시 모르니 무리하지 마라."

"걱정하지 마십시오. 주위에서 하도 유난이라 그럴 새도 없습니다."

무원은 알 만하다는 듯 고개를 끄덕였다.

"참, 주원이랑 희원이가 널 보고 싶어 하던데."

"예. 오늘 들른답니다. 퇴청하고 아이들과 온다고요."

둘째와 셋째는 오래전에 분가해 근처에 살고 있었다. 본가에도 자주 드나들곤 하는데, 그간 두 오라버니는 멀리서 도경을 훔쳐보기만 하다가 사라졌다. 너무 다그치면 외려 압박이 심해져 기억을 찾는 게 더뎌질 수 있다고 의원이 조언한 까닭이었다.

딴에는 누이를 위해 그리한 것인데, 아무것도 몰랐던 도경은 한동안 진땀을 빼야 했다. 이상해진 누이가 못마땅해 그들이 멀리서 쏘아보기만 하는 줄 알았기 때문이다. 타고난 분위기가 심각하고 눈빛이 날카로워 그리 보였을 뿐,

'말 붙이는 것 정도는 해도 되지 않아?'

'안 됩니다, 형님. 애가 놀라면 어쩌려고요.'

'쟤도 우리한테 익숙해져야지. 자꾸 봐야 정이 들 거 아니야!'

실은 사소한 문제로 의견이 갈려 저희끼리 티격태격 다투기 일쑤였다고 한다.

누이의 기억이 돌아왔다는 소식을 듣고도 둘째와 셋째는 조심스러워했다. 아침저녁으로 올케들을 보내 안부만 묻더니, 도경이 예전처럼 첫째와 자주 대화한다는 소식을 전해 듣고는 태도를 바꿨다. 저희도 더는 참지 않겠다는 으름장과 함께 방문 날짜를 통보했다. 정경부인은 오랜만에 집이 떠들썩하겠다며 희색이 만면해 음식 장만에 여념이 없었다.

"그리고……."

무원은 아직 할 이야기가 남은 듯 머뭇대다가 도경과 시선도 마주치지 못하고 여상히 말했다.

"별당으로 견전병과 찹쌀 전병을 보냈다. 네가 예전에 아팠을 때 먹고 싶어 했던 게 생각나서……."

"정말입니까? 고맙습니다, 오라버니!"

도경은 과장을 더해 기뻐했다. 무원의 반응이 덤덤하기만 해 타인이 보기엔 이상할 수 있으나, 그건 뭘 모르는 사람들의 오해였다. 도경이 손바닥을 부딪치며 유난을 떨수록 무뚝뚝한 그의 얼굴이 점점 더 옅은 분홍빛으로 물들고 있었다. 매우 뿌듯하여 기뻐하고 있다는, 어느 날부터인가 도경이 깨달은 큰 오라버니의 속마음이었다.

무원이 일러 준 곳으로 가 보니 편의 차림의 윤 대감이 동백

나무를 직접 돌보고 있었다. 잎사귀 하나하나 신중히 대하는 자세가 마치 난을 다루듯 조심스러웠다.

전생과 현생, 두 번의 삶에서 부친은 도경의 태몽을 꾸고는 동백을 키우기 위해 후원에 많은 재물을 퍼부었다. 그리고 현생에서 추가된 다른 점 하나가 동백나무를 향한 과도한 집착이었다.

도경이 악몽을 꾸며 시작된 그것은 딸의 인생을 후원의 동백과 결부시킨 까닭도 있지만 또 다른 이유도 존재했다. 바깥 활동을 줄이고 집에 고립되었던 도경이 후원의 우아하고도 붉은 풍경에 위로받으며 자주 나와 거닐었기 때문이다.

도경은 낙화한 동백이 비단 꽃길을 만들었다며 발아래 짓이겨지지 않도록 조심했다. 윤 대감은 그런 딸아이를 위해 동백이 떨어지는 시기가 되면 매일 아침 썩은 꽃송이만 따로 걸러 내 보송보송한 상태를 최대한 유지했다.

그런데 지난번, 이곳에 와 떨어진 꽃송이를 무심히 밟아 댔으니……

최근 생기를 되찾은 도경이 기억까지 제대로 돌아오자 윤 대감은 이제 틈만 나면 후원으로 나와 동백을 애지중지하였다. 여름의 후원엔 풍성하게 개화한 수국이 아름다운데, 그는 지금도 꽃은 지고 나뭇잎이 싱그러운 동백의 군락에만 정성을 쏟고 있었다.

도경은 그런 부친을 얼마간 지켜보다 명랑하게 말을 건넸다.

"아버님, 저 왔습니다!"

즉시 돌아본 노대감의 얼굴이 부드럽게 풀어졌다. 기본적으로 내재된 서늘한 기운이 딸 앞에서만큼은 훈풍으로 바뀌는 게 느껴졌다. 그간 말씀을 안 하셨을 뿐 속으로 애를 많이 끓이셨을 터인데, 차갑고 무서워 보인다는 이유로 뻣뻣하게 얼어 있기만 했으니 죄송할 따름이었다.

"어서 오너라. 수국이 막 예쁘게 피어 네가 나와 보지 않을까, 기다리고 있었다."

"다들 무리하지 말라 하던데, 아버님은 소녀가 이리 나와 돌아다니는 게 걱정되지도 않으십니까?"

"아프다고 누워만 있으면 병이 깊어지는 법이다. 같이 걷겠느냐?"

부친의 제안에 도경은 활짝 웃으며 응수했다.

수국이 예쁘게 핀 곳으로 윤 대감이 도경을 이끌었다. 하얗게 센 수염과 완벽하게 마름질 된 편복, 거기에 최고급의 정자관을 쓴 모습이 실로 한 나라의 재상다웠다. 가족을 비롯해 뜻을 함께하는 이들에겐 듬직한 산과 같았고 어린 도경에겐 한없이 인자한 아버지였다.

그러나 정적과의 경쟁에선 자비가 없었고 권력을 휘둘러야 할 땐 사정을 봐주지 않았다. 오죽하면 예성 채문은 흠모하고 존경하여 따르는 반면, 혜명 윤문 쪽엔 후환이 두려워 머리를 조아린다는 말까지 나돌고 있을까.

그러므로 흑과 백, 양면 모두 윤 대감의 본모습이라고 할 수 있다. 하여 도경은 기습과 관련해 어떤 쪽으로도 치우쳐서 확신하지 않았다. 그저 모든 가능성을 열어 놓고 객관적인 판단을 할 수 있길 바랐다.

"아버님, 소녀 궁금한 게 있습니다."

"무엇이냐?"

조부와 손녀딸처럼 보이는 두 부녀는 후원을 천천히 거닐며 다정한 대화를 주고받았다.

"작년에 도성 밖에서 있었던 기습 사건을 기억하십니까?"

"그리 큰 사건을 벌써 잊기는 어렵지."

"그것과 관련해 이상한 소리를 들었습니다."

"별의별 소문이 한창 떠돌긴 했었다. 그래, 넌 어떤 소문을 들었느냐?"

"자객들이 과도할 정도로 채 정언의 뒤를 쫓은 게 이상하다고 하였습니다. 철저히 준비된 기습이었을 텐데 너무 쉽게 유인에 넘어가 애먼 이 하나만 그 지경으로 만들었다는 게 말이되지 않는다고요. 애초에 전하를 치는 척하며 예성 채문의 장손을 없애고 싶었던 거 아니냐고 의심하였습니다."

실제로 이런 말을 떠들어 대는 사람은 아무도 없었다. 도경은 자신이 알고 있는 역사적 사실을 기반으로 떠본 것이었는데 윤 대감은 여유가 넘쳤다.

"배후는 나라고 하더냐?"

"직접적으로 언급하진 않았지만 어조는 그러했습니다. 아, 감우당에서 들은 말은 아니었습니다. 목멱산에 꽃구경하러 온 이들이 그런 말을 수런거리기에……."

혹 예성 채문에서 그런 말을 들었다고 오해할까 봐 명확히 선을 그었다.

윤 대감은 허허거리며 낮게 웃었다. 부친의 표정 변화를 유심히 살피며 도경은 과감히 질문했다.

"아버님, 소녀는 진실을 알고 싶습니다. 정녕 걱정하지 않아도 되는 문제입니까?"

"보통의 아비라면 이럴 때 달콤하고 긍정적인 말로 하나뿐인 딸을 안심시키겠지. 그렇지만 그건 나의 방식이 아니다. 우리 도경이도 이제 어른이 되었으니 이 아비에 대해 알 건 알아야지."

도경은 긴장한 채 다음 말을 기다렸다. 부친에게서 이렇다 할 감정의 변화가 보이지 않아 무슨 말씀을 하시려는지 예측하기 어려웠다.

"내가 만일 자객을 보냈다면 적어도 그 목표는 채 대감과 이판의 목숨이어야 한다. 한데 정언이라? 풋내 나는 그 어린놈이 어찌 나의 상대라 할 수 있겠느냐?"

가당치도 않다는 듯 윤이환은 싸늘히 조소했다.

"그럼 너는 또 이런 의문을 품겠지. 혹시라도 채 대감과 이판을 해칠 계획이 있느냐고. 결론부터 말한다면 아니, 나는 그럴 계획이 없다. 조정에서 물러나 한거 중인 채 대감을 이쪽에서 굳이 건드릴 필요는 없지. 이판 채승우 역시 마찬가지다. 자객을 보내 정적을 제거하는 방법은 하수들이나 하는 짓이야. 이기고는 싶으나 이기지 못해 광폭하다가 마지막에 저지르는 극단의 못난 짓. 하나 이 아비는 아니다. 산전수전 겪으며 실력으로 이 자리까지 온 내가 곱게 자라 샌님 같은 채승우에게 밀릴 것이 무에 있다고."

윤 대감은 어림도 없다며 코웃음 쳤다. 단전에서부터 솟아나는 순수한 자신감이 하늘을 찔렀다. 부친의 기고만장함을 보고 있자니 도경은 저도 모르게 안심되면서도 지난날의 불행을 결코 잊지 않았다.

"사람의 앞일은 모르는 것 아닙니까. 세간에 그런 말이 떠돌고 있다면, 평소 왕래가 없는 두 집안을 이간하여 아버님을 공격하려는 누군가의 수작일 수도 있습니다."

"걱정하지 마라. 어느 누가 겁도 없이 내게 그런 짓을 저지른단 말이냐?"

"하지만……."

"안다. 작은 틈이 둑을 무너뜨리는 법이니, 네가 오늘 한 말은 잘 새겨들으마."

윤 대감은 도경의 말을 심각하게 받아들이지 않으면서도 어린애의 말이라고 완전히 무시하진 않았다. 마음 같아선 사실 얼마 뒤 우리 집은 한번 망했었다고, 그러나 지금은 상황이 변해 어떻게 될지 모르겠다고 귀띔이라도 해 드리고 싶었다.

도경은 입술을 몇 번 뻐끔거리다 그만두었다. 아무리 귀애하는 딸이라지만 삼생을 사는 중이라고 한다면 어느 누가 믿을까. 그것도 과거, 미래, 현재의 순으로…….

아쉽지만 일단 경각심을 일깨웠다는 데 의의를 둘 수밖에 없었다. 그나마 채재헌이 살아 있어, 이 손으로 그를 직접 살릴 수 있어 천운이었다.

대비는 집요했다. 상태를 보고 간 지 얼마나 되었다고 또다시 사람을 보내 건강이 어떤지 확인했다. 대비의 최측근이라는 강 상궁은 몸이 빨리 회복되어 다행이라며, 마마께 그리 아뢰겠다는 말로 부담을 주었다.

조만간 감우당으로 돌아가야 할 것을 예견한 도경은 주위의 만류를 뿌리치고 외출을 강행했다. 바람 쐬고 싶다는 핑계로 걸음 한 곳은 과거, 재헌과 둘만의 시간을 보냈던 진장방의 그 가옥이었다.

멀찍이 떨어져 보고만 있으니 유모와 열비는 영문을 몰라 주위를 두리번거렸다.

"아가씨, 도대체 여기에 무엇이 있다는 겁니까?"

"어렸을 때 이 근방에서 예쁜 꽃나무를 본 것 같았거든."

"여기에서요?"

유모는 금시초문이라며 눈동자를 이리저리 굴렸다.

"근데 착각이었나 봐."

시선을 가옥에 고정한 채 도경은 아무 말이나 중얼거렸다.

사실은 확인해 보고 싶었다. 저 집이 아직도 그 사람의 소유인지, 요즘도 저기서 혼자만의 시간을 보내는지, 그렇다면 멀리서나마 그를 볼 기회가 있을지…….

소박한 바람과 달리 문이 굳게 닫힌 저 집은 주위를 에워싼 공기마저 차가웠다. 사람의 발길이 오래전에 끊긴 듯 어떠한 온기도 느껴지지 않았다. 그와의 소식이 단절돼 애태우던 시절이 생각나 도경은 장옷을 깊이 내리고 쓸쓸히 돌아섰다.

어디선가 월계화의 매혹적인 향기가 나는 것 같았다. 눈가에 열이 오르고 코끝이 알싸해졌다. 과거는 과거로 묻어 두어야 함에도, 심장으로 느껴지는 고통이 아프고 무거웠다. 이토록 초라하게 도망치면서도 속으로는 그 사내가 눈앞에 나타나 싱긋 웃어 주는 상상을 하게 된다.

환한 얼굴의 그는 곧 도성 근처 계곡에서 피범벅이 되어 쓰러져 있던 모습과 겹쳐 보였다. 예전엔 그 지경 그대로 반나절이 넘게 방치되어 있었다고 생각하니, 가만히 있다가도 간담이 서늘했다. 재작년 가을 안국방에서 눈을 떠 최근까지 벌어졌던 모든 일이 전부 새로운 의미로 다가와 매 순간 도경을 흠칫흠칫 놀라게 했다.

두 눈이 붉어져 훌쩍거리자 유모와 열비가 놀라 다가왔다.

"어찌 그러십니까? 몸이 안 좋으셔요?"

"아니. 눈에 뭐가 들어갔어."

"벌써 많이 걸으셨습니다. 이만 돌아가시지요."

"조금만 더…….”

가 보고 싶은 곳이 있어.

차마 뒷말을 덧붙이지 못하고 도경은 괜찮다는 것을 보여 주기 위해 어설픈 미소를 지어 보였다.

고집을 부려 도착한 다음 행선지는 안국방 아기씨의 자리가 있던 곳이었다. 거대한 고목은 여전히 튼튼히 뿌리 내리고 있는데, 그가 만들어 준 자리는 존재하지 않았다.

이로써 천한 신분의 화공과 눈이 맞았다는 소문이 돌 위험은 사라졌지만 다른 한편으론 소중한 추억을 송두리째 강탈당한 기분이었다. 서글퍼진 도경은 텅 비어 있는 그 자리로 걸어가 가만히 서 보았다.

무슨 까닭으로 우린 대궐에서 다시 마주치지 못하였을까.

바람이 불 때면 자리에서 솔솔 올라오던 자연의 나무 향이 그리웠다. 멍하니 그때의 설렜던 기억에 잠겨 드는데…… 잠시 후 주위를 둘러싼 기척이 소란스러워졌다.

"아가씨!"

유모의 부름에 힐끔 돌아본 도경은 그 너머에 키가 크고 날렵해 보이는, 복장은 평범하나 예사롭지 않은 기운의 사내를 발견했다.

낯선 얼굴의 그는 도경과 눈이 마주치자 당신께 볼일이 있다는 신호로 가볍게 묵례했다.

"전하께서 찾으십니다."

이미 사내를 따라 걷고 있음에도 방금 들은 그 말이 믿어지지 않았다. 이 시각에 전하께서 왜 여기에 계시며, 자신이 이곳에 있는 건 또 어떻게 알고 부르셨는지 혼란스러웠다.

계곡에서도 그러시더니……. 잠행을 나왔다가 두 번이나 우연히 봤을 리는 없고, 사람을 시켜 동태라도 살피신 건가?

……왜?

도무지 이해할 수 없었다. 전생에서 금상을 뵌 건 딱 한 번뿐이었다. 한데 이번 생엔 벌써 다섯 번째가 되었다. 신기함보다는 거부감이 앞섰다. 특히 얼마 전, 느닷없이 계곡에 나타나 매섭게 몰아치던 그분의 협박성 발언이 잊히지 않았다.

당시 도경은 예상치 못한 일격으로 해명 한번 제대로 못 하고 된통 당했다. 하나 더는 그러기 싫었다. 대비에게 뒤통수를 맞은 사람으로서, 이번에도 가만히 앉아 당하기보다 내 살길은 내가 찾겠다는 의지가 강해졌다.

한적한 곳에 이르니 저 앞, 돌아서 있는 젊은 왕의 뒷모습이 보였다. 유모와 열비의 접근이 금지되어 도경은 홀로 왕에게 다가갔다. 인기척을 듣고 그가 휙 돌아서자 적당한 거리를 두고 예를 올렸다.

"확실히 전보다 수척해졌군. 많이 아팠느냐?"

"지금은 괜찮사옵니다."

저를 향한 왕의 눈빛과 하문에 가시가 느껴지지 않은 건 이번이 처음이었다. 도경은 어리둥절하면서도 용건을 여쭈었다.

"전하께선 예까지 어인 유행이시옵니까?"

"글쎄……. 내가 왜 여기까지 왔을까?"

왕은 자신도 정말 모르겠다는 표정이었다. 그러고선 한다는 소리가 기가 막혔다.

"내가 망친 꽃밭을 확인하고 싶었나?"

혼잣말처럼 중얼거렸지만 기분이 확 상하는 소리였다. 내가 망친 꽃밭이라니…… 아무리 왕이시지만 철딱서니 없고 대꾸할 가치조차 없어 빠르게 다음 말을 이어 갔다.

"혹 계곡에서의 경고를 상기시켜 주러 오신 것이옵니까?"

"그날은 내가 지나치게 감정적이었다."

"전하께서 소인을 싫어하시는 건 잘 알고 있사옵니다."

"아니, 나는……."

"그렇다면 더더욱 소인이 감우당에 가도록 허락하시옵소서."

단호한 그 말에 왕은 입을 다물고 도경을 응시했다. 너의 저의를 이해하지 못하겠다는 듯 두 눈이 가느스름해져 보고 있었다.

"왜지?"

"감우당의 동향을 파악해 대비전에 고하면 간택을 면하여 주겠노라, 대비마마께서 약조하셨습니다."

"뭐라?"

왕은 경악하여 인상을 일그러뜨렸다. 저토록 놀라는 걸 보니, 대비와 밀약이 있었음은 파악하였어도 자세한 사정은 몰랐던 모양이다.

어차피 도경은 이판사판이었기에 상관없었다. 이런 식으로나마 왕에게 분명한 의사를 밝혔으므로, 자신도 모르는 사이에 비씨가 되는 일은 없을 것이다. 또한 이 일이 알려져 대비전이 노하신다고 해도, 전하께서 모든 것을 아시고 추궁하셨기에 거짓을 아뢸 수 없었다고 발뺌하면 그만이었다. 앞으로는 누구의 장기 말도 되지 않겠다는 다짐으로 도경은 또박또박 밝혔다.

"마마께선 왕실을 향한 예성 채문의 충심을 궁금해하셨사온데, 그간 살펴본바 어떠한 의구심도 발견할 수 없었나이다. 그들은 풍요롭게 사는 만큼 인심이 너그러웠고, 역모를 꾀하기보다 청학동에서의 농사에 심혈을 기울이고 있었습니다. 그래서 소인, 자수 모임이 끝나는 대로 대비전에 이와 같은 사실을 고하고 간택 내정자에서 물러날 것이옵니다. 왕실과 상관없는 조용한 삶을 살고자 대비마마의 제안을 감히 받아들인 것이니, 전하께서도 의심을 거두시고 모르는 척하여 주시옵소서."

"하……."

왕은 낯빛이 급변해 당혹감을 지우지 못했다. 미처 예상치 못한 상황을 맞닥뜨려 버벅거리다, 뒤늦게 감정을 수습하고 도경을 빤히 응시했다.

"좋다, 일단 그렇다 치고……. 내 마음이 바뀌었다면? 너와 가례를 올려도 괜찮겠다, 그리 대응한다면 어쩔 것이냐?"

"전하께선 소인을 싫어하지 않으셨사옵니까?"

"해서 말하지 않느냐! 마음이 바뀌었다니까!"

왕은 일곱 먹은 아이처럼 버럭 성을 내며 생떼를 부렸다. 도경은 어처구니가 없어 웃음조차 나지 않았다. 그토록 경멸하고 면박을 줄 땐 언제고, 이제 와서 저건 또 무슨 심보란 말인가!

"줄곧 못마땅해하셨사온데 어찌 이젠 괜찮다 하시옵니까? 혹여 소인을 괴롭히려고 이러시는 거라면 부디 자비를 베풀어 주시옵소서."

"처음 만났을 때…… 그래, 네가 썩 마음에 들진 않았다. 하나 개인적인 유감도 없었지. 그건 정치적 이해관계가 얽힌 일이었으니까."

서둘러 해명하던 왕은 점차 본인도 의문이라는 양 표정이 변해 갔다.

"그런데 그다음부터…… 널 보면 이상하게 화가 났다. 말이 격해지고 짜증이 치솟았지. 사대부가 규수에게 그래서는 안 되거늘, 대체 내가 왜 그렇게까지 모질었을까?"

생각에 잠겨 우물거리던 그는 갑자기 옥안을 팍 찌푸리며 짜증을 냈다.

"그 표정은 무엇이냐?"

"무엇을 말이옵니까?"

"내가 어찌하여 그랬는지 안다는 얼굴을 하고 있지 않느냐?"

"잘못 보셨사옵니다."

도경은 뜨끔하면서도 아닌 척, 똑 부러지게 부정하고 서둘러 시선을 외면했다. 허구한 날 노련한 대신들을 상대해서 그런지 왕의 눈치가 보통이 아니었다.

"오늘 보니 내 추측이 틀리지 않았어. 넌 처음 만났던 날 일부러 목석처럼 앉아 날 기만했던 것이야. 그것은 불경에 해당된다! 하니 벌을 받고 싶지 않거든 조금 전 네 머릿속에 있던 생각을 솔직하게 말해 보아라! 내가 어찌하여 그랬을 것 같으냐?"

"소인이 가장 약하기 때문이 아니겠사옵니까?"

"……뭐?"

웬만해선 시치미를 떼려 했지만 입을 열든 닫든 불벼락을 피할 수는 없을 것 같았다. 그렇다면 할 말이라도 해야겠다 싶어 도경은 차분히 아뢨다.

"그게 무슨 소리냐?"

"전하께서 혜명 윤문을 탐탁지 않아 하신다는 걸 잘 알고 있사옵니다."

"하여 강한 네 아비와 오라비들을 어쩌지 못하는 대신, 가장 약하고 만만한 너를 괴롭혔던 것이다?"

"미욱한 소인의 사견이라는 점을 유념하여 주소서."

자신을 낮추되 당당함은 잃지 않았다. 그것이 한층 심기를 건드렸는지 왕은 뭐 이런 게 다 있나 하는 표정이었다. 노여움을 삭이지 못하고 검지를 세우며 철부지 아이처럼 부들부들 떨었다.

"너…… 날 대체 뭐로 보고……!"

"전하!"

수위 조절에 실패하였구나. 솔직히 겁도 조금 났는데 다행히 중간에서 성상의 진노를 막아 주는 이가 있었다. 멀찍이 떨어져 있던, 수염이 없는 한 노인이 거의 뛰듯이 다급한 걸음으로 다가왔다.

보통의 사안으로 그런 행동을 했을 리 없기에 왕은 도경을 삼킬 듯 노려보면서도 분노를 눌렀다. 미처 토해 내지 못한 화는 손가락의 관절이 하얘지도록 움켜쥔 주먹으로 나타났다. 조마조마하게 왕의 상태를 주시하는 사이, 황급히 다가온 내관이 귓속말했다.

도경에게 고정되었던 시선이 흔들리며 왕의 안색이 급변했다. 급한 일이라도 터졌는지 곧장 발을 뗀 그는 성큼성큼 멀어지다 별안간 홱 돌아서 경고했다.

"감우당으로 돌아가도 좋다. 단, 대비전의 일이 새 나가지 않도록 함구해야 한다."

허리를 굽혀 '명심하겠나이다' 하고 답을 올렸으나 왕은 듣지도 않고 순식간에 사라졌다. 멀어지는 무리를 지켜보고 있자니 하얗게 질린 유모와 열비가 부랴부랴 쫓아왔다.

"이게 대체 무슨 일이랍니까? 갑자기 임금님이시라니요!"

"쇤네 자꾸 다리가 풀려 흙바닥에 주저앉을 뻔하였습니다. ……한데 무슨 일이 생긴 겁니까? 누군가 말을 타고 달려와 소곤거리더니 늙은 내관이 놀라는 눈치였습니다."

"글쎄……."

도경은 건조하게 대답하며 어깨를 으쓱했다.

본래 조정이라는 데가 하루도 평안한 날이 없음을 알기에, 그리고 아직은 큰일이 터질 때가 아니라는 확신으로 방심하고 있었다. 여덟 살, 궐에서부터 비틀려 달라진 인생이 다른 결과물들을 끊임없이 생성 중이라는 걸 깜박 망각하고서.

과거의 추억이 서린 장소를 몇 군데 더 돌아본 도경은 마지막으로 교령을 찾아갔다. 지난 며칠, 부친과 세 오라버니, 하물며 수청방의 청지기까지 얼굴을 맞대고 전부 떠봐도 기습 사건과의 뚜렷한 연관성을 찾지 못했다. 해서 이젠 그때의 배후를 혜명 윤문으로만 국한하지 않고 따로 떼어 알아보기로 했다. 그러려면 교령의 도움은 필수적이었다.

그녀의 상단은 고관대작의 안방마님들에게 각종 사치품을 구해 주는 것으로 유명했다. 물건이 훌륭해 부인들은 삼삼오오 짝을 이루어 상단을 직접 찾기도 해, 사람의 왕래가 잦은 곳이었다.

도경은 대문에 들어서며 혹시 몰라 장옷을 깊게 내려썼다. 사환의 안내를 받아 마당을 가로지르는데, 끝부분에 이르러 갑자기 열비가 수선을 피웠다.

"어머, 저기 좀 보십시오! 저분입니다, 저분!"

"쉬잇! 왜 또 이러는 게야?"

유모의 핀잔에도 열비는 흥분을 가라앉히지 못했다.

"저번에 저자에서 보았던 그 아가씨입니다. 호판 댁 도련님과 만나고 있었다던!"

"뭐? 어디?"

혼을 내던 유모가 즉각 반응했고, 가던 길을 멈춘 도경도 호기심에 이끌려 뒤를 돌아보았다.

열비가 가리키는 저 맞은편 중문을 보니 한 여인이 수종과 함께 바깥마당으로 나오고 있었다. 목이 가늘고 긴 데다 이목구비가 오밀조밀한, 깨끗한 인상의 미인이었다. 마음에 드는 귀중품이라도 구경했는지 들뜬 표정으로 시비와 대화를 나누며 대문 쪽으로 걸어갔다.

눈이 초롱초롱해져 여인을 바라보던 세 사람 중 열비가 먼저 입을 열었다.

"어느 댁 아가씨일까요?"

"혼인도 하지 않은 아가씨가 모친도 없이……."

"나도 어머니께 허락도 받지 않고 여기 와 있는걸."

샐쭉해져 트집을 잡는 유모에게 도경은 자신의 처지를 상기시켰다.

"아가씨께선 상단주를 보러 온 것이지요. 여기의 물건은 워낙 고가라 규방의 처자가 홀로 와서 보는 건 흔치 않은 일입니다. 모친과 함께 오거나 집에서 물건을 받아 보는 경우가 대부분이라고 들었습니다."

"그래도 예외가 있지 않을까?"

"글쎄요, 혼인 준비할 때 모친 몰래 먼저 보러 오는 규수가 있다고는 하지만…… 어머나!"

뚱해 있던 유모가 무슨 생각이 났는지 기겁하여 속삭였다.

"아가씨, 망나니 도령이 혼인하나 봅니다!"

꽤 그럴듯한 추측이었다. 때마침 그것을 확인해 줄 교령이 달려 나왔다.

"오셨습니까!"

"교령, 이리 좀 와 보게!"

도경은 그녀를 향해 급히 손짓했다.

"저기 지금 장옷 쓰는 여인 보이는가? 저분이 어느 댁 규수인지……."

"아가씨, 지금 그게 문제가 아닙니다!"

가까이 다가온 교령은 곤혹스러운 기색이 역력했다.

"오늘 한성 판윤 댁 마님께서 다녀가셨습니다. 놀라운 얘길 들어, 자세한 소식이 들어오는 대로 안국방으로 가려던 참이었습니다."

"왜? 무슨 일이 있는가?"

"일단 들어가십시오. 유모 자네는 후에 부를 테니 건넛방에 가 있고."

교령은 사환에게 나머지 두 사람을 챙기라고 말한 뒤 도경을 재촉했다. 웬만해선 이리 서두르는 사람이 아니었기에 일행은 영문도 모른 채 얌전히 요청에 따랐다.

"그게 무슨 소리인가? 정언 나리께서 나포되어 금부로 인계되었다니!"

안 좋은 일이 있겠거니, 대충 짐작하였어도 이 정도는 아니었다. 방에 들어와 무슨 일인지 전해 들은 도경은 사색이 되어 비명에 가까운 소리를 질렀다.

"정확한 건 소인도 아직 모릅니다. 판윤 댁 마님께 얘기를 듣자마자 사람을 보내 은밀히 알아보라 하였으니 우선 기다려 보십시오."

"말도 안 돼……."

도경은 현실을 받아들이지 못하고 혼잣말했다. 교령 역시 깊은 한숨을 내쉬었다.

"아가씨께서 이리 반응하시는 것도 사실 말이 되지 않습니다. 하고 많은 사내 중에 왜 하필 예성 채문의 종손이십니까? 안국방에서 아시면 정말 큰일 납니다!"

"그럴 리가 없어. 사람을 착각한 거 아닌가?"

다른 말은 귀에 들리지도 않았다. 도경은 반쯤 넋이 나가 교령을 다그쳤다.

"차라리 저도 그랬으면 좋겠습니다."

"나리께서는 간관(諫官, 사간원과 사헌부에 속한 벼슬아치)이야. 재직 중에 함부로 나포할 수 없다고 들었네."

조정의 대표적인 청요직인 대간(臺諫, 대관과 간관을 아울러 이르는 말)은 여러 특권이 부여되었는데 그중 하나가 재직 중에 함부로 신체적 구속을 당하지 않는다는 것이었다. 한데 간관인 그가 금부에 붙잡혀 있다니, 역모와 연루된 게 아닌 이상 그럴 수는 없었다.

"판윤 댁 마님께서 그런 엄청난 일을 두고 입을 가볍게 놀리셨을 리가요."

하나 그 또한 틀린 말이 아니기에 도경은 반박하지 못했다.

평소 교령은 최상류층 마나님들에게서 굵직한 소식을 자주 접했다. 대부분 당상관인 남편이나 아들에게서 듣고 전해지는 소식으로, 정보의 질과 정확도를 따진다면 도성 제일이라고 쳐도 모자람이 없었다. 오늘의 이 소식도 물건을 보러 온 정부인에게서 직접 들은 내용이니 근거 없는 소리는 아니었을 것이다.

게다가…….

한 시진 전, 성상께선 대궐에서 전해진 전갈에 안색이 급변해 환궁하셨다. 아마도 이 일과 관련한 소식을 듣고 놀라셨기 때문이었을 것이다.

재헌에게 무슨 일이 벌어지고 있는지 걱정되어 가슴이 죄어들었다. 기습 사건이고 뭐고 당장 눈앞에 닥친 일이 더욱 급했다. 혹시라도 이번 일에 혜명 윤문이 관계돼 사달이 날까 봐 무섭기도 하였다.

뭐라도 해야 한다.

이대로 가만히 앉아 걱정만 하다간 또다시 잘못된 역사가 반복될 수도 있다.

"안 되겠어."

"아가씨!"

겁에 질린 도경이 몸을 벌떡 일으켰다. 거의 동시에 밖에서 인기척이 들렸다.

도경을 말리던 교령이 반색하여 소리쳤다.

"장 행수입니다! 나리에 대한 소식을 가져왔을 겁니다."

"……어서 들이게."

흥분했던 도경이 보료에 도로 자리하자 교령은 밖에 있는 사람을 불러들였다.

문이 열리고 도경도 아는 얼굴인 행수가 들어왔다. 전 상단주인 교령의 부친을 오래 모셨던 경험으로 인맥이 탄탄하고 일 처리가 깔끔해 상당히 신뢰받는 자였다. 그가 공손히 인사하고 자리를 잡는 즉시 도경이 캐물었다.

"정언 나리께서 금부에 계시는 이유를 알아보았는가?"

"예, 아가씨. 그것이…… 붓골의 서사에서 기별을 제작해 배포하였다는 혐의입니다."

"세상에……!"

교령이 기함하여 탄식했고, 도경은 얼굴에서 핏기가 완전히 사라졌다.

민간 기별을 병적으로 싫어하셨던 선왕께선 서거하시기 직전 그것에 대한 혐오가 더욱 깊어졌다. 기별을 무단으로 제작해 민간에 배포하는 자에겐 신분이나 지위 고하를 막론하고 엄벌에 처하라는 윤언까지 내리셨다. 뒤를 이어 등극한 금상께선 민간 기별을 혐오하진 않으셨으나 당장에 선왕의 유지에 반하는 결정을 내리시기도 어려울 터였다.

간관인 재헌이 나포된 이유를 완벽히 이해한 도경은 전신이 차갑게 식었다. 서사의 위층이 수상쩍다 싶더니, 진즉에 말리지 못한 것이 한스러웠다. 무엇을 어떡해야 할지 몰라 눈시울을 붉히는데 교령이 질문을 뒤이었다.

"나리께서 제작하였다는 기별이 무엇인지도 알아보았는가?"

"예. 공교롭게도 소인이 자주 찾아보던 것이었습니다."

행수는 들고 있던 장부에서 몇 장의 종이를 뽑아 서안에 대령했다.

"이건……?"

재빨리 확인한 도경과 교령은 일시에 눈이 커져 입을 다물지 못했다.

"그는 간관입니다! 그런 대우를 받아서는 안 된단 말입니다!"

서안을 내리치는 왕의 기세가 사나웠다. 호판 김사흔은 어린 조카 앞에서 '황공하옵니다' 하고 외치며 넙죽 엎드리면서도 속으로는 여유가 넘쳤다.

채재헌에 관해서라면 전하께서 종잡을 수 없을 만큼 예민해진다는 걸 이미 오래전부터 알고 있었다. 뻔히 예상한 반응이니 움츠러들 이유도 전혀 없었다. 망극하다, 황공하다, 입버릇처럼 반복했던 말들로 대충 어리광이나 받아 주다 물러가자는 심산이었다.

"몇 번이나 말씀드렸습니다. 채 정언을 건드리지 마라! 그 아이를 죽일 수도, 살릴 수도 있는 이는 오직 과인뿐이어야 합니다!"

"고정하시옵소서, 전하. 신이 무엇을 했다고 이리 역정을 내신단 말이옵니까? 간관의 본분을 망각하고 저자의 무뢰배들과 어울려 불법을 자행하였다는 혐의를 받은 것은 채 정언이옵다. 그자의 평소 행실이 좋았다면 그런 발고가 들어오지도 않았을 것입니다."

"증좌도 없는 그 이상한 발고 말입니까!"

"정황 증거가 충분하다는 것을 알고 계시지 않사옵니까. 발고자의 증언이 사실인지 아닌지는 이틀 뒤에 판가름 날 것이옵니다. 또한 그것을 확인하기 위해 채 정언의 발을 확실히 묶어 둘 필요가 있다 하였사옵니다. 신은 그저 호조를 관장할 뿐이니, 이번 일에 대해 의혹이 있으시거든 관련자들을 불러 하문하시옵소서."

김사흔은 어찌하여 아무 상관 없는 자신을 불러 이러시냐는 불평을 에둘러 올렸다. 한껏 억울해하는 표정의 그를 왕은 가만히 주시하다 냉소했다.

"조정은 참 재미있는 곳입니다. 끊임없이 편을 나누어 패싸움을 즐기지요. 그렇다고 같은 세력끼리 똘똘 뭉치느냐, 알고 보면 그렇지도 않더라는 것입니다. 한편을 먹고서도 그 안에서 계파를 나누어 치열히 물밑 다툼을 벌이지요."

"전하, 그 무슨 말씀이시옵니까? 신들은 그저 왕실과 나라의 안녕을 위해 최선을 다하고 있을 뿐이옵니다."

"발고한 자와 처음으로 접촉했다는 한성부의 관리가 영상의 사람이라 들었습니다."

"그러하였습니까?"

저는 모르는 일이라는 듯 호판이 시치미를 뗐다.

"자칫 잘못하다간 이번 일을 벌인 배후가 윤 대감이라는 소문이 나돌지도 모르겠습니다."

"세상사란 순리대로 돌아가게 마련이지요. 채 정언의 죄가 명백하고 윤 대감이 떳떳하다면 주위에서 걱정할 일은 아닐 것이옵니다."

"한데 과인이 최근에 알게 된 사실이 하나 있습니다."

청산유수로 받아치는 외숙에게 왕은 목소리를 낮추고 나직이 말했다. 그 느낌이 좋지 않아 호판은 순간 숨을 죽이는데, 상체를 앞으로 기울인 왕이 입가에 비웃음을 띠고 소곤거렸다.

"그자가 얼마 전, 외숙의 사람이 되었다고요?"

시종일관 이어 가던 여유를 하마터면 잃을 뻔했다. 입꼬리에 경련이 이는 것을 가까스로 참으며 김사흔은 똑같은 표정을 유지했다. 어린것이 자라 용상에 앉더니 이제 왕 노릇을 하고 싶은 모양이었다.

대전을 나온 호판의 낯빛이 싸늘하게 일변했다. 의혹을 거듭 부인하였으나 왕은 질책하는 눈빛을 거두지 않았다. 대비께서 저를 매양 무시하시니 새파랗게 어린 조카마저 호조의 수장인 이 외숙을 우습게 여기고 있었다.

하긴, 그런다고 무슨 위협이 되는 것은 아니지만…….

그래 봤자 아무것도 못 하리라는 것을 장담할 수 있었다. 왕은 한성부 관리의 일을 외부에 발설하거나 저의 털끝 하나 건드리지 못할 것이다. 만에 하나 일이 잘못된다고 해도 대비전을 물고 늘어지면 끝날 일이다. 성상께선 진노하시면서도 늘 그랬듯 차마 모후를 외면하지 못하고 덮어 주실 테니까.

해서 지금, 그가 씩씩거리는 이유는 다른 부분 때문이었다. 한성부 관리의 포섭은 극비 사항이었다. 그를 매수하기 위해 들인 시간과 돈이 얼마인데 이리 허무하게 비밀이 샜단 말인가! 가까이에 배신자가 있지 않는 이상 벌어질 수 없는 일이었다.

누구일까?

김사흔은 음산한 눈빛을 번뜩이며 가능성 있는 인물을 몇몇 추려 보았다.

자신의 측근은 아니었다. 이 일을 알고 있는 자들은 왕이 접촉하기 어려운 사저의 수족이었으므로. 그렇다면 대비전에서 샜다는 소리인데…….

"누가 감히……!"

그는 발끈하여 대비전을 향해 발길을 돌리다가 우뚝 멈추었다. 까딱 잘못했다간 간자가 발뺌할 기회만 제공하는 꼴이 될 수 있다는 판단 때문이었다. 쥐새끼가 있는 것을 알았으니 신중해야 한다. 감정에 휩쓸려 움직이기보다 덫을 놓아 누구인지 확인부터 하는 것이 급선무였다.

김사흔은 일단 금부를 향해 방향을 바꾸었다. 대비전에 사람도 붙일 겸, 갑자기 잡혀 와 경황도 없을 텐데 채재헌이 어쩌고 있는지 구경이나 해 볼 요량이었다.

참으로 애매한 사건이었다. 불법이지만 관행처럼 배포되던 민간 기별. 선왕의 열등감으로 인해 죄악시되었던 그것은 후대에까지 영향을 미쳐 전도유망한 관리 하나를 망치게 생겼다.

간관을 건드렸다는 이유로 벌 떼같이 일어섰던 조정의 중신들은 그 혐의를 듣고서 의견이 분분해져 골머리를 앓았다. 심지어 예성 채문을 따르는 세력마저 이러지도 저러지도 못하고 눈치 보기에 급급했다. 지켜보는 호판으로선 너무나도 즐거웠다.

별거 아닌 일이나 별거일 수 있는 일.

귀에 걸면 귀걸이요, 코에 걸면 코걸이가 될지니, 입맛대로 여론을 조정해 이익을 취하기 딱 좋은 죄목이었다. 앞으로의 계획도 이미 세워 두었다. 짧게나마 가까운 곳으로 유배를 보내 제 아들에게 손찌검한 대가를 톡톡히 치르게 한 뒤 적당할 때 손을 내밀어 여은과 혼인시키겠다고.

"오셨습니까, 대감!"

의금부로 들어서니 호판을 발견한 한 관리가 뛰어나와 고개를 숙였다.

"채 정언은 어디 있는가?"

"지금 조사받는 중입니다."

"안내하게."

"예? 하지만……."

아무리 정2품 판서라지만 월권이나 다름없는 요구에 관리는 선뜻 응수하지 못하고 머뭇거렸다. 윤이환이나 채여준이 왔어도 저리 망설였을까. 김사흔은 치솟는 짜증을 속으로 누르며 미리 준비한 말로 껄끄러울 수 있는 상황을 모면하였다.

"대전에서 오는 길일세. 전하께서 염려가 크시어 가 봤으면 하는 눈치시더군. 어쩌고 있는지 밖에서 확인만 할 테니 걱정하지 말게."

"예, 알겠습니다."

국법이 지엄하다고 한들 의금부는 왕권을 뒷받침하는 기관이었다. 전하께서 궁금해하신다는 한마디에 더는 토를 달지 않고 그를 안내했다. 여전히 자신만의 힘으로는 안 된다는 사실이 침울하면서도 호판은 겉으로나마 위엄을 지키며 뒤를 따랐다.

어둑한 건물의 내부를 쭉 걷다가 맨 끝 칸에 이르러 관리가 걸음을 멈췄다. 이후 그자가 알아서 물러나자 살며시 문을 열어 안을 들여다보았다.

의금부 도사의 맞은편 자리에 채재헌이 있었다. 그를 본 호판은 대번에 얼굴을 찡그렸다. 보나 마나 둘 중 하나라고 생각했다. 감히 사간원의 관리를 구속했다고 길길이 뛰거나 당황하여 굳어 있거나. 그런데 재헌은 서고에서 서책이라도 찾는 양 편안하게 앉아 주위를 둘러보고 있었다.

"내 말 듣고 있는가?"

"듣고 있습니다."

도사의 근엄한 주의에도 전혀 움츠러들지 않았다.

"발고한 자가 있긴 있는데 결정적인 증좌는 찾지 못하셨다고요. 아니지. 확실한 증좌도 없이 사간원의 관리를 붙잡고 있는 것에 대해 변명하고 계셨던가요?"

"자네 일을 떠맡아 우리도 아주 난감하네! 내 한성부 그것들을 그냥……!"

도사는 주먹을 불끈 쥐고 씩씩거리더니 빠르게 제정신을 차리고 재헌을 비난했다.

"그러니까 왜 박가 같은 놈하고 어울렸는가?"

"성균관에 한번 가 보십시오. 박 서리와 친분이 없는 자를 찾기가 더 어려울 겁니다. 나리께서도 그자에게서 서책을 받아 보지 않으십니까?"

"다른 이에 비해 자네의 방문 횟수가 잦은 것은 사실 아닌 가! 공통점도 없는데 그리 어울려 다니니 의심을 살 수밖에."

"증좌도 없이 일을 벌인 금부의 무능을 그런 말로 덮으려 하지 마십시오."

"이보게, 정언!"

아무리 삼사의 요직에 있다고 하나 한참이나 어린 놈이 꼬박꼬박 말대꾸하니 의금부의 도사도 붉으락푸르락하였다. 탁상을 내리치며 언성을 높였다가 이내 끙, 앓는 소리를 내며 노기를 가라앉혔다.

"자네가 붓골의 서사를 방문한 날짜와 횟수는 발고자가 증언한 내용과 확실히 일치했어."

"그것이 증좌가 될 수는 없습니다."

"그래서 자네를 가둬 둘 필요가 있었네."

"무슨 말씀입니까?"

도사는 기별지 몇 장을 꺼내 재헌 앞에 내밀었다.

"자네가 작성했다고 발고자가 가져온 기별이네."

"제 글씨라면 얼마든지 찾아 비교할 수 있을 텐데요?"

"능력이 출중한 자네 아닌가. 필체 정도야 능수능란하게 바꿀 수도 있겠지."

도사는 씩 웃으며 검지 끝으로 기별지를 톡톡 두드렸다.

"이런 글씨의 기별이 다른 것들과 섞여서 배포되는 날이 이틀 뒤더군."

"그래서 저를 이틀 뒤까지 여기에 붙잡아 두시겠다는 겁니까?"

"항상 나오던 시간에 이런 필체의 기별이 배포되지 않으면 자네는 아주 곤란하게 될 거야. 자네뿐이 아닐세. 박가를 비롯해 그와 조금이라도 필사 일을 같이했던 자들이 전부 붙잡혀 있네. 내일 거야 이미 준비해 뒀을 터. 모레, 그가 제작했다고 의심받는 기별이 늘 나오던 시간에 시중에 돌지 않으면 본격적인 심문은 그때부터 시작될 걸세."

재헌은 마음대로 해 보라는 듯 전혀 기죽지 않았다. 그러나 그를 면밀히 지켜보던 호판은 찰나의 순간을 놓치지 않았다. 본인이 작성한 소식지의 배포 날짜가 정확히 언급되었을 때 한 번. 박 서리와 그 일당이 잡혀 있다는 말을 들었을 때 두 번. 그는 분명 눈빛이 흔들렸다.

채재헌이 동요하고 있음을 확신한 김사흔은 문을 닫고 걸음을 돌렸다. 고분고분하지 않은 게 흠이기는 해도 어차피 유배 한번 다녀오면 해결될 일이었다. 그런다고 천성이 입맛대로 바뀌지는 않겠지만, 저런 면이라도 있어야 괴팍한 성정의 여은을 감당할 것 아닌가.

본래의 계획대로 산송장이 되었다면 바랄 것이 없었겠으나 운 좋게도 멀쩡한 몸으로 살아 돌아왔으니 다른 도리가 없다.

"내 사위라도 되어 줘야지."

호판은 입술을 틀어 야비하게 웃다가 의금부 관리가 기다리는 곳에 이르러 표정을 근엄하게 바꾸었다.

심지를 태우는 불꽃의 춤사위가 오늘따라 거셌다. 하룻밤을 꼬박 지새우고 또 다른 밤을 맞은 재헌은 붉어진 눈으로 등화의 일렁임을 응시했다.

발고자는 붓골의 서사에서 일을 돕던 사환이라고 했다. 사람 관리에 철저한 박 서리가 어쩌다가 그런 실수를 했는지 모를 일이었다. 자신 또한 마찬가지다. 단주를 찾느라 주의를 기울이지 못한 게 단 며칠이었다. 그 잠깐의 사이 이런 일을 당했다는 게 쓸쓸하기 그지없었다.

그나마 간관이라는 신분 덕에 어제오늘 의금부의 한 칸을 차지할 수 있었다. 그러나 이 밤이 지나고 내일 아침, 여느 때처럼 기별이 배포되지 않으면 곧장 하옥되어 혹독한 심문을 받게 될 것이다.

예전에는 어찌 되든 상관없었다. 하던 일이 발각돼 책임져야 할 상황이 발생하면 모든 책무를 내려놓고 홀가분히 유배지로 떠나겠다고 호기로운 각오를 다지곤 하였다. 그렇게라도 이 지긋지긋한 조정과 왕실에서 벗어나고 싶었다. 하지만 이제 아니었다. 동백기름을 발라 윤기가 흐르는 머리카락과 다홍빛의 치맛자락이 머릿속을 스칠 때마다 조바심이 일었다.

생각을 해야 한다.

어떡해야 이번 일을 깔끔히 해결할 수 있을까.

자리에서 일어나 초조하게 탁상 주위를 서성거렸다. 의금부 도사를 제외하고 출입이 철저히 제한돼 바깥일이 어떻게 돌아가고 있는지 알 길도 없다. 박 서리와 필사자들까지 전부 갇혀 있다고 하니 따로 대책이 마련될 일도 없고…….

생각할수록 암담해 재헌은 손으로 머리를 짚는데, 기척도 없이 익숙한 음성이 말을 걸었다.

"어디가 안 좋은 것이냐?"

설마 하고 돌아보니 주위를 물린 왕이 안에 들어 자신을 보고 있었다.

"……전하!"

지난밤의 불면으로 몸과 머리가 무거워진 재헌은 평소보다 느릿하게 반응했다. 물론 그는 자신의 움직임이 둔해져 있음도 알지 못했다.

"의관을 불러 주랴?"

"아직 침수 들지 않으셨사옵니까?"

세상이 숨을 죽인 시각, 재헌의 목소리는 어둠에 젖은 생물처럼 고저가 없었다. 왕은 그러한 재헌을 한참이나 말없이 바라보더니 탁상 앞에 먼저 의자를 빼고 자리했다.

"오너라."

시키는 대로 그 맞은편에 가 앉자 왕은 단도직입적으로 하문했다.

"박가라는 그자와 기별을 만들어 배포하였느냐?"

"예."

이제 와서 아니라고 발뺌할 순 없었다. 서로 꼬인 부분이 있긴 하지만 주군으로 모시는 분을 기만하기도 싫었다.

재헌은 부끄러운 짓을 한 게 아니었다. 나라의 기밀을 누설하지 않았고, 왕실의 위신을 깎아내리지도 않았다. 다만 백성들의 삶이 조정에서 어떻게 논의되고 있는지, 그리하여 앞으로 어떤 변화가 일어날 수 있는지 그들에게 명확히 알려 주고 싶었다. 일정한 세력에게 거금을 후원하고 그에 대한 대가로 소식을 독점한 뒤 상업의 원활한 구조를 파괴하려는 이들도 그런 식으로나마 경계하고 싶었다.

"내게 와 직언할 순 없었던 것이냐? 너는 밖으로만 돌 게 아니라 나에게 와 강력히 주청했어야 했다. 감추려고만 하지 말고 떳떳하게 공개할 수 있어야 한다고. 구태를 답습하지 말고 필요에 따라 그것을 깨부술 수도 있어야 한다고! 그게 바로 네가 그 자리에 앉아 있는 이유 아니냐!"

"수도 없이 주청드렸사옵니다. 하나 선대왕 전하께서 승하하신 지 얼마 되지 않았다는 이유로 번번이 물리지 않으셨사옵니까!"

"그래서 당당히 불법을 저질렀단 것이냐? 그건 죄가 아니라는 말이냐!"

그리 따져 물으신다면 할 말이 없었다. 설사 허점이 있다고 해도 우선은 지켜져야 하는 게 국법이었으므로.

재헌이 상답하지 못하고 시선을 내리자 왕은 당해도 싸다며 그의 처지를 비웃었다.

"꼴좋다, 아주. 네가 그리 정의를 외치며 이런 곳에 처박히는 동안 내가 어제 무엇을 했는지 알고는 있느냐?"

"……."

"잠행을 나가 윤도경을 만났다. 그녀가 중궁이 되어도 나쁘지 않겠더군. 가례를 올리는 것에 부정적이었던 내 마음이 바뀌었음을 그녀에게도 똑똑히 알려 주었다."

퍽 충격적인 발언이었지만 시선을 들어 왕을 보는 재헌의 눈빛은 차분했다.

희한한 일이었다. 그녀를 향한 왕의 과민한 반응을 지켜볼 때마다 사실 많이 불안했다. 어심이 어떻게 움직이고 있는지 선명하게 가늠되지 않아 신경이 예민해지곤 했는데 막상 구중에서 저런 말을 들으니 안심되었다. 그간 흔들렸던 왕의 감정이 어떤 종류였는지 정확하게 알 것 같았다.

"무엇이냐? 왜 그런 표정을 짓고 있지?"

"언젠가 전하께서 말씀하셨습니다. 윤도경은 지루한 여인이었다고. 관심을 끌 만한 특별한 구석이 조금도 없는, 무색무취한 여인이었다고."

"그래서 말하지 않았느냐, 내 마음이 바뀌었다고! 그녀는 목석이 아니었다. 오히려 당돌하고 흥미롭더군."

"정말 그러하옵니까?"

"다른 뜻이라도 있다는 소리냐?"

"신 때문에 그 흥미가 돌연 북돋아진 것이 아닌지 감히 여쭙

286

는 겁니다."

"뭐라?"

바득바득 우기던 왕은 불시에 허를 찔려 순간적으로 멍해졌다. 그러나 곧 표정을 지우고 노발대발하였다.

"무엄하다! 대체 무슨 말을 하고 있는 것이냐!"

주먹 쥔 손으로 탁상까지 내리치며 화를 내다가 이내 당혹감을 감추지 못했다. 후, 하고 한숨을 내쉬곤 손가락 끝으로 이마를 문지르며 조소했다.

"이제 보니 너희 둘, 버릇없는 것까지 똑 닮았군."

"황공하옵니다."

"널 어찌해야 할까?"

"신의 편을 들어 주시옵소서. 귀향은 갈 수 없사옵니다."

그 뻔뻔한 대답에 왕에게서 실소가 터져 나왔다.

"기가 막혀 말이 나오지 않는다. 내 아무리 널 친우라고 칭한다고 해도 우리 사이가 그리 애틋하지 않다는 걸 너도 모르지는 않을 텐데?"

"하나 함께했던 세월만큼 미운 정이라는 게 두껍게 쌓여 있지요. 지금도 보시옵소서. 전하께선 소신이 걱정돼 이 밤에 여기까지 거둥하지 않으셨사옵니까."

"웃기지 마라, 난 그냥……!"

왕은 강하게 부인하며 자리에서 벌떡 일어섰다. 노골적인 불쾌감을 드리웠던 그는 뜻밖에 말을 끝맺지 못하고 주저하다가,

"……산책하는 중이었다."

자신 없는 음성으로 변변찮은 핑계만 내놓고 인상을 팍 찡그렸다. 본인이 생각해도 이 대답은 영 아니다 싶은 표정이었다. 재헌은 그 틈을 놓치지 않았다.

"전하, 신은……."

"그만."

하지만 왕은 그의 말을 완강히 가로막으며 돌아섰다.

"편안히 침수나 들걸, 후회가 막심하다."

힘이 빠진 옥음으로 마음에도 없는 소릴 늘어놓더니 성큼성큼 걸어 의금부의 어둑한 방을 빠져나갔다.

거세게 닫힌 문을 얼마간 바라보았다. 왕에게 매달려 사정이라도 해 보고 싶었으나 그분의 처진 어깨가 낯설어 차마 붙잡지 못했다. 어디에도 출구가 보이지 않아 막막했다. 재헌은 손을 들어 두 눈과 관자놀이는 꾹꾹 누르는데 또다시 끼익, 문 여는 소리가 들렸다.

고개를 들어 흐려진 시선을 맞추니 낯익은 얼굴의 군관이 의금부 관리와 함께 안으로 들었다. 전하께서 미행을 나서실 때 보이지 않게 뒤를 따르는 자 중 하나였다.

"전해 드릴 물건이 있어 잠시 들었습니다."

짧게 묵례한 군관은 감시 중인 의금부 관리를 흘끔 보고서 탁상으로 다가왔다. 그리고 내민 것은 손수건. 얼떨결에 그것을 받아 본 재헌은 손에서 느껴지는 감촉에 깜짝 놀라 사내를 올려다보았다.

"이건?"

"지난번 청학동 계곡 주위를 조사하다 주웠습니다. 안에 단주가 감싸여 있는데 어디다 돌려 드려야 할지 몰라서요. 전 북쪽에 공무가 있어 새벽에 도성을 떠나야 합니다."

"안 그래도 찾고 있었네."

"송구합니다. 좀 더 일찍 드렸어야 했는데, 훈련이 겹쳐 늦어졌습니다."

"아닐세. 잊지 않고 챙겨 줘서 고맙네."

사내는 고개 숙여 인사한 뒤 감시자와 함께 방을 나갔다.

홀로 남은 재헌이 손수건을 펴자 그토록 찾아 헤맸던 도경의 단주가 그 모습 그대로 유지되어 있었다. 누군가 떨어진 걸 주워 간직하고 있는 줄도 모르고 물속에서 그리 헤매고 헤맸으니⋯⋯.

일면 허무하기도 했지만, 단주를 찾았다는 기쁨이 비교할 수 없을 만큼 더 컸다. 재헌은 옅은 미소를 띠고 도경의 단주를 만지작거리다 기이한 점 하나를 발견해 고개가 미세하게 기울었다.

이 단주를 처음 인지한 것이 작년 봄이었다. 최소한 일 년 넘게 그녀가 착용 중이라는 소리인데 마치 어제 만든 것처럼 세월의 흐름을 전혀 타지 않았다.

따로 관리하는 비법이라도 있나?

아무래도 이상해 자세하게 들여다보니 어디선가 쏴아아, 비 내리는 소리가 밀려들었다. 언제부터 시작되었는지도 모를 강한 빗줄기가 바라지의 닫힌 문을 내리치고 있었다. 가뜩이나 적요했던 밤, 시원한 빗소리가 하루 넘게 잠들지 못하는 재헌의 귀를 예민하게 건드렸다.

머릿속 생각이 중단되고 밖에서 들리는 자연의 소리에 신경이 집중되었다. 신기하게도 손에 쥐고 있는 단주가 따뜻하게 느껴졌다. 한가하게 눈이나 붙이고 있을 때는 아니었지만 묵직하게 쏟아지는 빗소리와 손에서 전해지는 온기로 눈꺼풀이 내려앉았다.

재헌은 들고 있던 단주를 손목에 차고 의자에 반듯하게 등을 기댔다. 그 상태로 눈을 감고 잠깐이나마 휴식을 취하려고 하는데, 깜박 잠이 들었던 것일까. 의식의 물결이 사방팔방 갈라지며 환영과도 같은 광경이 휙휙 지나갔다.

'말해! 너의 주군이 누구냐!'

선왕 앞에서 느꼈던 오래전의 공포가 불현듯 되살아나 몸서리쳤다. 무의식중에 바르르 몸을 떨던 중 한 여인의 잔상이 스미어 그의 불안을 진정시켰다.

'나리!'

뿌연 햇살 속에서 누군가 웃고 있었다. 편안하고 행복한 웃음이 아름다웠다. 가슴이 미어지고 그리움이 커져 갔다. 그녀를 향해 손을 뻗어 보지만 닿지 않았다.

설렘과 환희…… 절망.

숨이 막히고 고통스러웠다.

어디선가 천둥 치는 소리가 희미하게 들렸다. 눈꺼풀 밖으로 번쩍이는 감각이 느껴졌다. 무언가 이상하다고, 지금이라도 눈

을 떠야 한다고 생각하지만 정신을 차릴 수 없었다. 재헌의 의
식은 아래로, 아래로 떨어지다가 저 깊은 늪 속으로 순식간에
빨려들었다.

동백꽃 핀 자리

이른 아침, 부지런한 어른들이 출타할 시각에 막 귀가하는 아이가 있었다. 흐트러진 옷차림과 지칠 대로 지친 기색. 언뜻 친지 댁에서 또래들과 실컷 어울리다 돌아온 귀여운 공자님 같으나 자세히 살피면 전체적으로 기이한 분위기였다.

한눈에도 지체 높은 집안의 귀한 도련님이 분명한데 어린 상전을 맞으러 나온 하인들의 표정이 하나같이 침통했다. 아이의 걷는 동작도 어딘지 불편해 보였다. 긴 시간 피가 안 통하도록 무릎을 꿇었다 겨우 일어난 사람처럼……

그런데도 저 어린아이가 아프다고 찡찡대기는커녕 덩치 큰 하인보다 훨씬 의젓하니, 지켜보는 청지기의 눈자위가 점점 붉게 충혈되었다.

"도련님, 소인에게 업히십시오."

보다 못해 몸을 숙이고 등을 내밀었다.

"아닐세. 대군 자가께선 돌아오셨는가?"

"예. 조금 전에 오셨습니다."

"어떠하신가?"

"어의께서 진맥 중이십니다."

궐에서 한바탕 소란이 있었다. 현재의 동궁을 폐하고 명원 대군을 저위에 올리겠다고 전하께서 일종의 시위를 벌이신 까닭이었다. 벌써 여러 차례 있었던 소동인지라 올해 열 살이 된 대군은 어른들의 손을 잡고 입궐해 늘 하던 대로 거적때기를 깔고 석고대죄했다.

세자의 배동인 재헌도 당연하게 불려 들어갔다. 입지가 불안해진 세자의 곁을 지키라는 중궁전의 명이었으나 동궁에는 발도 들이지 못했다. 전하께선 눈엣가시 같은 대군과 대신들을 고약하지만 고상하게 벌을 주는 대신 한 명의 희생자를 필요로 하셨다. 잔인하고도 천박하게, 마구 윽박지르며 이따금 당신께서 직접 손을 대고 화풀이할 수 있는 만만한 대상.

불행히도 그 희생양은 대군을 비호 중인 예성 채씨 가문의 종손이어야 했다.

대군의 석고대죄와 재헌이 당하는 괴롭힘은 그렇기에 언제나 병행되었다. 전자가 발생하지 않아도 '진정'의 개념으로 후자는 끊임없이 계속되었다. 왕이 분풀이하기에 후자보다 효과적인 방법을 찾을 수 없었고, 종종 그 정도 선에서 화가 풀려 전자와 같은 소동을 절반으로 대폭 줄일 수 있었으므로.

고작 열 살, 작은 몸으로 밤새도록 왕의 분노를 홀로 받아 낸 재헌은 조각난 영혼을 얼기설기 꿰매어 터벅터벅 큰 사랑채 마당으로 들어섰다. 예상대로 사랑은 발칵 뒤집혀 있었다. 탕약 달이는 냄새가 진동했고 의관과 의녀, 궁인과 하인들이 두서없이 뒤섞여 분주히 오갔다. 하도 자주 겪어 이제 눈에 익은 풍경이었다.

건넛방에서 벌컥 문이 열렸다. 대청으로 우르르 쏟아져 나온 어른들은 대군께서 몸져누우신 맞은편 방으로 이동했다. 그중에는 조부와 부친도 계셨다. 대군의 상태를 확인하러 급한 걸음을 옮기던 부친이 재헌을 먼저 알아보았다. 조부 역시 방으로 들기 전 어린 장손을 보시고 제자리에 굳어졌다.

아들을, 손자를 바라보는 두 어른의 안색은 밤새 시달리다 겨우 풀려난 재헌보다 더 아파 보였다. 죄책감과 고통, 참담함이 교차했다.

"자가!"

안에서 들리는 다급한 외침에도 차마 재헌에게서 눈을 떼지 못했다. 그때마다 재헌은 자신이 취해야 할 태도를 잘 알고 있었다.

"다녀왔습니다."

공손히 인사하고 의젓한 미소를 보냈다. 가뜩이나 죄책감에 괴로워하는 두 분을 아프게 하고 싶지 않았다. 그러면 어른들은 흔들리는 눈빛으로 지그시 응시하다가 힘겹게 발길을 돌렸다.

시끄러운 큰 사랑채를 뒤로하고 방에 들어가 누우면 며칠씩 자리보전을 해야 했다. 꿈에까지 쫓아와 괴롭히는 그분 탓에 자다가도 몇 번씩 경기를 일으켰다.

몰래 울어 두 눈이 시뻘게진 아버지가 탕약을 떠먹여 주었다. 모두가 잠든 새벽, 제 손에 얼굴을 묻고 소리 없이 오열하는 조부를 목격했다.

그래서 재헌은 울지 않았다. 이렇게라도 가족을 지킬 수 있음에 감사한데 저에게 자꾸 죄스러워하시니까. 갓난아기 때부터 함께 자라 친형제인 줄 알았던 대군도 무사하시기를 바랐다.

내가 대전마마의 분노를 받아 내는 한 참사는 일어나지 않는다.

누구도 동의한 적 없었지만 모두에게 통용된 그 묵시적 합의를 어린 나이임에도 아주 정확히 이해했다.

재헌은 세상의 어떤 이치보다 인내를 먼저 배웠다. 혼자 있는 방에서도 아프다는 티를 전혀 내지 않았다. 울면 안 된다는 강박은 힘들지 않다는 자기 최면으로 이어졌다. 그리고 어느 날, 그 고정된 관념을 깨부수는 아이가 그의 인생에 성큼 들어왔다.

해를 거듭할수록 경험치가 쌓였다. 갈수록 대처가 능숙해졌지만, 불행히도 왕을 상대하기가 유난히 버거운 날이 있었다. 그날도 바로 그런 때였다.

"솔직히 말해 보거라! 너도 내가 우습더냐? 내 아들이……!

저위에 있을 자격이 없다고 생각하느냐!"

"아니옵니다. 그렇지 않사옵니다, 전하!"

"어디서 감히 거짓을 고하느냐!"

멱살을 잡히고 머리를 한 대 얻어맞았다. 여기서 아무 소리도 내지 않으면, 그저 죽었다고 생각하고 반응하지 않는다면 왕은 혼자서 길길이 뛰다가 흥이 나지 않아 금방 화가 식는다는 걸 알고 있었다. 재헌은 대체로 잘 참는 편이었는데 이날따라 몸살 기운이 겹쳐 제멋대로 신음이 흘러나왔다.

"으윽⋯⋯."

그 작은 소리 하나로 왕은 흥분하여 날뛰었다. 뿐만 아니라 어디선가 갑자기 나타난 여자아이가 있어, 보지 말아야 할 광경을 눈에 담음으로써 쥐도 새도 모르게 우물 같은 곳에 던져질까 봐 감히 용포 자락을 건드리기까지 하였다.

악몽 같은 시간이었다.

이름도 모르는 아이 하나를 살리려다가 너무 힘들어 스스로 연못에 몸을 던질 뻔했다.

한계까지 내몰렸던 시간을 견딘 뒤 해가 지고 나서야 간신히 풀려나 대궐을 나왔다. 언제 나올지 몰라 아범이 기다리는 장소는 따로 있었다.

터덜터덜, 힘없이 그곳을 향해 걸어가는데 목적지에 채 닿기도 전에 대전에서 보낸 이들이 뒤쫓아 왔다. 뒤늦게 이성을 찾으신 전하께서 폭력의 수위를 조절하지 못했음을 깨닫고 아차 하여 도로 데려오란 어명을 내리셨을 터였다.

모르지 않았다.

오늘의 분풀이는 이것으로 끝났으며 저들을 따라간다면 의술이 뛰어난 어의로부터 지극정성으로 보살핌을 받으리란 걸. 하지만 재헌은 그것이 외려 끔찍하게 느껴졌다. 악귀의 입속에 삼켜지는 기분이 들어 미친 듯이 도망쳤다.

"제발······."

오늘은, 더 이상, 대궐에 발을 들이고 싶지 않았다. 지긋지긋하고 신물이 올라왔다.

인파로 뒤덮인 복잡한 밤거리를 허겁지겁 헤치며 한참을 뛰었다. 갈림길에 이르러 공포심이 극에 달했다. 어디로 가야 하나 주위를 두리번거리는데 뒤에서 누군가 손을 덥석 잡았다. 까무러칠 듯 놀라 돌아보니 도대체 어디서 튀어나왔는지 낮에 본 여자아이가 저를 보고 있었다.

"너······!"

"쉿! 날 따라와."

아이는 비장하게 말하고 손을 잡아끌었다. 보드랍고 작은 손이 따뜻해 저도 모르게 경계심이 해제되었다.

아슬아슬, 여러 단계를 거쳐 아이의 방으로 무사히 들어왔다. 시키는 대로 병풍 뒤에 숨어 쪼그리고 있으니 얼마 뒤, 문이 열리고 아이를 비롯한 여인들의 목소리가 방 안을 메웠다.

만일의 사태를 대비해 잔뜩 경계하면서도 오늘 밤, 대궐에 잡혀갈 여지가 완전히 사라졌다는 안도감은 막을 수 없었다.

무의식중에 긴장이 풀어져 팔다리가 뻐근하고 몸에서 열이 올랐다. 꽉 막히고 어두컴컴한, 그렇기에 안정감이 느껴지는 그곳에서 재헌은 그만 잠이 들고 말았다.

꿈에서 어머니를 뵈었다. 힘이 빠져 기운이 하나도 없는 아들을 따뜻한 품속에 포근하게 안아 주셨다.

"어머니……."

애틋하게 부르니 배시시 웃으셨다. 행복하다고 느끼는 순간 눈에서 뜨거운 물줄기가 흘러내렸다.

'어? 이게 뭐지?'

의아해하던 재헌은 어떤 손이 제 얼굴의 물기를 닦아 주는 것을 느끼며 살포시 눈을 떴다. 작고 하얀 얼굴이 눈앞에 있었다. 눈에서는 여전히 축축한 물기가 흘러내렸다.

당혹스러웠다.

이건 눈물이 아니었다. 나는 울지 않는다고, 불쌍한 사람이 절대 아니라고 부인할 새도 없이 아이의 두 눈에 그렁그렁 눈물이 맺혔다.

"괜찮아?"

"……."

"아프지?"

어느덧 목소리까지 촉촉이 젖어 들었다. 아이는 이쪽에서 그렇다는 대답이 나오리라고 강하게 확신하고 있었다. 어디서 나오는 자신감일까, 참으로 의아했는데 휑한 느낌에 아래를 내려다보곤 할 말을 잃었다. 풀어 헤쳐진 저고리 사이로 멍 자국이 선명하게 드러나 보였다.

낭패감이 들면서도 여기서 울지 않으면, 아프다고 하지 않으면 왠지 아이가 재미없어 할 것 같았다. 한껏 커져 버린 슬픔을 빵 터트릴 준비가 되어 있는 저 깜찍한 아이를 실망시키고 싶지 않았다.

할 수 없이 재헌은 울었다. 처음부터 눈물은 계속 흐르고 있었지만, 아이의 동심을 지켜 주기 위해서라는 핑계가 더해지자 마음이 푹 놓여 흐느낌이 터져 나왔다. 원래는 우는 시늉만 조금 하다가 말 계획이었다. 그런데 한번 터진 눈물은 멈출 줄을 몰랐다. 그동안 억압당해 온 눈물이 시위라도 벌이듯 주체할 수 없을 만큼 많은 양이 주룩주룩 분출되었다.

"그래⋯⋯. 아프다. 아파! 너무 아프다⋯⋯."

입술마저 제멋대로 움직였다. 더는 스스로를 기만하지 말라는 듯, 아프다는 호소를 이 이상 막을 수 없다는 듯 두 뺨을 적시는 뜨거운 물줄기가 의지와 상관없이 마구 흘러내렸다.

저를 안아 주는 어린 품이 아늑했고, 제 팔을 토닥이는 작은 손이 든든했다. 재헌은 그제야 비로소 알 것 같았다. 그동안 전혀 괜찮지 않았음을, 아이를 실망시키고 싶지 않아서가 아니라 울 수 있는 타당한 핑계를 절실히 필요로 했던 것임을.

모두의 기대에 부응하는 집안의 듬직한 종손이 되고 싶었으나 자신은 아직 연약한 어린아이에 불과하다는 점을 여실히 깨닫게 된 밤이었다.

'아프지 마.'

동백을 닮은 그 아이가 말했다.

'그리고 슬플 땐 참지 말고 울어. 펑펑 울다가 머리가 아프면 사탕 하나씩 꺼내 먹고.'

무사히 귀가해 병석에 누운 재헌은 아이가 준 사탕을 입에서 굴리며 머릿속에 맴도는 그 새벽의 대화를 종종 떠올렸다. 네가 아프지 않게 해 달라고, 그 대신 많이 웃게 해 달라고 하늘에 빌겠다는 그 아이의 말이 생각날 때마다 병색이 짙은 얼굴에 미소가 어렸다.

아프면 울어도 된다고 처음으로 말해 준 아이.

밤새 토닥여 준 따뜻한 손길 덕분이었나. 재헌은 그날 밤 작은 품에 안겨 눈물을 펑펑 흘리면서도 단잠에 취해 편안한 휴식을 취할 수 있었다. 이후 집에 돌아와 끙끙 앓고 있긴 하지만 그 아이가 머릿속에서 떠나지 않았다.

안타깝게도 이름이 무엇이냐 묻지 못했다. 그리하면 저의 이름도 알려 주어야 했고, 결과적으로 만백성의 어버이라는 전하께서 예성 채문의 종손을 폭행해 왔다는 사실을 발설하는 꼴이 되기에. 복잡한 사정을 감안하지 않을 수 없어 재헌은 입안에 맴도는 수많은 말들을 꿀꺽 삼키고 돌아섰다.

바보처럼…….

왜 그 아이를 믿지 못했을까. 나이는 어려도 속이 깊은 아이였다. 솔직히 말했어도 사정을 이해하고 비밀을 지켜 주었을 것이다.

소중한 벗이 생긴 기분이었다. 아프다, 힘들다, 마음을 터놓고 위로받을 수 있는…….

아이를 떠올리면 봄에 핀 들꽃의 향기처럼 가슴속에 설렘이 가득 찼다. 또 보자는 둘만의 약속을 반드시 지키고 싶었다.

기운을 차리자마자 기억 속에 또렷이 저장된 그 집을 찾아갔다. 대문이 어디인지 몰라 아이와 나왔던 간문 근처를 남몰래 서성였다. 한참을 망설이다 용기 내어 성큼성큼 다가가자 뒤에서 귀에 익은 목소리가 날아들었다.

"도련님!"

화들짝 놀라 돌아보니 예성 채문의 호위를 책임지고 있으며, 정의 스승이기도 한 대복이 의문을 드리우고 보고 있었다. 그는 주로 어른들께서 하명한 일이나 명원 대군과 관련해 움직이기에 재헌은 무척 놀랐다.

"대복! 여긴 어쩐 일인가?"

"지난번의 일로 어른들의 염려가 매우 크십니다."

재헌은 민망해하며 고개를 끄덕였다.

새벽녘, 아이와 작별해 가회방 집에 도착했을 때 한바탕 난리가 났다. 궁을 나갔다는 재헌이 기다리고 있던 아범에게 가지 않고, 그렇다고 귀택하지도 않았으니 사고라도 난 줄 알고 모두가 뜬눈으로 밤을 지새웠다.

아범을 깜박하였다고, 집까지 걸어오다 중간에 잠깐 쉬었는데 피곤해서 그대로 잠이 들고 말았다고 핑계를 댔다. 어른들은 그 말을 믿지 않는 눈치였지만 재헌을 혼내거나 꼬치꼬치 캐묻지도 않았다. 듣지 않아도 알겠다는 듯 슬픈 눈으로 지그시 분노를 억누르기만 했다.

어찌 되었든 무사히 넘어가서 다행이라고 안심했는데 걱정이 크셨던 모양이다. 몰래 호위를, 그것도 대복을 붙이신 걸 보니.

아마도 뒤에서 조용히 지켜보라고 하셨을 텐데 무슨 이유 때문인지 그는 모습을 드러냈다. 재헌은 영문을 몰라 얼떨떨하면서도 차라리 잘됐다고 생각했다. 과묵하고 신의 깊은 그라면 그날 일을 말해도 비밀을 지켜 줄 테니. 저 집 문을 두드릴 때 혼자 가기 쑥스러웠는데 이참에 동행해 달라고 부탁하기로 했다.

"그런데 도련님, 여기는 무슨 일로 오신 겁니까?"

"얼마 전에 내가 밖에서 잠들었다는 곳 말이야. 실은 저기네."

"예?"

그답지 않게 대복이 깜짝 놀랐다.

"저 집 아이가 날 아무도 모르게 안으로 데리고 가 하룻밤 재워 줬어. 사실 그날, 궐로 돌아가고 싶지 않아 도망쳤던 거거든."

"도련님……."

덩치 큰 사내에게서 진한 연민이 배어 나왔다.

"그날 일에 대해 아이한테 꼭 고맙다고 말하고 싶어. 그래서 말인데, 혹시 자네가 저 집 대문을 찾아 두드려 줄 수……."

"안 됩니다!"

대복은 용건을 끝까지 듣기도 전에 말꼬리를 잘랐다. 저토록 단호한 거절은 처음이라 재헌은 저도 모르게 위축되었다.

"곤란한가?"

"그런 것이 아니라……."

그는 평소와 다르게 굉장히 난처해하더니, 이윽고 낮게 한숨을 내쉬며 실토했다.

"도련님, 저기는 윤이환 대감의 사저입니다."

"뭐?"

시무룩했던 재헌은 경악하여 목소리가 높아졌다. 대복의 난감한 표정을 확인하고 비틀비틀 방향을 바꾸어 끝도 없이 길게 늘어진, 거각의 긴 담장을 바라보았다.

늘그막에 얻은 고명딸.

언젠가 어른들께 들었던 그 말이 얼핏 뇌리를 스쳤다. 안색이 창백하게 질려 힘없이 혼잣말을 웅얼거렸다.

"웃으면서 다시 만나자고 그 아이랑 약조했는데……."

"절대로 안 됩니다. 소인이 말씀드리지 않아도 도련님께서는 그 까닭을 잘 알고 계십니다."

"그렇지만…… 그 애는 그냥 아이일 뿐이야."

"도련님도 마찬가지입니다. 하지만 예성 채문의 종손이라는 이유 하나만으로 매번 궐에 불려 들어가 안 당해도 되는 일을 당하고 계시지 않습니까!"

대복의 음성엔 억울함이 가득했다.

틀린 말이 아니었다. 당장 통성명을 하려 해도 본관부터 시작해서 어느 댁의 몇 대 손인지 줄줄이 읊는 것이 일반적이었다. 태어나서 죽을 때까지 이 땅의 사람들은 가문이라는 혈통에서 자유로울 수 없었다.

설령 고집을 부려 대문을 두드린다고 한들 신분을 밝히지 않고는 그 아이를 만날 수 없고, 예성 채문의 종손이라고 소개한다고 해도 저 집에서 반겨 줄 리 만무했다. 게다가 아이와 연을 맺게 된 과정을 어른들이 아신다면 문제는 다른 쪽으로 번질 위험도 있다.

그 이상 고집부릴 수 없음을 직시한 재헌은 어깨가 축 처져 쓸쓸히 그곳에서 돌아섰다. 몽글몽글 가슴께를 간질였던 설렘이 가라앉고, 시리지만 익숙한 설움이 어린 마음을 뒤덮었다.

아이의 이름은 도경이었다.

윤가 도경.

입 밖에 내지 못한 그 이름을 재헌은 혼자서 몰래 불러 보았다.

"도경……. 윤도경."

맹랑한 그 아이에게 잘 어울리는 이름이었다. 몇 번이고 그 애의 이름을 읊조리다 보니 미안한 마음도 커졌다. 잔인한 현실 앞에 맥도 쓰지 못하고 돌아섰대도 마지막에 한 약속만큼은 지키고 싶었다. 직접 만날 수 없다면 다른 방식을 찾아서라도…….

재헌은 대복에게 도움을 요청했다. 아이를 만나지 않는 대신 간접적으로나마 약조를 지키고 싶다고 했더니 흔쾌히 움직여 주었다. 덕분에 찌그러진 동백을 새겨 넣은, 아이만을 위한 특별한 휴식처가 어렵지 않게 마련되었다.

짧지만 안온했던 그날 밤의 휴식을 그렇게나마 아이에게 나눠 줄 수 있어 다행이었다. 기뻐하는 아이를 멀리서 지켜보는 것도 보람 있었다. 떨어뜨리고 간 물건도 잘 챙겨 두었다 돌려주었다.

아이는 좋고 싫음이 표정으로 극명히 드러났다. 잃어버린 줄 알았던 물건을 되찾거나 소소한 선물을 받을 때마다 티 없이 밝게 짓는 웃음이 지켜보던 재헌의 고단함마저 녹여 주었다. 비단 동백을 끝으로 간접적인 만남을 마무리하고도, 삶이 버거워 질식할 것 같은 날이면 그래서 습관처럼 아이를 보러 갔다.

아이가 넘어지면 가슴이 철렁했고, 길을 잃고 당황하면 갈 길을 알려 주었다. 덩달아 바쁘게 쫓아다니며 소소하게 뒤를 봐주다 보면 궐에서의 고통을 잊을 수 있어 좋았다. 아이의 웃음에 꽉 막혔던 숨이 제대로 쉬어지고 피폐해진 정신을 위로받았다.

이 정도의 거리라면 괜찮을 줄 알았다.

아이를 위한다기보다 실제로는 자신을 위한 일상이었기에

이따금 멀리서 지켜본다고 해도 문제 될 리 없다고 믿었다. 방심한 재헌은 아이가 자라 여인이 되는 모든 과정을 멀지만 가까이서 지켜보았다.

……미처 알지 못했다.

한 사람을 오랜 시간 눈에 담으면 마음속에 그 사람만의 방이 생긴다는 걸. 부술 수도 없고 지울 수도 없어 아리고도 시린 방. 바라볼 수 있어 행복하고, 다가갈 수 없어 안타까운 혼자만의 고독한 방.

고마움에서 시작된 순수한 호의는 하루하루 지나고, 계절이 바뀌고, 소년과 소녀가 무럭무럭 성장함에 따라 점점 색채가 달라졌다. 옅음에서 짙음으로, 밝음에서 슬픔으로, 호감에서 갈망으로. 각각의 감정은 층층이 겹쳐 하나의 덩어리로 응축되었다가 어른이 된 재헌의 가슴속에 연심이라는 붉은 동백을 꽃피웠다.

……누구보다 그대를 연모합니다.

슬프고도 아름다운 꽃말이었다.

지독하게 재헌을 학대했던 왕이 붕어하고 세자 규가 청년의 나이에 용상에 앉았다. 다소 까다롭고 신경질적인 면이 있으시나 적어도 선왕처럼 선위 소동을 벌일 분은 아니었기에 대궐 안팎이 한시름을 덜었다.

다만 재헌은 이번에도 왕에게서 벗어날 수 없었다. '젊은 왕이 유일하게 신뢰하는 벗'이라는 미명 아래 금상의 기분이 저조하거나 예민해질 때마다 불려 다녔다. 나이 많은 대신들은 떠넘기고 싶은 마음으로 그랬다지만 매번 순순히 그를 받아들인 대전의 의도는 수수께끼 같았다.

왕과 재헌은 어려서부터 함께했다곤 하나 미묘하게 불편한 사이였다. 정치적 의도로 타인에 의해 하나로 묶였으니 당연한 결과였다. 그럼에도 왕은 '친우'라는 진정성 없는 말을 수시로 구중에 올리며 때와 장소를 가리지 않고 재헌을 찾았다.

하루는 갑작스레 미행을 나와 가회방에 불쑥 나타났다. 전갈을 듣고 달려 나가니 여염의 사내처럼 편안한 차림의 성상께서 대문 밖에 서 계셨다.

"전하!"

"어, 여기다!"

마치 이웃에 사는 가까운 벗처럼 왕은 한쪽 팔을 번쩍 들어 수수한 웃음을 지었다.

"모시겠습니다. 우선 안으로 드시옵소서."

"아니다. 너는 나와 따로 갈 데가 있어."

"어디를 말이옵니까?"

"가 보면 안다. 가자."

왕은 어딘가 비밀스러운 곳이라도 가는 듯 앞장섰다. 전하께서 집 앞까지 찾아와 따르라고 하시는데 바쁘다는 이유로 거절할 수 있는 사람은 이 나라에 없었다. 재헌은 영문도 모른 채 그대로 배행했다. 특별한 의도가 있으신 듯 보였지만 말씀해 주지 않으시니 가자는 곳으로 함께 걷는 것 외에 달리 방도가 없었다.

일행은 주막에 들러 국밥을 한 그릇씩 먹은 뒤 종루와 배오 개 그리고 칠패까지 두루 둘러보았다. 다리가 아플 즈음엔 구 리개의 약포에 들어가 만병과 회춘에 좋다는 환약을 비롯해 곽 향정기산도 세 첩이나 지었다. 도무지 종잡을 수 없는 왕의 행 보는 해가 지고 밤이 깊은 시각 안국방 윤이환의 사저 앞에 이 르러 절정을 이루었다.

"여긴……!"

"아, 내가 말하지 않았던가? 실은 오늘 윤 대감의 은밀한 초 대를 받았다."

"신이 온 걸 알면 저쪽에서도 당혹스러워할 겁니다."

"글쎄. 특별한 날이니 반가이 맞아 줄 수도 있겠지."

태평한 왕의 하답에 재헌은 아찔했다. 절대로 밝힐 수 없는 이유로 들어가 보고 싶은 충동을 느끼면서도 혜명 윤문의 사내 들과 마주할 것을 생각하니 난감하기 그지없었다.

이러지도 저러지도 못하고 주저하던 중 왕이 먼저 안으로 들 었다. 어쩔 수 없이 재헌도 그 뒤를 따랐다. 미리 나와 기다리 던 윤씨 집안 사내들은 일제히 예를 올리고 허리를 세우다 불 청객을 발견하고 눈썹이 휘어졌다.

재헌은 민망함을 삼키며 정중히 묵례했다. 모두가 황당해하는 가운데 오직 한 사람, 성상만이 즐거워 보였다. 가회방까지 찾아와 미행을 따르라고 하시기에 무슨 일이 있겠거니 짐작하고 있었지만 이런 식일 거라곤 상상도 못 했다.

"참, 이거……."

높아졌던 긴장은 왕이 침묵을 깨트리며 누그러졌다. 성상은 상선에게서 꾸러미를 넘겨받아 윤 대감에게 내밀었다.

"구리개의 약포에서 지어 온 환약과 약첩입니다. 경에게 드리는 과인의 자그마한 성의이니, 약소하더라도 받아 주십시오."

"성은이 망극하옵니다."

싸늘했던 윤이환은 능숙하게 감정을 숨기고 중심을 잡았다.

"오늘은 벗의 호위를 받고 싶어 내 같이 오자 하였습니다. 경께서도 반가이 맞아 주시기 바랍니다. 입이 무거운 위인이니 이곳에서의 일이 밖으로 새 나갈 일은 없을 겁니다."

"여부가 있겠사옵니까. 안으로 뫼시겠나이다."

어색했던 대치가 얼렁뚱땅 마무리되고 일행이 움직였다. 윤이환은 큰 사랑채를 지나 후원과 연결된 어느 아담한 처소로 왕을 안내했다. 성상을 모시기엔 협소해 보였으나 '특별한 날'이라던 전하의 귀띔이 생각나 의문은 품지 않았다. 재헌은 함께 들자는 권유를 마다하고 눈에 띄지 않는 곳에 서서 호위 역할에 충실했다.

특별한 날이란 어떤 의미였을까?

아니 그보다, 그녀가 있는 처소는 어느 쪽일까?

도경과 한 울타리 안에 있다는 사실만으로도 들뜨는 밤이었다. 휘영청 밝은 만월 아래, 안채의 위치를 대략 가늠해 보는데 근처에서 인기척이 들렸다. 흘끔 돌아보니 시비를 거느리고 한 여인이 나타났다.

첫눈에 도경을 알아본 그는 머리를 치는 강한 충격으로 제자리에 뻣뻣하게 얼어붙었다. 바보가 아닌 이상 지금 저 광경이 어떤 의미인지 모를 수 없었다. 멍해진 재헌은 오라비와 함께 성상께서 계신 방으로 들어가는 그녀의 뒷모습을 아무것도 못 하고 지켜보았다.

이번에도 그저…… 바라보기만 했다.

어둠과 고요로 뒤덮인 세상, 바람에 흔들리는 나뭇잎의 바스락거리는 소리만이 귓가에 요란했다.

가만히 있다가도 한 번씩 가슴에 통증을 느꼈다. 그러면 뇌리에 그날 밤의 일이 뒤죽박죽 스치고 지나갔다.

'아끼는 고명딸을 후궁으로 들여 달라 저러는 건 아닐 테고. 참으로 잔인한 일 아니냐. 가뜩이나 옥체 편치 않은 중전이시거늘, 빨리 죽으라고 염불하는 것도 아니고…….'

안국방을 떠나 환궁하는 길에 왕은 윤이환을 신랄하게 비난했다. 혜명 윤문을 향한 사감 때문인지 도경에 대한 첫인상도 썩 좋은 편이 아닌 듯했다.

사사로운 감정 탓에 그녀의 진가를 알아보지 못하시니 다행이라고 여기면서도 재헌은 불안감에 휩싸였다. 전하께선 지금의 반려인 중전께도 정이 없으셨다. 그런데도 가례가 치러졌고, 내전이 강녕하였다면 꼬박꼬박 합궁에 응하셨을 터였다. 어차피 왕실의 간택이란 이성 간의 호감으로 이루어지는 일이 절대 아니었다.

현재의 왕실에서 왕의 권위를 뒷받침할 강력한 뒷배를 가진 중전을 원한다면 도경보다 나은 선택지는 없었다. 더욱이 윤이환은 추진력도 대단했다. 그가 고명딸을 중궁으로 올리려고 결심하였다면 막을 수 있는 이는 거의 없었다.

소문만 무성할 뿐 실제로는 성사되지 않으리라 믿고 있던 일이 점차 현실이 되어 가자 재헌은 동요했다. 대례복을 입은 그녀를 상상할 때마다 피가 식는 기분이었다. 떨치지 못한 초조함은 여름의 끝 무렵, 중전의 환후가 악화되어 최고조에 이르렀다.

오랜 연심조차 그림과 장신구를 통해 간접적으로 고백한 그였다. 자신의 직접적인 접근이 그녀에겐 재앙이 될 수도 있음을 알고 있었기 때문이다.

하지만 이러다가 어느 날 돌이킬 수 없는 상황을 맞게 되면?

재헌은 기로에 서서 번민했다. 제 존재를 잊었을지 모를 그녀 앞에 이제 와 모습을 드러내고, 내가 음지에서 당신만을 바라봐 온 것처럼 당신도 나만을 봐 달라고 청하기엔 너무나도 일방적이었다.

어쩌면 그녀 스스로가 중궁이 되고 싶어 할 가능성도 배제할 수 없었다. 그게 아니더라도 부친과 정치적 성향이 같은 가문의 자제와 혼인하는 것이 행복한 미래를 보장받는 일이었다.

한마디로, 재헌 그 자신만 도경을 잊는다면 두루두루 평화로워질 문제였다.

그러나 세상의 모든 일이 생각한 대로만 돌아갈 수는 없다. 현실적으로 편한 길이 있음을 뻔히 알면서도 극에 달한 조바심은 어떤 순간 인간의 눈과 귀를 멀게 하기 마련이다. 특히 마음속 존재가 뜻밖의 장소에 예고도 없이 나타나 다가갈 수 있는 여지를 내준다면⋯⋯.

기별의 첨삭을 해 주고 일정 몫의 필사까지 마친 어느 날이었다. 복잡해진 심경을 진정시키고자 평소보다 무리했던 재헌은 쌓인 피로를 풀기 위해 활짝 열린 들창으로 고개를 돌렸다.

머릿속을 비우고 활기로 가득한 저자의 거리로 시선을 내리는데 문득 한 사람이 눈에 들어왔다. 보면서도 믿을 수 없어 허리가 절로 곧추세워졌다.

그녀였다.

건너편 점포 옆, 좁게 나 있는 공터에 그녀가 혼자 서 있었다. 장옷을 뒤집어쓰고 점포의 나무 벽에 찰싹 달라붙은 채 산자를 튀겨 파는 혼잡한 가판대를 주시하는 중이었다. 본능적으로 몸이 튀어 오른 그는 별안간 나타난 시비 아이로 인해 그 자세 그대로 굳어졌다.

두 사람은 짧은 대화를 나누다가 서둘러 자리를 떠났다. 눈도 깜박이지 못하고 그녀를 주시하던 재헌은 맥이 빠져 제자리에 풀썩 주저앉았다. 곧장 뛰어나가지 못한 것이 못내 후회스러운데, 다음 날도 그다음 날도 도경은 같은 자리에 나타났다.

혹시나 하여 이튿날부터 서사에 일찍 나와 지켜보던 재헌에 겐 그 며칠의 시간이 극락이기도 했고 나락이기도 했다. 그녀를 연달아 볼 수 있어 극락이요, 그날이 마지막이 될까 봐 나락이었다.

"나리, 무슨 걱정이라도 있으십니까?"

그런 날이 연속되자 마침내 박 서리가 호기심을 누르지 못하고 말을 걸었다. 요 며칠, 매일같이 서사에 방문해 아무것도 안 하고 저자만 내다보고 있으니 그의 입장에서는 궁금증이 생길 만했다.

"발길이 잦으시어 소인이야 반가운데, 붓 한번 손에 잡지 못하시니 혹시라도 도와드릴 일이 있을까 해서요."

"아닐세. 생각할 게 많아 그러는 것이니 신경 쓰지 말게."

"아하…… 그러시군요."

중요한 소식이라도 들을 수 있을까 기대했던 박 서리는 아쉬운 표정이었다. 쩝, 하며 발길을 돌리려다가 벌써 며칠 재헌의 손에 들려 있는 물건을 발견하곤 도로 호기심을 키웠다.

"근데 그 수주머니는 무엇입니까?"

"왜, 사탕이라도 들어 있을까 봐 그러는가?"

"예에? 사탕이요?"

말로만 들었지, 어떻게 생겼는지 구경조차 하지 못한 귀한 먹거리 중 하나가 사탕이었다. 한데 그것을 흔하게 널린 엿가

락처럼 아무렇지 않게 막 들먹이니 박 서리는 허허허 웃음을 터트렸다.

"웬일로 안 하던 농담을 다 하시고……. 행여 무슨 일이 있으셨나 걱정하였던 게 민망할 따름입니다."

대답의 의미를 제멋대로 해석한 그는 추가적인 질문을 뒤로 하고 깔끔히 물러났다.

재헌의 시선은 오직 한 사람에게만 머물러 있었다. 손으로는 사당이 든 수주머니를 만지작거렸다. 저 아래에 있는 그녀를 처음 보았을 때 단것을 먹고 싶어 하는 줄 알고 총력을 기울여 마련한 것이었다.

'그거 다 먹어. 슬플 때 단것을 먹으면 기분이 한결 나아지거든.'

어린 시절의 재헌은 그날 이후 힘든 일이 있을 때마다 꾹꾹 참기보다 혼자서 몰래 울곤 했다. 병풍 뒤에 숨어 실컷 훌쩍거린 뒤 머리가 아프면 수주머니의 사당을 하나씩 꺼내 입에 물었다. 그러면 기분이 정말 나아졌다.

새삼 그때의 감정이 되살아나 가슴 한편이 저릿했다. 무엇 때문인지는 가늠키 어려우나 그녀는 며칠 내내 한곳만 바라보기 바빴다. 저토록 혼자만의 분주한 일상을 살았을 그녀를 가까이서 확인하며 재헌은 오늘도 늘 품었던 의문을 떠올렸다.

당신은 그 오래전 사당을 건네받은 소년을 기억할까.

내가 보낸 그림과 장신구 속 동백의 의미를 알고는 있을까.

가슴 깊이 자리한 그녀만의 방에서 재헌은 늘 혼자였다. 세월이 흘러도 변함없는 제 처지가 쓸쓸하고도 허무했다.

재헌은 명치끝에 감도는 적적한 기운을 애써 지우는데 불현듯 여인이 시무룩해져 자세를 바로 했다. 더 지켜봐도 소용없다는 듯 실망감을 품고 한숨을 내쉬었다. 쿵, 내려앉았던 그의 심장도 덩달아 세차게 뛰기 시작했다. 오늘이 마지막이겠구나, 직감적으로 알 수 있었다.

머리에 열이 오르고 호흡이 가빠졌다. 시비가 돌아오면 같이 이곳을 떠나겠지. 그럼 그다음엔 대례복을 입고 전하 옆에 서 있는, 주군의 반려가 된 그녀와 마주하게 될 가능성도 없지 않았다. 상상만으로도 삶은 이미 나락이었다.

내가 먼저였는데…….

둘로 딱 갈라진 작금의 정치적 형세가 원망스러웠다. 끓는 마음조차 제대로 고백할 수 없는 이 초라한 처지가 불합리하게 느껴지기도 했다.

우린 아무런 잘못도 하지 않았다. 어린 나이에 짊어진 짐이 무거웠고, 그 무게를 견디게 해 준 밝은 웃음의 네가 있었다.

여름에 태어난, 붉은 색감이 특히 잘 어울리는, 동백을 닮은 그 아이.

도경…….

윤도경.

나의, 윤도경.

눈과 귀가 멀어 달려 나간 것은 아주 찰나의 순간이었다. 세상이 깜박 어둑해졌다가 도로 밝아졌을 때 그녀가 눈앞에 있었다. 저자의 잡음이 사라지고 심장 뛰는 소리만이 가득 찬 가운데 먹색의 깨끗한 눈동자와 눈이 마주쳤다.

아이의 살결처럼 부드러운 손을 잡고 기다란 엄지로 그녀의 손바닥을 천천히 쓸어내렸다. 날 알아봐 달라고, 이제부터라도 서로만을 바라보자고. 재헌은 긴 시간이 흐른 지금에서야 아이에게서 받았던 귀한 사당을 돌려주었다.

"드시오. 기분이 한결 나아질 테니."

진정한 행복의 시작이자 길고 긴 불행의 시초가 된, 꿈결 같은 순간이었다.

저자에서의 만남을 계기로 드디어 두 사람은 서로만을 마주보았다. 윤기가 흐르는 검은 머리에 붉게 핀 동백과 청량한 녹색의 잎사귀가 싱그러웠다. 마음을 담아 보낸 그 장신구를 그녀가 소중히 간직하고 있어 감격스러웠다.

나란히 앉아 서책을 읽고, 스스럼없이 손도 잡았다. 보드라운 입술을 삼키고 진한 입맞춤을 나눌 때마다 세상을 전부 얻은 기분이었다. 진장방의 가옥에서 근심 없이 웃으며 도경과 함께하는 미래를 꿈꾸었다.

오직 하나, 차일피일 미루다 보니 예성 채문의 종손임을 떳떳이 밝히지 못했다. 혜명 윤문과 각을 세우는 집안의 자손이라 하여 도경이 변심할지도 모른다는 두려움 때문은 아니었다.

그저, 자신의 성씨와 본관만으로 밤마다 그녀를 시름에 젖게 할 수도 있다는 사실이 선뜻 입을 열지 못하게 했다. 그것은 대군을 비호하는 집안의 사람이겠거니, 막연히 추측하는 것과 또 다른 문제였다.

고통은 최대한 짧고 가볍게. 재헌은 가문 간의 문제를 최적의 시기가 무르익었을 때 한꺼번에 터트려 단숨에 정리하기로 했다.

달콤한 시간은 쏜살같이 흘렀다. 관직에서 물러나신 조부님은 안정적으로 새로운 인생을 시작하셨고, 어지러웠던 조정의 갈등도 소강상태에 이르니 어느덧 봄날이었다. 기다리던 시기가 무르익었다고 판단한 재헌은 결심을 굳혔다. 하필 성상의 갑작스러운 부름으로 도경과의 대화가 미뤄지긴 했지만 단 며칠이었다.

"건강히 다녀오십시오. 전 항상 여기서 나리를 기다리고 있을 겁니다."

그녀는 누구보다 강한 사람이었다. 궁금한 게 많을 텐데 아무것도 묻지 않고 기다려 준 대범함도 존경스러웠다. 혼인하는 과정이 힘들더라도 그 나머지의 생은 늘 웃게 해 주겠다고 맹약했다. 그 옛날 어느 밤, 우연히 찾아온 휴식처럼 안온하고 행복하게······.

사냥터를 향해 말을 달리며 차라리 전하께 윤도경을 향한 연심을 고백하기로 했다. 기분에 따라 파격적인 성은도 내리는 분이시니 가문 간의 마찰이 순식간에 해결될 여지도 충분했다.

어떤 일이 벌어져도 감당할 자신이 있었는데 막상 사냥터에 도착하니 극한의 살얼음판이었다. 성상의 심기는 매우 사나웠고 재헌은 눈 붙일 새 없이 과중한 업무에 시달렸다. 상황이 여의찮다면 그녀가 자신의 정인이 되었다는 사실만이라도 아뢰고 싶었지만…… 불행히도 그 일이 벌어졌다.

머리보다 몸이 먼저 움직였다. 그래야만 대군이 의심을 피해 갈 수 있을 테고, 예성 채문도 휘말리지 않을 테니. 무슨 일이 있어도 임금의 성체에 상처 하나 나선 아니 됐다.

그 결과, 재헌은 모두를 지킬 수 있었지만 제 몸만은 그러지를 못하였다. 이승과 저승의 경계를 넘나들다가 목숨 하나 겨우 건져 살아 돌아왔다. 중간중간 생을 포기하고 싶은 적도 여러 번이었으나, 아무것도 모르는 채 기다리는 한 사람이 있어 끈질기게 생명줄을 잡고 버텼다.

"재헌아, 괴로워도 조금만 참아라."

"아버님……."

"무슨 수를 써서라도 네 눈과 몸을 원래대로 돌려놓을 것이다."

눈물 젖은 부친의 약조를, 조부님의 따뜻한 다독임을 재헌은 믿고 따랐다. 지금까지 그 두 분이 발 벗고 나서서 이루어 내지 못한 일은 없었다.

의식이 몽롱한 와중에도 입으로 넘어오는 모든 것을, 그것이 탕약이든 미음이든 닥치는 대로 받아넘겼다. 목에 가시가 박힌 듯 물 한 모금 삼키는 것조차 고역이었지만 어떻게든 살아남기 위해 발버둥 쳤다. 성한 곳이 없는 몸을 회복시키고, 앞을 볼 수 없게 눈을 칭칭 감아 놓은 가리개에서도 하루빨리 벗어나려 애썼다. 당장 그녀에게 달려갈 수 없다면 서찰이라도 직접 쓰고 싶었다.

그러나 세상엔 부와 권력으로도 어쩌지 못하는 하늘의 영역이 존재했다. 모두가 총력을 기울여 정성을 쏟았으나 온몸을 바쳐 가족과 대군을 지킨 대가는 혹독했다.

"송구합니다. 평생 쌓아 온 의술을 전부 쏟아부었지만 제가 할 수 있는 건 여기까지입니다."

내의원의 으뜸이라는 어의도, 여항에서 명성이 자자한 명의도 하나같이 낯빛이 어두워져 고개를 내저었다.

"처음엔 맹독이 아니어서 다행이라 여겼는데, 경험하면 할수록 그 속성이 참으로 지독합니다. 어떤 약을 써도 반응을 보이지 않으며 오장육부로 스며들어 채 정언의 명을 야금야금 갉아먹고 있습니다. 앞으로 얼마나 더 견딜 수 있을지 장담하기 어렵고, 눈으로 퍼진 독 기운 또한 빼내기엔 너무 늦었습니다. 안타까운 일이나 제가 두 분 대감께 드릴 수 있는 말씀은 이제 이것밖에 없습니다."

나라엔 국상이 나고 예성 채문 전체엔 먹구름이 드리웠다. 명랑했던 자영은 더 이상 웃지 않았고, 재윤과 대군은 숨죽여 울었다.

그럴 리가 없다고, 난 돌아가야 할 곳이 있다며 현실을 부정하던 재헌도 차차 제 몸이 돌이킬 수 없는 지경이 되었음을 받아들였다. 칭칭 감고 있던 가리개를 걷어 내고 눈을 뜨고 있어도 세상은 여전히 암흑이었다.

차라리 산에서 죽어야 했을까.

무기력한 자문에 그의 심장이 뜨겁게 꿈틀대며 반론했다. 아니라고, 나에게는 아무것도 묻지 않고 기다려 주는 한 사람이 있다고.

그렇다면 이제 그녀를 위해 무얼 해야 하는가.

송장처럼 누워 다음 할 일을 고민하던 그가 하얗게 부르튼 입술을 맥없이 움직였다.

"곁에 누가 있느냐?"

"소인입니다."

착잡한 음성의 정이었다.

"가서…… 상을 차려 오너라."

"예?"

"배가 고프구나. 탕약도…… 들여오너라."

"……알겠습니다. 금방 돌아오겠습니다."

하명의 뜻을 어떻게 받아들였는지 모를 일이나 정은 군말하지 않고 서둘러 방을 나섰다.

모래알 같은 음식을 열심히 삼키고 약을 들이켰다. 그에게는 아직 할 일이 있었다. 완치될 가능성을 버리지 못하고 미련을 떠는 사람처럼 재헌은 한동안 안쓰러울 정도로 몸을 챙겼다.

그 덕에 간신히 몸이나마 가눌 수 있게 되자 힘겹게 자리를 떨치고 일어나 의관을 정제했다. 근육이 빠져 체격은 가늘어졌어도 허리를 펴고 앉은 자세만은 꼿꼿했다. 재헌은 곁에서 시중드는 정에게 덤덤히 물었다.

"내 모습이 어떠하냐?"

"언제나처럼 단정하십니다."

"내 안색은 어떠하냐?"

"……송구합니다."

정은 거짓을 아뢰지 못하고 죄스러워하였다.

"방에는 들어가지 못하겠군."

기운 없이 웃음을 흘린 재헌이 씁쓸하게 대답했다.

"어스름이 내려앉은 저녁, 후원에서 만나는 게 낫겠다."

수없이 고민하다 내린 다음 할 일은 하나였다. 악인이 되어 그 사람의 인생에서 사라져 주는 것. 재헌은 오늘 저녁, 눈이 멀고 수명이 줄고 있음을 숨긴 채 어둠 속에서나마 작별을 고하려 한다. 세상에 둘도 없는 나쁜 놈이 되어 빠르고도 악랄하게 그녀에게 아픈 상처를 안겨 줄 작정이었다.

잔인하긴 하지만 아무리 생각해도 이 방법이 최선이었다. 그래야 그녀도 한바탕 앓고 일어나 재수 없는 놈이었다, 진저리를 칠 테니. 차곡차곡 쌓아 왔던 정을 떼고 미련 없이 새로운 인생을 시작할 테니…….

엉망이 된 몸으로 해 줄 수 있는 것이 아무것도 없다면 이런 거라도 해 줘야 하지 않을까. 누구보다 강인한 그녀이니 피할 수 없는 이 상처를 금세 극복할 수 있으리라 믿었다.

재헌은 병석에 누워 내내 만지작거렸던, 찌그러진 동백이 수놓아진 비단 주머니를 베개 밑에 넣어 두고 움직였다.

"이만 가자."

"시각이 너무 이릅니다, 도련님."

벌떡 일어난 정이 재헌을 부액하며 말렸다.

"한 시진 뒤에 나가셔도 충분합니다."

"아니. 동선을 익히는 연습은 많이 할수록 좋아."

눈썰미 좋은 도경이라면 단 한 번의 실수만으로도 이상한 점을 눈치챌 것이다. 그리되면 이런 당신이라도 괜찮다며 스스로 불구덩이에 뛰어들 터다. 지켜 주지는 못할망정 세상의 온갖 풍파를 혼자서 맞게 하고, 한창 어여쁠 나이에 청상의 신세가 되게 할 수는 없다.

재헌은 이를 사리물고 일어서 문밖으로 나섰다. 의식 없는 상태에서 실려 온 뒤 처음으로 바깥의 공기를 들이마셨다. 날씨는 그새 따뜻해져 있었다.

어느덧 월계화가 피는 계절…….

그녀에게 보여 주고 싶었던 붉은 풍경이 환영처럼 어른거렸다. 파란 하늘, 달콤한 향기, 웃음꽃이 만발한 그녀. 현실과는 너무 다른 아름다운 광경이 가슴 아파 속에서 뜨거운 멍울이 울컥 솟구쳐 올랐다.

감정적으로 흔들린 그는 빠르게 머릿속을 비우고 멈췄던 걸음을 다시 옮겼다. 정의 도움을 받아 흑혜를 신고 계단을 내려왔다.

"재헌아!"

조부의 목소리였다. 오늘 꼭 정과 단둘이서만 외출하겠다고 말씀을 올렸기 때문인지 모두가 우르르 몰려왔다. 가족의 걱정을 덜어 주기 위해 그는 표정을 밝게 바꾸고 소리가 나는 쪽으로 걸음을 옮겼다.

"할아버님, 소손……."

"오라버니!"

멀쩡히 발을 내딛던 재헌이 전조도 없이 픽 혼절한 건 한순간이었다. 그것은 번개가 치듯 빠르게 발생해 당사자인 그 자신조차 쓰러지기 전 몸이 이상하다는 점을 인지하지 못했다.

한참 후, 다시 의식을 찾았을 때 그는 원래 누워 있던 그 자리로 돌아와 있었다. 쓰러질 때 이마가 깨져 몰골은 한층 엉망이 됐고 현훈증이 심해 몸을 일으킬 엄두도 나지 않았다. 어의가 경고한 여러 후유증이 서서히 그 무서운 실체를 드러내기 시작한 요즘이었다.

이젠 정말 돌이킬 수 없음을 실감한 재헌은 그 후로도 며칠, 사당이 들어 있던 수주머니만 만지작거렸다. 그리고 마침내, 절망과 체념이 뒤섞여 정에게 하명했다.

"진장방으로 가 가옥의 문을 전부 잠가라. 그 누구도 드나들 수 없게 해야 한다."

"예, 도련님."

정은 조용히 대답하고 일어섰다. 그가 나가고 문이 닫히자

빛이 꺼져 생기 없는 두 눈에서 굵은 눈물이 흘러내렸다. 그녀
와 함께하고 싶었던 안온하고 행복한 삶이 허무한 꿈처럼 흩어
져 가슴이 무너졌다.

재헌은 감우당의 원림에서 하루하루 시들었다. 세상과 등지
고 죽을 자리를 찾아 내려간 그곳에서 지루하게 기다릴 게 아
니라, 스스로 생을 끝내고 싶은 충동에 시달렸다.

그때마다 그는 그녀와 손잡고 경강처럼 넓은 호수를 내려다
보던 산 중턱의 절벽으로 향했다. 더 이상 경관 좋은 그곳을 두
눈에 담을 순 없지만 도경과 함께 맞았던 바람과 그녀와 나란
히 서 있던 추억만은 온전히 누릴 수 있었다. 그러면 죽고 싶은
충동이 가라앉았다.

진장방의 가옥으로 끝내 돌아가지 못했다. 작별조차 하지 못
해 그 사람의 가슴을 찢어 놓았다. 이대로 죽으면 모든 것이 끝
날 테지만 그녀가 받았을 고통을 생각하면 사치스러운 결말이
었다.

하여 상처를 준 만큼 상처 받고자 했다. 꺼지지 않을 정도로
만 간당간당 이어지는 이 지겨운 목숨을 붙잡고 언젠가 그녀가
혼인한다는 소식을 접하려 한다. 그녀의 낭군이 잘났다는 전언
과 아이를 낳아 행복하다는 근황까지만…… 재헌은 들을 계획
이었다.

절규하고, 질투하고, 이 지경이 되지 않았다면 그녀와 자신의 자식으로 태어났을 아이를 축복하는 것을 끝으로 삶을 마치고 싶다. 그것이, 말도 없이 그녀를 버린 것에 대해 스스로에게 내리는 형벌이었다. 그때까지 이 허약한 몸이 버텨 낼 수 있을지는 모르겠지만…….

혹시라도 삶을 포기하려고 저러시는 게 아닐까, 재헌이 산 중턱을 찾을 때마다 전전긍긍하던 정도 차차 깨닫게 되었다. 그가 죽으려는 게 아니라 살기 위해 벼랑 끝에 선다는 것을.

재헌은 수도 없이 자주 벼랑을 찾아 그녀와의 과거를 추억했다.

이제는 잊었겠지.

아니야, 아직은 분노하고 있을지도.

그녀를 걱정하면서도 저를 잊지 못한다고 상상할 때마다 안도감이 드는 것은 어쩔 수 없었다.

그날도 양가감정에 휩싸여 한참이나 벼랑 끝에 서 있었다. 또다시 몸에 오한이 들고 어지럼증이 심해 다른 날보다 일찍 발길을 돌렸다. 굳이 정을 기다릴 필요는 없었다. 거의 매일같이 오간 길이라 앞이 보이지 않아도 얼마든지 혼자 갈 수 있었다.

청려에 의지해 한 발 한 발 걸음을 옮기던 중, 어느 지점에 이르러 피부에 와 닿는 공기가 달라졌다. 별일이라고 여기며 무심히 나아가다 코끝을 스치고 지나는 바람 속에서 어떤 내음을 감지하고 우뚝 멈춰 섰다. 붉은 동백이 투둑투둑, 그의 얼굴 위로 한꺼번에 쏟아지는 환영이 펼쳐졌다.

그리웠던 향기.

눈가가 뜨겁게 달아올랐다. 청려를 쥔 손이 가늘게 떨렸다.

똑같은 동백기름을 발랐어도 그녀에게서만 나는 고유의 향이 있었다. 설마 하는 찰나, 가느다란 두 팔이 그의 허리에 감겼다. 등에 얼굴을 파묻고 그녀가 서럽게 흐느꼈다.

"여기 계셨습니까? 이곳에 계신 줄도 모르고 진장방 가옥 앞을 매일 헤맸습니다."

아…….

날 얼마나 잊었을까, 매일매일 가늠하던 자신을 비웃듯 그녀의 연심은 오히려 단단해져 있었다. 온몸으로 느껴지는 그녀의 진심이 가슴 아파 머리와 심장이 산산이 쪼개지는 것 같은 통증이 엄습했다. 재헌은 고통스럽게 신음하며 발작했다.

"아가씨 때문에 힘들어하시는 것을 지켜본 소인입니다. 이제 겨우 안정을 찾으셨는데, 가까이에 그분이 계신 것을 아시면 또다시 흔들리실까 봐 두려웠습니다."

의식을 되찾고 그 쓰임을 잃은 눈을 다시 떴을 때 재헌은 감우당에 돌아와 있었다. 그리고 듣게 된 소식은 현실 같지 않았다.

윤도경이 가까이에, 그것도 이 감우당에 머물고 있었다니…….

당분간 이곳이 손님들로 북적인다는 것은 알고 있었다. 어른들은 반대했지만 자영의 강력한 주장으로 성사된 일이었다. 달포 전, 누이는 허락을 받으러 여기까지 직접 내려왔다.

'병자가 있는 집일수록 사람들의 활기로 가득해야 합니다. 그래야 건강한 기를 받아 오라버니께서도 병마를 일찍 떨칠 수 있습니다. 지금의 감우당은 너무 고요합니다. 부탁이에요, 오라버니. 감우당에 손님을 들일 수 있도록 허락해 주세요.'

참으로 터무니없는 주장이었지만 저로 인해 웃음을 잃은 누이한테 못 해 줄 일도 아니었다. 어차피 감우당의 규모는 거대했다. 고을 사람 전체가 올라와 잔치를 벌인다고 해도 완전히 분리된 서옥과 원림에는 어떠한 영향도 끼치지 못할 것은 분명했다. 그런데, 그 손님 중 한 명이 윤도경이었다.

울렁이는 가슴이 진정되지 않아 온종일 수주머니를 손에 쥐고 찌그러진 동백의 자수를 쓰다듬었다. 이런 꼴을 들키고 말았다는 좌절감, 그녀가 여전히 자신을 연모하고 있다는 안도감, 이 일을 어떻게 수습해야 할지 모르겠다는 초조함에 몇 날 며칠 밤잠을 설쳤다.

결국 해답을 찾지 못했다. 그럼에도 계속 도경만을 떠올렸기 때문인지, 출입이 금지된 원림에 그녀가 불쑥 나타났을 때 놀라지 않았다. 독설을 뱉어도, 환멸을 띠어도 그녀는 언제나 굳건히 옆자리를 지키며 그것이 자신의 권리라고 주장했다.

재헌은 방어적인 자세를 취하면서도 이별에도 예의가 필요하단 그 말에 반박하지 못했다. 어떻게든 정을 떼야 한다는 걸 알면서도 때때로 의지에 반해 비겁하게 행동하기도 했다.

일례로, 하루도 빠짐없이 산보를 나갔다. 비가 오는 날에도 빠트리지 않았다. 답답해서라는 핑계를 댔지만, 과연 그럴까. 이따금 밖에서 혼절했다 의식이 돌아왔을 때 옆에서 그녀 특유의 향기가 나면 그는 일어나지 않았다. 정신을 차리지 못한 척 그대로 누워 저를 안아 주는 그녀의 따뜻한 품에서 안식을 찾았다. 먹색의 깨끗한 눈동자를 더는 볼 수 없지만 그렇게라도 잠시 그녀 곁에 있고 싶었다.

다른 어느 때보다 안정을 찾으며 서서히 깨달았다. 절망하여 돌아서고 지쳤다고 소리치면서도, 질기도록 인연의 끈을 잡고 있는 사람은 다름 아닌 자기 자신이었다는 걸…….

"우리 사이에 변한 것은 아무것도 없습니다. 전 나리를 연모합니다."

그리하여 어느 밤, 도경에게서 그런 말을 들었을 때 가슴이 철렁 내려앉았다.

"시간이 얼마 남지 않았다면 그만큼만이라도 나리와 함께하고 싶습니다!"

신경질적으로 분노하며 거부감을 보였어도 속마음은 달랐다. 정말 그래도 괜찮겠냐고, 내일 당장 죽더라도 당신 품에서 눈을 감고 싶다고 비열한 고백을 하고 싶었다.

"오라버니."

자영이 나타나 끼어들지 않았다면 재헌은 끝내 나약한 속마음을 드러냈을지도 모른다. 누이가 찾아와 다행이라고, 하마터면 그녀의 인생을 망칠 뻔했다고 안도했다. 얼마 후, 그것이 처절한 후회가 되어 영혼까지 찢어 버릴 거라곤 조금도 예상치 못했다.

정의 도움을 받아 서옥에 와 보니 채 대감이 기다리고 있었다. 재헌이 안으로 들자 그는 몸을 일으켜 손자를 직접 부축했다.

"할아버님!"

"우선 앉거라."

어른이 이끄는 대로 보료에 앉자 그 맞은편에 조부가 자리하는 기척이 들렸다.

"산보는 잘하였느냐?"

"……예."

도경과의 일을 어른들이 알아챘나 싶어 대답이 조심스러웠다.

"그래도 혹시 모르니 앞으로는 정을 꼭 곁에 두도록 해라."

차마 예, 하고 상답하지 못했다. 원림에서만큼은 그의 곁을 지키는 다른 사람이 있어 재헌은 순순히 대답하는 대신 화제를 돌렸다.

"늦은 시각에 여기까지 어쩐 일이십니까?"

"아범이 아프다."

"예? 아버님이요?"

재헌은 깜짝 놀라 되물었다.

"몸져누워 일어나질 못하고 있어."

"갑자기 왜……?"

마음 같아선 당장 달려가고 싶어도 그럴 수 있는 형편이 아니었기에 다급히 여쭈었다.

"어디가 어떻게 안 좋으신 겁니까?"

"재헌아, 지금부터 놀라지 말고 내 말을 잘 들어라."

"예. 말씀하십시오, 할아버님."

"널 이리 만든 놈이 누구인지 알게 되었다."

부친이 걱정되어 신경을 곤두세웠던 그는 흠칫하여 말문이 막혔다. 전혀 예상치 못한 전개였다.

언젠가 이런 날을 상상해 본 적이 있었다. 기습 사건의 전말이 밝혀져 배후가 드러나면 기분이 어떨까 하고. 날 이리 망친 놈이 도대체 누구냐고 길길이 날뛰게 될 줄 알았는데 현실은 달랐다. 진범을 잡아도 망가진 이 몸이 회복될 리 없기에 격분하기보다 오히려 담담했다.

"그자가 누구입니까?"

"윤이환이다."

너무 놀라 헉, 소리조차 내지 못했다.

채 대감은 노여움과 슬픔, 원망과 오기가 가득한 목소리로 배후를 알게 된 경위와 증거, 그리고 증인까지 자세히 설명했다. 직접 나가 일일이 확인할 순 없으나 적어도 말로만 듣기엔 모든 것이 명명백백했다.

재헌은 화도 나지 않았다. 도경의 목소리만 귓가에 또렷하게 울려 퍼졌다.

'나리께서 혼절하셨을 때 제가 항상 안아 드렸습니다.'

망연해진 그가 한동안 말을 잇지 못하자 손등 위로 조부의 따뜻한 손이 내려앉았다.

"재헌아."

"……예, 할아버님."

퍼뜩 정신을 차리고 뒤늦게 대답하니 채 대감은 시리도록 서늘한 음성으로 타일렀다.

"앞으로는 윤 규수를 가까이하지 마라."

가슴이 철컹 떨어졌다. 이건 당부가 아닌 경고였다.

모든 일에 냉철하신 조부와 부친이지만 단 하나, 재헌과 관련한 일만은 그러지 못했다. 그 옛날 선왕께 불려 가는 어린 손자를, 불쌍한 아들을 지켜 주지 못했다는 죄책감에 재헌과 관계된 일에 한해서는 언제나 감정적이 되곤 하셨다.

눈으로는 볼 수 없지만 대로하신 조부의 기운이 느껴졌다. 지난 세월 켜켜이 쌓여 온 자괴감과 선왕을 향한 극한의 분노까지 더해져 철저히 대갚음해 주기로 결심하신 것이 틀림없었다. 도경의 맑은 웃음이 눈앞에 아른거려 재헌은 황급히 물었다.

"어찌하려 하십니까?"

"넌 아무 걱정 하지 말고 편히 있거라. 내 그것들의 주리를 틀어서라도 꼭 해독제를 가져다주마."

"할아버님!"

벌떡 일어서 나가려는 조부에게 몸을 던졌다. 손을 더듬더듬하여 간신히 다리를 붙잡은 재헌은 하얗게 질려 몸을 떨었다.

아무 계획 없이 여기까지 오셨을 리 없었다. 이미 모든 준비를 마치고 마지막으로 통보하러 오셨던 것임을 재헌은 뒤늦게 알 아챘다.

"무슨 일이 벌어지고 있는 겁니까? 혜명 윤문을 어찌하려 하 십니까?"

"그들은⋯⋯!"

결국 목소리에 물기가 밴 조부는 격해진 감정을 추스르지 못 하고 차갑게 선언했다.

"마땅한 대가를 치르게 될 것이다."

"안 됩니다!"

"널 이리 만든 것들이다! 이런 꼴이나 보려고⋯⋯! 그 어린 널 견디게 한 게 아니었는데⋯⋯."

후회로 범벅된 통탄의 눈물이 채 대감에게서 터져 나왔다. 거대한 의지처로 존재했던 조부의 흐느낌에 재헌의 눈가도 축 축해졌다.

어른들이 무능해서가 아니었다. 만약 가문이나 본인들의 목 숨을 위협당하는 처지였다면 조부와 부친은 사활을 걸고 선왕 께 대항해 자신을 보호해 주었을 것이다. 하나 두 분에겐 반드 시 지켜야 할 어린 대군이 있었다. 대의이고 충정이었으며 굴 할 수 없는 정절의 대상이기도 했다.

그로 인해 아끼는 손자가 오랫동안 괴롭힘에 시달리다 한창 의 나이에 이 지경이 되었으니 그 마음이 어떠실지 알고도 남 음이었다. 하지만 재헌에게도 꼭 지켜야 할 한 사람이 있었다.

그는 조부의 다리를 단단히 부여잡고 애원했다.

"부디 화를 가라앉히십시오. 다 지난 일입니다! 설사 해독제가 있다 한들 너무 늦었습니다. 소손에겐 무용한 것입니다!"

"그렇다면 더더욱 그것들을 용서하지 않을 것이다!"

그를 뿌리치고 나가려는 조부를 재헌은 다시 한번 필사적으로 붙잡았다. 혜명 윤문이 어찌 되든 상관없었다. 그 역시 윤이환이 밉고 원망스러웠다. 하지만 그 울타리가 무너지면 도경의 인생 또한 시궁창에 처박힐 것이다. 생각만으로 미칠 것 같아 재헌은 울부짖었다.

"연모하는 여인이 있습니다! 오랜 시간 함께했습니다!"

"재헌아!"

"제가 죽습니다!"

어느새 장대비가 쏟아지듯 가슴을 치는 눈물이 주룩주룩 흘러내렸다.

"제발, 할아버지……. 그 사람이 잘못되면 소손이 죽습니다. 살 수가 없습니다!"

조부의 다리를 목숨처럼 끌어안고 재헌은 뜨겁게 오열했다.

"행복하게 해 주겠다고 약속했습니다. 웃는 얼굴만 봐도 위로가 되었습니다. 그런 사람을 이제 매일 울리고 있습니다. 무어라도 해 주고 싶은데 할 수 있는 게 없어 괴롭습니다. 하니 용서라도 하게 해 주십시오. 저는 괜찮습니다. 이제 다 상관없습니다! 그 사람을 살려 주십시오. 그 사람의 삶이라도 지켜 주십시오, 할아버지!"

재헌은 몇 번이고 조부를 애타게 부르며 사정했다. 해결책을 몰라 떼쓰는 아이처럼 눈물만 흘렸다. 그만큼 무서웠다. 그 고운 여인이 냉혹한 세상에 홀로 내던져질까 봐, 자신보다 더한 지옥 속에서 고통받게 될까 봐 너무도 두렵고 불안했다.

"그 아이는 걱정하지 마라."

조부에게서 귀가 번쩍 뜨일 만한 대답이 돌아온 건 잠시 후였다.

"……예?"

"혜명 윤문에게 무슨 일이 벌어지든 그 아이는 안전할 것이다."

"그게…… 무슨 말씀이십니까?"

빠르게 눈물을 훔친 그가 어두운 눈으로 채 대감을 올려다보았다. 가문이 뒤집혀도 그 집에서 나고 자란 여식이 괜찮은 경우는 딱 하나뿐이었다.

출가외인이 되었을 경우.

뇌리를 스친 그 생각에 등골이 서늘해진 순간, 조부에게서 냉정한 대답이 돌아왔다.

"그 아이는 곧 간택되어 입궐할 것이다."

숨이 턱 막혀 몸에서 힘이 빠졌다. 그렇다는 건 조부께서 윤이환을 단죄하는 데 있어 적절한 수위를 지키겠다는 뜻이었다.

기본적인 문제가 해결되니 그다음으로 도경이 다른 이의, 그것도 성상의 지어미가 된다는 충격에 정신이 아득해졌다. 조부의 다리에서 손을 놓은 재헌은 진이 빠져 몸이 흔들리다가, 의식을 잃고 풀썩 고꾸라지고 말았다.

몇 날 며칠 고열에 시달렸다. 서옥까지 찾아와 사정하는 도경을 내친 뒤 완전히 맥을 놓았다. 사납게 내리치는 빗소리를 들으며 시름시름 앓았다.

한 번씩 그녀의 울부짖음에 놀라 눈을 뜨면 빗줄기가 거세게 퍼붓는 새벽이었다. 천둥 치는 굉음이 흉흉했고 사방에서 울리는 빗소리는 구슬픈 가락 같았다. 그리고 어느 날, 열 기운이 떨어져 눈을 떴을 때 언제 그랬냐는 듯 세상은 평화로웠다. 그녀가 별궁으로 떠나고도 남을 만큼의 시간이 훌쩍 흐른 것이다.

"정이는 큰 사랑채의 명으로 당분간 감우당에 돌아오지 못할 겁니다. 앞으로는 자영 아가씨와 쉰네가 도련님 곁을 지키겠습니다. 참, 자영 아가씨는 감모가 심해 며칠 뒤에나 건너올 겁니다."

석이의 떨리는 음성을 흘려들었다. 매몰차게 도경을 내쳤던 기억이 가슴 아파 그녀와 함께했던 원림으로의 산보도 나가지 않았다.

진심이 아니었다.

그도 정말 같이 떠나자고 대답하고 싶었다. 날 이리 만든 배후가 당신의 부친이었다면 그 정도의 욕심은 내도 되지 않을까, 그래야 공평한 게 아닐까, 수도 없이 비겁하게 구실을 찾았다.

그러나 마지막엔 언제나 떠나보내는 것이 최선이었음을 인정할 수밖에 없었다. 깊은 산으로 도망친다고 한들 맹수가 나타나거나 화적과 마주쳤을 때 그가 할 수 있는 일은 아무것도 없었다. 설사 안전한 곳에 은신처를 마련한다고 해도 종국엔 무책임하게 눈을 감음으로써 젊은 그녀를 위험 속에 홀로 방치하게 될 터였다.

하필 성상의 배필이 되었다는 점이 마음에 걸리긴 했지만, 마지막에 알게 된 왕의 눈물은 그런 걱정마저도 내려놓게 해 주었다.

정말로 의외였다. 감우당으로 내려오기 전날, 술에 잔뜩 취한 성상이 가회방에 쳐들어왔었다. 그리도 잘난 척을 하더니 아주 꼴좋다고 비웃던 왕은 마지막에 바닥에 엎드려 펑펑 울었다. 재헌아, 재헌아, 벗의 이름을 부르며…….

미안하다고, 날 원망하라는 왕의 사과에 재헌은 만감이 교차했다. 의례적인 대답 대신 하직 인사만 올리고 내려왔으나 처음이자 마지막으로 그분의 진심을 느꼈다. 정치적인 문제로 처음엔 삐딱하시겠지만 그런 전하시라면 머지않은 미래에 그녀의 진가를 알아보시리라고 확신했다. 그러면 도경 또한 새로운 환경에 적응하며 살게 될 거라고.

재헌은 현재의 상황을 긍정적으로 합리화하면서도 두 사람의 가례를 상상할 때마다 지독한 질투에 사로잡혀 몸부림쳤다. 한 번씩 시기하는 마음이 억제되지 않을 땐 감정을 이기지 못하고 혼절하기도 했다. 숨을 쉬고 사는 것 자체가 그에겐 지옥이었다.

차마 가례가 언제 치러지는지 묻지 못했다. 혜명 윤문이 어찌 되었는지도 알려 하지 않았다. 그들에 관해 알게 된다면 그 사람의 소식까지 듣게 될까 봐 두려웠다. 재헌은 하루가 다르게 말라 가고 있었다. 그런 그의 불안한 일상에 종지부를 찍는 일은 아주 갑작스럽게 발생했다.

"도련님, 쇤네 잠시 예천댁한테 다녀오겠습니다."

"요즘 부쩍 예천댁을 자주 찾는구나. 무슨 일이 있는 것이냐?"

활짝 열린 창으로 따뜻한 바람이 솔솔 불어오는 오후였다. 이전보다 더욱 초췌해진 재헌은 근래 들어 빈번하게 듣는 그 말에 의문을 나타내지 않을 수 없었다.

"아닙니다. 예천댁이 허리가 좋지 않아······. 정이가 없으니 쇤네라도 종종 들여다봐야지요. 금방 다녀오겠습니다."

가볍게 고개를 끄덕이자 석이가 조용조용 방을 나가는 소리가 들렸다.

최근 집안 분위기가 계속 어수선했다. 산속의 암자처럼 고요했던 이곳까지 그런 기운이 전해질 정도니 보통 일은 아닌 듯했다. 처음엔 혜명 윤문과 관련한 일인가 했지만, 상식적으로 그 여파를 여기까지 끌고 왔을 리 없다.

느낌이 좋지 않다. 아픈 사람도 부쩍 많아진 것 같았고······. 혹 나라에 돌림병이라도 도나 하는 의구심이 드는데 밖에서 부스럭거리는 사람이 있었다.

"안에 있는가? 나일세, 정선방의 민가 태호!"

그였다. 산에서 저를 발견해 업고 내려왔다는 전 부제학 영감의 손자.

"내 할 말이 있어서 그러니 잠시 시간을 내어 주게!"

서옥의 출입이 금지되었다는 걸 모르지 않을 텐데 굳이 석이가 없는 틈을 타 찾아왔다는 건 긴히 할 말이 있다는 뜻이었다. 다른 때였다면 물리쳤을 테지만 집안의 이상한 분위기를 눈치챈 터라 이번만은 예외를 두었다. 소리를 죽여 애걸하다시피 하는 그에게 재헌은 기척을 내었다.

"들어오십시오."

"고마우이!"

한껏 밝아진 그는 소리를 죽여 잽싸게 안으로 들어왔다.

"정말 오랜만일세. 잘 지냈는가? 아, 이런 말도 실례인가……."

남의 눈을 피해 들어오느라 애를 먹었는지 그는 꽤 부산스러웠다. 이래저래 횡설수설하다가 재헌이 침묵을 지키자 거두절미하고 다짜고짜 간청했다.

"이보시게, 제발 우리 좀 도와주게!"

"무슨 일 때문에 그러십니까?"

"자네 아우 말이야, 우리 서윤이와 혼인시키고 싶어!"

드문드문 바깥소식을 들어 아는 이야기였다. 어른들이 그 둘을 혼인시키고 싶어 하신다고.

그러나 재윤에겐 이미 오래전부터 마음에 둔 처자가 있었다. 집안사람들도 전부 아는, 친한 벗의 누이였다. 어려서부터 왈가닥이었던 그 처자를 재윤은 매우 힘들어했다. 장난질의 뒷감당을 해 주다 코피가 터진 적도 여러 번이었다. 꼬맹이 시절부터 의젓했던 재윤은 치를 떨며 이를 갈았고, 양가의 어른들은 처음부터 그 둘의 조합을 포기해야만 했다.

아우의 진짜 속내를 아는 사람은 오직 재헌뿐이었다. 아직은 티를 내지 않고 있지만, 얌전하다가도 한 번씩 일을 거하게 치는 재윤이라면 언젠가 양가를 놀라게 하는 일을 벌이고도 남음이었다. 그러한 속사정을 민태호에게 소상히 밝힐 순 없어 재헌은 일단 그를 달래 돌려보내기로 했다.

"제가 어쩔 수 있는 일이 아닙니다. 아직 감우당에서의 시간이 남았으니 기다려 보십시오."

"시간이 없으니 이리 초조한 거 아닌가! 벌써 파장 분위기라네. 규수들도 다 떠나고 서윤이만 남아 있어. 요즘은 자수 모임도 열리지 않아 우리도 짐을 싸야 할 판이라고!"

"규수들이 다 떠났다니요? 대비마마의 본결 조카도 집으로 돌아갔단 말입니까?"

"호판 대감께서 어느 날 갑자기 불러들이시더니 그 후로 돌아오지 않고 있네. 이 오라비의 속이 터지는 줄도 모르고, 우리 서윤이는……! 아니지, 그게 문제가 아니라, 자네가 아우에게 잘 좀 말해 주면 안 되겠나? 이러다가 간택령이라도 떨어지면 참으로 애매하지 않은가!"

"간택령이라니……."

순간적으로 멈칫했던 재헌은 곧 다른 인물이 떠올라 도로 차분해졌다.

"대군 자가의 길례가 거론되는 모양이군요."

"대군 자가가 아니라 상감마마 말일세. 곧 중전마마를 간택한다는 소문이 파다하다네."

"그럴 리가⋯⋯."

재헌은 어안이 벙벙해져 재빨리 확인했다.

"혜명 윤문의 처자가 이미 간택된 게 아니었습니까?"

"에이, 재수 없게 왜 그 처녀 귀신 얘기를 꺼내는가."

"그⋯⋯ 그게 무슨 말씀입니까?"

"혜명 윤문이 망한 것을 아직 몰랐는가?"

목이 꽉 죄어들어 재헌은 숨도 쉬지 못했다. 섬뜩한 예감에 전신의 피가 빠르게 식는데 민태호는 치를 떨며 그 사람을 비난했다.

"윤도경 그년은 천한 놈과 눈이 맞아 사통했다네. 그래 놓고 그것이 발각되자 정이를 죽이고 도주했다가 스스로 호수에 몸을 던져⋯⋯!"

"나리!"

비명에 가까운 저 외침은 자영의 것이었다. 덕분에 태호의 잔인한 입놀림은 중단되었으나 너무 늦었다. 뜨겁게 연모했던 여인과 아우처럼 아끼던 정. 그 둘이 끔찍한 최후를 맞았음을 이제야 알게 된 재헌은 사지가 덜덜 떨렸다.

"이, 이게⋯⋯ 이게 무슨 소리야!"

미친놈처럼 절규하며 뛰어나갔다.

"오라버니!"

아무것도 보이지 않아 마구 부딪치고 피부가 찢기면서도 몇 번이고 앞을 향해 무작정 달려 나갔다. 민태호의 말이 사실이라면, 더는 그녀가 이 세상에 없다면…… 차라리 이대로 어딘가에 머리를 박고 생을 끝내는 게 나았다.

정신이 몽롱했다. 괴성을 지르며 튀어 나가 한바탕 서옥을 뒤집은 재헌은 언제인지도 모르게 의식을 잃고 쓰러졌다. 죽지도 못하고 또다시 혼절하고 말았으니 참으로 누더기 같은 몸이라고 자조했다.

고분고분 탕약을 마시는 대신 그동안의 일을 전부 듣기로 했다. 이마가 터지고 얼룩덜룩 멍이 든 몸으로 그는 축 처져 있었다. 널브러지듯 사지를 늘어트린 채 자영을 통해 그간의 자초지종을 세세히 들었다.

순결하고 맑았던 그녀가 추악한 음행녀란 오명을 쓰고 자결했다. 언제나 제 곁을 지켰던 정은 단도에 목을 찔려 끔찍한 최후를 맞았다. 세상은 잔인했고 자신은 무력했다. 스스로에 대한 혐오가 부글부글 끓다가 그마저도 팍 식어 형체 없이 흩어졌다.

약 기운 때문인지 속에서 무언가 꺼진 까닭인지, 입에 올리는 것조차 힘겨운 그 이야기를 처음부터 끝까지 덤덤히 들었다. 자영은 지나치게 침착한 오라비를 불안해하며 몇 번이고 재헌의 상태를 확인했다.

"오라버니, 무슨 생각을 하고 계십니까?"

"……."

"소문은 진실과 다릅니다. 윤 규수는 천한 사내와 사통한 적이 없습니다. 정을 그리한 것도 그분일 리 없습니다."

울먹이는 누이의 말에 재헌은 아무런 반응도 하지 않았다.

진실을 모를 리 없는 그였다. 그녀가 받았다는 연심이 담긴 그림과 장신구는 천한 신분의 화공이 아닌 그가 보낸 것이었으니까. 하나 무슨 짓을 한다 한들 그 두 사람이 살아 돌아오는 것도 아니기에 어떠한 의지도 되살아나지 않았다. 소중한 이들의 죽음을 이제야 알게 된 사실이 미안해 재헌은 그저 눈을 감았다.

약 기운이 돌아 깜빡 잠이 들었다 깼을 땐 사위가 고요했다. 저 멀리 소쩍새 우는 소리만이 서글펐다.

'떠나요, 우리…….'

그녀가 펑펑 울며 애원했다. 함께 떠나자고. 아무도 없는 우리만의 세상으로 같이 가자고.

정말 몰랐다.

바로 그때가 뿌리칠 게 아니라 잡아 줘야 했던 순간이었음을. 살려 달라고 그녀가 손을 내밀었는데 야멸차게 돌아섰다.

죽으라고.

멸시와 조롱 속에 비참하게 홀로 죽으라고 다름 아닌 저 자신이 그녀를 절벽 끝으로 밀어냈다. 잡았어야 했는데……. 겁에 질려 덜덜 떠는 그 손을, 마지막 희망이었을 그 손을 잡아 주었어야 했는데…….

회한의 눈물이 소리 없이 줄줄 흘러내렸다. 재헌은 흐르는 눈물도 훔치지 못하고 몸을 일으켰다. 아무도 모르게 감우당을 나와, 보이지 않아도 혼자 걸을 수 있는 익숙한 산길을 걸었다.

짧은 생을 살다 가려고 여름에 피어난 동백이었나.

육신 없는 혼백 되어 긴 세월 웅크리다가 언제가 또다시 피게 될 그 여름의 동백을 늦지 않게 되찾고 싶다. 그러려면 지체할 시간이 없었다. 훨씬 전에 저승문에 닿았을 그녀의 혼을 찾아 그는 홀린 듯 산길을 걷고 걸었다.

무섭도록 정확하게 벼랑 끝에 가 섰다. 도경과 손을 잡고 서 있던 곳에서 세 걸음 앞. 절벽 아래, 스산한 바람이 불었다. 산길을 걷는 내내 생살이 찢기듯 고통스러웠으나 끝자락에 와 바람을 맞으니 오히려 속이 홀가분했다.

이제야, 드디어, 이 지긋지긋한 나락에서 벗어나 너를 쫓아갈 수 있게 되었으니…….

활짝 피었던 여름의 동백은 가엾게 졌지만 아주 오래전, 재헌의 가슴속에 꽃을 피운 새빨간 동백은 여전히 찬란하고 아름다웠다.

저 멀리서 웅성대는 소리가 점점 가까워지고 있었다. 제 이름을 부르는 애타는 목소리가 메아리쳤다. 눈물로 범벅된 재헌은 돌아보지 않았다. 지금 이대로가 만족스러워 입매가 호선을 그리며 휘어졌다. 사지를 옭아맨, 보이지 않았던 사슬이 풀어져 몸도 영혼도 자유로웠다.

다시금 희망을 품은 가슴이 벅차올랐다. 어떤 대가를 치르더라도 반드시 그녀에게 닿아 그토록 꿈꾸던, 안온하고 행복한 일상을 누리고 싶다. 편안하게 미소한 재헌은 그녀가 몸을 던졌다는, 경강처럼 넓고 깊은 호수 속으로 미련 없이 제 한 몸을 낙하했다. 그리고 바랐다.

이 초라한 동행으로 상처 받은 너의 혼백이 조금이라도 위로 받을 수 있기를…….

〈동백꽃 핀 자리〉 3권에서 계속